LES PÉTILLANTES

SAISON 2

Graphisme couverture : Christophe Petit

Collection dirigée par Franck Spengler

38, rue La Condamine
75017 Paris
www.hugoetcie.fr

Dépôt légal : avril 2015
ISBN : 9782755617580
Imprimé en Espagne

DIDIER FOURMY

LES PÉTILLANTES

Saison 2

roman

Hugo Roman

À toutes celles que j'adore,
qu'elles pleurnichent ou qu'elles rient,
et à Jacques avec qui j'adore pleurer de rire.

Samedi 18h

Il faisait un temps d'été indien en ce mois d'octobre, la réception avait donc été prévue en fin d'après-midi, dans les somptueux jardins de l'hôtel Imperator, le plus fameux de Nîmes.

Le couple y avait même réservé une chambre pour deux nuits, avant de prendre le TGV puis l'Eurostar pour aller convoler une seconde fois en Angleterre. L'idée de passer sa nuit de noces dans un lit généralement réservé aux maestros de la corrida avait beaucoup amusé Lilybeth.

– J'espère que ça ne donnera pas des idées meurtrières à *my dear* Harold ! Je n'ai aucune envie d'une estocade ! avait-elle confié, d'un air mutin, à ses amies du Patio.

Elle savait conjuguer bonheur et humour avec malice, ça réjouissait tout le monde.

Deux jeunes reporters de France Bleu Languedoc-Roussillon attendaient les mariés dans le hall de l'hôtel. L'article paru dans un grand magazine féminin, sur cette cohabitation entre femmes seules et leur vie, si originale, au Patio Secret, avait étonné toute la région. Mais aujourd'hui, après avoir été reprise par tous les quotidiens régionaux, c'était surtout l'histoire de la petite doyenne de 82 ans, avec sa folle passion pour la reine d'Angleterre et son mariage avec un Anglais, à Nîmes, qui provoquait la curiosité et l'amusement.

Les « jeunes » mariés se prêtèrent avec joie au feu des questions.

Non, Harold n'allait pas être « anobli » par la reine mais simplement décoré pour services rendus à la couronne en tant qu'horloger des résidences royales. Non, il ne serait pas seul, d'autres artisans d'art, dont ceux qui avaient rénové le château de Windsor après son incendie, recevraient la même distinction. Oui, ils pouvaient être accompagnés de leur épouse lors de cette cérémonie.

– Évidemment que je suis heureuse et honorée de rencontrer la reine, c'est le rêve de toute ma vie ! s'écria Lilybeth, quand on lui posa la question. Non il n'y a pas que ça, vous ne voyez pas que je suis amoureuse ? Notre rencontre ? Lors de nos voyages d'échanges pour apprendre nos deux langues avec un groupe de retraités. Nous nous amusons follement et parfois même comme des gamins ! Dans un pub, en Angleterre, Harold a voulu m'apprendre à jouer au babyfoot, et, à un moment crucial du jeu, nos têtes se sont violemment heurtées !

Le croiriez-vous, nous avons eu le même réflexe ! Nous avons mis chacun une main sur le front de l'autre en le fixant intensément de peur de lui avoir fait mal. Nous ne pensions pas à notre propre douleur, et nos mains sont restées sur les deux bosses naissantes tandis que nous continuions à nous regarder dans les yeux ! Dans ces cas-là, on dit que l'on voit trente-six chandelles, mais nous nous avons vu des milliers d'étoiles, c'était magique ! Oui, on peut appeler ça un coup de foudre, mais il n'y avait pas de tonnerre, au contraire, nous avons entendu, tous les deux, les mêmes cent un violons se déchaîner ! Oui, tout à fait comme au cinéma, ça vous fait sourire ? Pourtant ces quelques secondes ont suffi à nous faire comprendre que nous étions en pleine communion, il y avait réellement de l'amour dans nos gestes et dans nos regards ! Et non, il n'y a pas d'âge ! Qu'est-ce que vous connaissez à l'amour, mon petit garçon ? dit-elle au jeune reporter en lui tenant le menton. Vous voulez que je vous dise, aimer c'est avant tout ne pas supporter que l'autre puisse souffrir de quoi que ce soit ! Bien sûr que ce sentiment peut durer toute une vie ! Mais oui, c'est évident que je veux rendre cet homme heureux, et je m'y efforcerai jusqu'à mon dernier souffle ! Et à nos âges on dit « Merci mon Dieu » et pourvu qu'il nous laisse le temps d'en profiter, alors dépêchons-nous ! Oui, c'est ça l'apanage de l'âge, on sait exactement ce que l'on veut. Vous êtes drôlement bien renseigné, coquin, en effet Harold est un peu plus jeune que moi, mais c'est très vilain de parler de l'âge des dames ! C'est exact, je ne m'en cache pas, j'ai 82 ans, enfin… sur le papier ! Mais dans mon corps je n'en ai que 62, dans ma tête peut-être 42 et dans mon cœur aujourd'hui, je vous assure que je n'ai que 22 ans ! Ça vous bluffe, hein ! À quel âge est-on vieux ? Quand on le décide, il y a des croûtons rassis de vingt ans, et puis nous qui ne savons plus l'âge que nous avons et qui nous en fichons ! Je vous vois tergiverser sur la question délicate, eh bien je peux vous répondre sans hésitation, l'âge venu, la tendresse et les caresses peuvent agréablement remplacer « tout le reste », bien que tout le reste soit encore possible ! Ça vous fait rougir, comme c'est charmant ! Et vous, jeune coq, êtes-vous amoureux en ce moment ? Ou allez-vous attendre des années avant de vouloir vraiment faire le bonheur d'une femme ? Je parie que le macho que vous devez être deviendra un gentil nounours quand ça vous tombera dessus ! Ai-je répondu à toutes vos interrogations, vilain curieux ? Merci pour vos bons vœux, moi aussi je vous souhaite tout le bonheur que vous mériterez ! Merci mon petit, conclut-elle en lui tapotant la joue.

Le preneur de son, en rangeant son matériel, fit du coude à son coéquipier :

– Ben dis donc, elle te l'a pas envoyé dire, la mamie ! Tu voulais la coincer, mais elle t'a un peu cloué le bec, non ? Moi, j'aurais aimé avoir une grand-mère aussi punchy !

– C'est vrai qu'elle est géniale ! Sacrée bonne femme, il va devoir filer doux, l'Anglish ! répondit l'intervieweur, un peu sonné.

– Il va falloir couper des trucs et remonter l'interview ?

– Non, je ne couperai rien, c'est bon comme ça, je trouve ça succulent, et surtout réjouissant.

Samedi 18h30

Les invités s'étaient discrètement faufilés vers les jardins. L'arrivée du couple fut donc très applaudie.

José, l'homme à tout faire du Patio Secret, et Maguelonne et Gervaise, les deux femmes de chambre, furent les premiers à se précipiter pour demander aux mariés de poser avec eux pour une photo souvenir. Toutes ces dames du Patio, comme un seul homme, sortirent de concert leur Iphone pour immortaliser cette scène touchante. Elles avaient l'habitude de s'y mettre à plusieurs, multipliant les chances d'avoir des photos potables. On évitait ainsi les mauvais cadrages et les floutés-tremblés.

– Ah ! Señora Lilybeth, qué tristèche dé vous perdre ! s'écria José avec son petit accent andalou.

– Mais je ne suis pas encore partie, José, et nous allons, mon mari et moi, revenir vivre au Patio en rentrant d'Angleterre, pendant que vous irez conduire ces dames à Biarritz ! Nous nous reverrons au retour. Et puis j'espère que nous allons trouver une petite maison dans les environs, nous viendrons souvent dîner. Vous savez combien j'aime votre cuisine, je tiens à la faire goûter à mon Harold. Merci à vous trois pour toutes vos gentillesses, *I love you* !

Elle les embrassa chaleureusement et ils lui souhaitèrent tout le bonheur du monde, tandis qu'Harold les remerciait, plus protocolairement.

– Maintenant, buvons aux mariés ! s'écria Ladygold pour couper court à toutes sortes d'émotions.

Depuis que ce fameux article l'avait mise en lumière, avec son idée de « colocation originale » pour femmes veuves ou divorcées, cette femme flamboyante, qui devait son surnom à son amour exagéré pour les bijoux, attirait tous les regards. D'ailleurs beaucoup de Nîmois, présents à cette réception, la connaissaient déjà « d'avant », quand elle possédait la pharmacie la plus importante de la ville.

Certes, le départ de sa vieille amie Lilybeth l'attristait, mais elle était aussi préoccupée par le fait qu'il lui fallait absolument trouver d'autres « colocataires ». La candidature de Patrice, unanimement acceptée, était tombée à pic. Mais il y avait dix suites au Patio, et puisqu'il y avait une partante et un entrant, ça ne changeait rien au problème, trois d'entre elles étaient encore vacantes, la dernière restant toujours disponible pour les invités. Rancunia, la plus ancienne des résidentes, négative dans l'âme, lui avait rappelé sans ménagement que l'équilibre budgétaire de la résidence était un peu trop chancelant. Comme à son habitude, elle réussit à chasser ces idées noires avec brio.

– Tous nos vœux de bonheur, et longue vie au couple merveilleux que vous formez ! Levons nos verres, les amis, et trinquons à l'amour ! Comme nous l'avait confirmé ma chère sœur Nonette le jour de son récent mariage, la vie n'est jamais finie ! Et elle en connaît un rayon du haut de ses 91 ans, vous n'êtes que deux petits jeunots à côté d'elle !

– Ah ! merci, *thank you, my dear friend, my dear Ladygold* ! lui répondit Lilybeth, très émue, en levant son verre de bourbon, que lui avait discrètement tendu José. Et merci à vous toutes, mes très chères amies, pour ces années de bonheur en votre compagnie ! Vous allez me manquer et…

– Oh arrête Majesté ! Tu vas quand même pas nous faire chialer un jour comme aujourd'hui ! s'écria l'Autruche avec sa gouaille habituelle. Déjà qu'on est vertes de jalousie que ce soit toi, l'aînée du lot, qui te maries et pas nous ! Dis-toi bien que pendant que tu vas roucouler avec ton *dear* Harold, nous, pauvres filles, on va continuer à faire tapisserie ! Non mais c'est vrai, qu'est-ce qui va nous arriver à nous ?

Et elle se mit à chanter :

– Elle court, elle court, la maladie d'amourrr !

– Faites taire cette beuglante, elle va nous gâter la soirée lança froidement Rancunia.

Et tout le monde éclata de rire, sauf l'Autruche qui fit semblant de la griffer.

Charlotte, se pencha vers son frère :

– Ta gamine de 82 ans aimerait peut-être entendre quelques mots aimables de son papa ? C'est une coutume, le discours du père de la mariée !

– Ta gueule Lolotte, je t'ai déjà dit que si elle était ma fille, tu étais donc sa tante ! En fait, elle fait comme si j'étais son fils, ne lui gâche pas ce plaisir.

Lors de leur première visite au Patio Secret, où ils étaient venus voir Grenouillette, leur belle-sœur, pour régler enfin un dernier détail de l'héritage de leurs parents, Patrice avait eu un véritable coup de foudre pour toutes ces femmes qui avaient, pour certaines, largement dépassé la soixantaine. Leur vie en communauté, si mouvementée et joyeuse, l'avait totalement séduit. Il était à la croisée de chemins. À 62 ans, son nouveau statut de jeune retraité, et de vieux célibataire, ne lui plaisait plus. Il s'ennuyait et n'avait plus goût à rien, se demandant chaque jour ce qu'il allait pouvoir faire de sa solitude dans les prochaines années. Alors, il s'était surpris lui-même en posant sa candidature pour venir les rejoindre dans cette étonnante « colocation » de femmes veuves ou divorcées, toutes bardées de surnoms folkloriques. Puisqu'il était gay, et qu'elles le savaient toutes, il n'y aurait aucune ambiguïté dans leur cohabitation. Il avait su trouver les mots pour bien se « vendre » et, curieusement, comme s'il était tout à coup évident qu'il leur manquait un homme à la maison, elles en oublièrent leur règlement qui stipulait « pas d'homme à demeure ! ». Elles avaient unanimement accepté son arrivée au Patio. Mais, pour le mettre à l'épreuve, elles y mirent chacune des conditions.

Rancunia, la première, lui demanda d'être son partenaire au bridge, son cavalier pour prendre des cours de tango, et puis, comble de l'ironie, de passer pour son amant pour aller revoir, une dernière fois, son vieux lâcheur de mari, malade et attristé par la mort de sa compagne. Elle tenait enfin sa vengeance et voulait rompre définitivement tout lien avec ce salaud. Elle n'avait jamais dit à personne qu'elle avait encore un mari vivant, et encore moins que c'était elle qui avait toujours refusé de divorcer. La surprise fut à la hauteur de ses aveux.

Grenouillette, sa belle-sœur, souhaita qu'il prenne en main toute sa paperasserie, maintenant que leur problème d'héritage était enfin réglé. Et, par la suite, qu'il reste avec elle aussi aimable et attentionné qu'avec toutes les autres. Elle insista sur ce dernier point, craignant sans doute d'être la « laissée pour compte », puisqu'ils étaient, déjà, de la même famille.

L'Autruche décida d'emblée qu'il lui servirait de répétiteur pour lui faire travailler sa voix et choisir ses textes. Elle rêvait encore, et toujours, d'un hypothétique tour de chant. Tout le monde levait les yeux au ciel, en ricanant dans son dos.

Souris, la plus jeune du groupe, un peu lassée par son éternelle recherche d'un nouveau compagnon sur Internet, voulait qu'il la sorte pour dîner dans des restaurants en vogue où, pourquoi pas, rencontrer des hommes riches ? Elle ne pouvait quand même pas y aller seule !

Ladygold ne lui demanda rien. Il était évident, vu leur immédiate connivence et leur goût commun pour le septième art, qu'ils iraient souvent au cinéma ensemble, bras dessus, bras dessous, comme un vieux couple. Et c'est lui qui lui proposa de l'accompagner à l'avenir à Montpellier, où elle invitait souvent à déjeuner des étudiants fauchés et esseulés pour jouer les « mamie-gâteaux ».

Enfin Lilybeth, qui n'avait, hélas, plus de père, de frère ou de fils pour la conduire jusqu'à l'autel, lui demanda de lui offrir son bras pour remonter l'allée qui allait la mener vers son Harold.

Il avait accepté toutes ces conditions ! Alors, elles l'avaient adopté à l'unanimité.

Il venait donc de s'acquitter de sa première mission, jouer les pères de la mariée, en accompagnant la douce Lilybeth vers son bonheur.

Quand il s'approcha d'elle, en levant son verre de champagne pour bien lui signifier qu'il allait prendre la parole, elle se jeta dans ses bras pour l'embrasser.

– Oh merci, *dear dear* Patrice ! À votre bras je me suis sentie jeune et belle, et, grâce à vous, j'avais à nouveau vingt ans en traversant cette église ! Si un jour vous vous mariez, maintenant on ne sait jamais avec ce mariage pour tous… eh bien, ça sera mon tour de vous offrir mon bras, je serai ravie de jouer la mère du marié !

Tout le monde éclata de rire et Patrice, ne pouvant plus dire un mot, la serra dans ses bras pour l'embrasser à son tour.

– Assez de discours ! Le buffet est ouvert, ça donne faim ces émotions ! s'écria Souris, la bouche déjà pleine.

– Quel sac à tout grain celle-là ! lança l'Autruche. Tu vas faire craquer ta robe, elle est déjà trop serrée !

– Ne sois pas jalouse de mes formes, espèce de sac d'os !

Les allusions à ses rondeurs ne l'atteignaient jamais. Elle se trouvait divine comme elle était et ne manquait jamais de rappeler à qui voulait l'entendre que les hommes l'avaient toujours trouvée « plus qu'appétissante » !

Lilybeth prit sous son aile les deux couples d'Anglais qui avaient fait le voyage pour servir de témoins à son mari. Elle les mena vers le buffet, tandis qu'Harold essayait, tant bien que mal, de leur traduire tout ce qui venait de se produire. Mais il peinait à trouver les mots justes pour leur relater scrupuleusement le dernier échange entre l'Autruche et Souris. C'est alors que Lilybeth prit le relais en concluant :

– *It's exactly what said l'Autruche, « Madam Ostrich », to Souris, « Madam Mouse » !*

Pour les Anglais, elle devait, sans doute, faire allusion aux fables sur les animaux de ce célèbre auteur français, ils sourirent poliment, sans vraiment comprendre cet humour qu'ils jugèrent un peu trop « frenchy » pour eux.

Ladygold se glissa entre Charlotte et Patrice pour les prendre tous les deux par le bras.

– Alors, mes amis, comment avez-vous vécu votre échange de chambres ?

Lors de leur premier week-end, la suite de la reine ToutHermès, récemment disparue, avait été attribuée à Charlotte, et Patrice avait dormi dans la suite Nonette, en toile « zéjouy » comme l'avait si joliment précisé José. Mais Patrice, une fois accepté comme futur résident, avait émis le vœu de s'installer dans cette suite, entièrement retapissée de l'ahurissante collection de carrés de soie de cette fameuse reine ToutHermès, ainsi baptisée à cause de sa passion pour la griffe.

– J'avais adoré ce décor au premier coup d'œil, alors c'est comme si cette chambre-musée m'attendait, elle aussi semble m'avoir adopté ! Je ne changerais pour rien au monde ! Je suis très heureux d'arriver parmi vous, mon petit déménagement viendra plus tard, je n'ai pas encore eu le temps de tout régler. Nous verrons tout ça après Biarritz.

– Et vous, chère Charlotte, avez-vous apprécié l'ex-suite de ma sœur ?

– Moi aussi j'ai bien dormi, j'avoue que je me suis sentie mieux chez votre Nonette, enchaîna Charlotte, comme quoi les chambres peuvent vous choisir, elles aussi ! Merci pour votre accueil toujours aussi chaleureux, je suis enchantée de vous laisser mon petit frère en pension, je sais que vous allez toutes prendre soin de lui !

– Ta gueule, Lolotte, ne fais pas ta doucereuse, et n'oublie pas que toi, c'est la Grenouillette que tu vas devoir gérer pendant un mois, et je ne suis pas sûr que tu gagnes au change !

– Ne vous chamaillez pas comme des gamins, surtout pas aujourd'hui ! leur demanda Ladygold, vous ne pouvez pas savoir à quel point je suis nerveuse.

– Vous ? Mais qu'est-ce qui vous tracasse ? demanda Patrice d'un ton protecteur.

– Tout ! La lettre de mon fils et nos échanges de mails, après toutes ces années de silence. L'idée d'aller à Biarritz pour rencontrer ce petit-fils que je ne connais pas… Le départ de notre Lilybeth… Votre arrivée parmi nous… Mais surtout Rancunia qui m'en rajoute une couche tous les jours en me disant que nos comptes sont mauvais ! Tout ça en même temps, ça fait beaucoup pour une seule femme, même si je suis du genre costaud.

– N'ayez crainte, je suis à vos côtés maintenant, je vais vous aider. Peut-être qu'une petite bise dans le cou vous aiderait ?

– Oh oui ! Vous, je vous adore ! Quelle joie de vous avoir.

– Pardonnez-moi, les interrompit Charlotte, mais je suis un peu jalouse ! Tu ne m'as jamais parlé comme ça, et pourtant j'ai souvent été dans la merde !

Et reprenant son expression favorite, qu'elle tenait du dernier de ses trois maris, elle finit par rajouter de sa voix la plus snobe :

– Putain bordel, je suis sur le cul !

Patrice lui posa un baiser sur la joue.

– Mais toi, ma pauvre Lolotte, ce n'est pas pareil, tu es ma grande sœur !

Ils en riaient encore quand Souris s'approcha d'eux, accompagnée par Chloé, la jeune journaliste qui avait signé le fameux reportage sur leur cohabitation hors-normes. Ladygold, en baissant la voix, leur demanda de lui faire bonne figure, son article avait fait du bruit et ça pouvait peut-être les aider pour l'avenir du Patio.

– Quel plaisir de vous revoir, Mademoiselle, lui dit aimablement Charlotte.

– Bravo pour votre reportage, il est passionnant, ajouta très gentiment Patrice.

– Je vous en prie, appelez-moi Chloé. Je suis ravie d'être à nouveau parmi vous pour cette jolie fête. Alors, il paraît que vous allez venir vivre avec ces dames ? dit-elle en s'adressant à Patrice. Il va falloir que je vous interviewe, c'est une suite passionnante à écrire !

– Je ne suis pas contre, mais il…

– Laissez-lui un peu de temps pour tester cette nouvelle vie, on ne sait jamais ! l'interrompit Charlotte avec un sourire narquois.

– Ne faites pas attention à l'humour grinçant de ma sœur, moi je suis persuadé que je vais être très heureux au milieu de toutes ces femmes étonnantes.

– Il a un programme déjà chargé, il n'aura pas le temps de s'ennuyer ! ajouta Souris, en croquant dans un petit canapé au saumon.

– Il paraît que son article a beaucoup plu aux lectrices ! enchaîna Ladygold.

– Oui, nous avons eu beaucoup de mails sur notre site, il y a du positif, des compliments, des témoignages, mais aussi quelques critiques, de l'incrédulité, du persiflage. Enfin, comme toujours sur le Net, il faut en prendre et en laisser ! Nous avons aussi reçu quelques courriers plus sérieux, nous demandant les coordonnées du Patio, j'ai transmis certains mails à Souris et…

– Et elle vient de me donner les lettres, précisa Souris.

– Merci, c'est très gentil, nous allons éplucher tout ça, lui dit chaleureusement Ladygold en la serrant dans ses bras.

Charlotte ne put s'empêcher de persifler :

– Bravo, quel beau début de carrière, c'est carrément la gloire !

– N'exagérons rien… Mais c'est vrai que pour moi c'est génial ! En plus, j'ai un scoop à vous annoncer ! Nos éditions étrangères, enfin les européennes… ont toutes demandé à traduire mon article. Il va d'abord sortir en Angleterre, dans quelques jours, et je voulais l'annoncer aujourd'hui à Lilybeth ! Mon petit encadré, rajouté à la dernière minute pour annoncer son mariage et l'histoire de sa passion pour la reine, risque de faire le buzz là-bas, les tabloïds vont être au premier rang pour leur cérémonie !

– Alors on va recevoir du courrier de chaque pays ? Mais je vais être débordée ! s'écria Souris.

– Vous savez que c'est très intéressant ça, enchaîna Patrice, il faut peut-être déposer le concept du Patio Secret ? On ne sait jamais…

– Vous m'expliquerez ce que vous voulez dire ? répondit Ladygold, songeuse.

– En attendant, vous allez devoir m'aider, Patrice ! ajouta Souris, en se léchant les doigts.

Charlotte se pencha vers son frère :

– Te voilà encore avec une nouvelle mission, tu les accumules, mon pauvre chou, je crois que je vais gagner mon pari, et plus vite que prévu !

– Vous avez fait un pari ? demanda Ladygold, étonnée.

– Oui… mais je n'ai pas du tout envie d'en parler aujourd'hui. Quelle tristesse de découvrir, au bout de tant d'années, que sa sœur n'est finalement qu'une affreuse jalouse, doublée d'une fieffée salope !

– Oh ! Pour reprendre votre expression, dont je ne me lasse pas, chère Charlotte, « putain-bordel, je suis sur le cul ! » s'écria Ladygold, en ajoutant, comme si de rien n'était : Et si nous allions boire une petite coupe pour arroser tout ça ? Moi, j'en ai bien besoin.

Charlotte pinça son frère au bras, et le petit groupe se dirigea joyeusement vers le buffet.

Ils y retrouvèrent Rancunia et Grenouillette en plein litige auprès des Anglais. L'une voulait leur traduire la recette de sa fameuse compote, tandis que l'autre essayait de leur expliquer celle de ses délicieux choux à la crème. La discussion pouvant, à tout instant, dégénérer, Ladygold préféra intervenir en appelant Lilybeth à la rescousse. Elle régla le problème en se lançant dans une traduction simultanée, précisant avec son petit accent français :

– *It's so delicious ! You have to taste one day* « *Madam Rancunia's compote* » *and the choux à la crème of our Grenouillette* « *Madam Little Frog* » !

Cette fois, les Anglais, quittant leur flegme légendaire, ne purent retenir leurs rires, et toute l'assemblée, hilare, se mit à applaudir cette inénarrable interprète.

Mais Patrice remarqua que Ladygold restait songeuse. Il s'approcha d'elle et lui prit le bras en l'interrogeant du regard.

– Vous avez raison, il faut que je me ressaisisse, ce n'est ni le moment ni l'endroit pour flancher, mais il va falloir qu'on parle sérieusement demain, je crois que la Rancunia a raison, nous sommes dans une belle merde !

Dimanche 10h

Ladygold avait convoqué les résidentes dans son salon, et Patrice, en tant que nouvel arrivant, se joignit très logiquement à elles.

Charlotte et Chloé prirent donc toutes les deux leur petit déjeuner sur la terrasse qui surplombait le Patio.

Charlotte avait toujours eu l'art de la conversation. En toutes circonstances, et avec n'importe quel genre d'interlocuteur, elle savait exactement comment entamer un dialogue. Elle se souvenait, autre qualité, qu'avant d'être journaliste, la jeune fille avait obtenu une licence d'histoire.

– Dites-moi, Mademoiselle, j'y pense souvent, que serait-il advenu si cette pauvre Marie-Antoinette avait eu un téléphone portable dans sa berline en rade à Varennes ? Elle aurait pu cribler son Fersen de SMS, non ?

Chloé éclata de rire.

– Par pitié, appelez-moi Chloé. Vous avez raison, c'est une façon comique de repenser l'Histoire, et ça pourrait s'appliquer à bien d'autres événements, tragiques ou non !

– Vous devriez y penser, je suis sûre que ça ferait un article passionnant, et pourquoi pas un livre, un peu délirant peut-être, mais les jeunes en seraient dingues, non ?

– Merci, c'est une piste intéressante, je vais y penser sérieusement, mais quel boulot !

– Vous avez la vie devant vous, et quoi que vous écriviez, Marie Antoinette n'échappera pas, hélas, à l'échafaud !

– C'est vrai qu'avec des « si », on ne peut pas réécrire l'Histoire.

– On peut tout imaginer, la part du rêve, dans la vie, c'est quand même ce qu'il y a de meilleur, non ? À quoi rêvez-vous, vous, à cet instant ?

Chloé, qui l'avait tout d'abord cataloguée comme affreuse snobinarde, froide et superficielle, commença à trouver Charlotte un peu plus humaine, voire sympathique.

Dans son salon, Ladygold avait décidé de ne pas prendre de pincettes pour entrer dans le vif du sujet.

– Mes amis…

– Tu ne peux plus dire « les filles » maintenant qu'il y a Patrice parmi nous ! l'interrompit l'Autruche, sarcastique.

– Stop ! L'heure, je t'assure, n'est pas à la rigolade. Nous avons de sérieux problèmes. Il y a, comme vous le savez, trois suites inoccupées, or nous dépensons plus que nous ne rentrons de fonds, moralité nous sommes dans le rouge !

– Je ne suis pas vraiment d'accord avec les chiffres que te donne Rancunia, l'interrompit Souris, dans mes tableaux…

– Ne nous casse pas les oreilles avec ton informatique, lui répondit vertement Rancunia, il n'est plus question de virgule, de centimes ou même de centaines d'euros, rien ne va plus, c'est tout !

– Vous me voyez un peu gêné par cette annonce, intervint Patrice. Grenouillette, en tant que « marraine », m'a fixé le budget de ma participation, mais puisque j'arrive, voulez-vous…

– Il n'est pas question de ça, rassurez-vous, enchaîna Ladygold.

Grenouillette, d'une petite voix gênée, précisa qu'elle n'avait fait qu'appliquer le tarif en vigueur pour chaque colocataire.

– Tu as bien fait, mais le problème est plus grave, d'après nos calculs initiaux, l'équilibre est rompu, il manque réellement trois participations à l'ensemble du fonctionnement de la maison.

– Mais alors, ici aussi, c'est la crise !? s'écria naïvement l'Autruche.

– Oui ma chérie, t'as tout compris, lui répondit Rancunia, nous sommes en pleine crise, et pour une fois ce n'est pas une crise de rire !

– Il manque un peu de beurre dans les épinards, voilà tout, ajouta Souris avec une pointe d'humour.

– Oui... enfin, tu veux dire une grosse motte ! Si je vous ai réunis, c'est justement pour réfléchir ensemble à cette situation un peu embarrassante.

– Mais Lilybeth nous a promis qu'elle continuerait à payer sa quote-part jusqu'à son déménagement, ça nous laissera un peu souffler, non ? suggéra Souris

– Hélas, Rancunia leur a déjà trouvé la maison qu'il leur faut, et comme c'est une affaire, elle a préféré le leur dire hier soir, avouez que c'est plus honnête, annonça Ladygold en tapotant la main de Rancunia.

– C'est l'une des dernières maisons dont je me sois occupée à l'agence, avant de prendre ma retraite. Je l'avais vendue à des amis, aujourd'hui ils quittent la France, ils s'exilent, comme beaucoup d'autres hélas, alors ils bradent tout ! C'est à un quart d'heure du centre-ville, une maison d'architecte, pas trop grande, sans étage, sans travaux à faire, ils peuvent emménager quand ils voudront, le jardin est assez petit et il y a un jacuzzi, comme ici, je ne sais pas si l'horloger anglais appréciera mais vous savez combien notre Lilybeth adore faire trempette.

– Ben voilà, tu lui trouves vite fait un petit nid d'amour, comme ça elle va déguerpir rapidement et nous nous allons galérer pour lui trouver une remplaçante, bravo et merci ! soupira l'Autruche.

Ladygold coupa court à toute polémique.

– Ne nous disputons pas, je vous en prie, c'est inutile. Ce que je vous demande, c'est de réfléchir aux solutions que nous pourrons trouver.

– C'est tout de même ballot qu'au moment où tout le monde nous admire et nous encense après cet article élogieux sur notre style de vie, et que des tas de gens sonnent à la porte pour demander si notre petit paradis se visite, nous en soyons à chercher comment faire vivre le Patio, dit doucement Grenouillette.

– Tu as raison, et ça me donne une idée… enchaîna Patrice.

– Mais dans les lettres des lectrices que Chloé m'a remises, il y a peut-être des candidatures intéressantes, je vais m'y plonger tout de suite, ajouta Souris triomphante.

– Nous en reparlerons demain à la même heure, trancha Ladygold, toutes les suggestions seront les bienvenues. Pour l'instant, c'est moi seule qui « trinque », et tant que je peux, je continuerai à assumer. Mais vous remarquerez que je n'ai, à aucun moment, évoqué la possibilité de diminuer le personnel ou, pire, d'augmenter la participation de chacune…

– Et de chacun ! ajouta Patrice avec humour.

– Oh oui, pardon cher ami, j'ai encore l'habitude de ne parler qu'au féminin ! Il va nous falloir bousculer nos méninges ! Mais attention, tout ceci doit rester confidentiel, ce n'est pas le moment d'ébruiter nos soucis, et évitez surtout de raconter quoi que ce soit à cette folledingue de Radio Cancan, elle propage tout ce qu'elle entend à la vitesse d'Internet ! Enfin, comme nous n'avons pas pu aller aux Halles hier, à cause du mariage, celles ou ceux qui le veulent peuvent venir se taper six huîtres et un petit blanc sec avec moi, pour se requinquer sans se ruiner, départ dans une heure !

Tout le monde sortit à la queue leu leu, mais en silence, en se disant que les jours se suivaient et ne se ressemblaient définitivement jamais au Patio.

Et puis Grenouillette se ravisa :

– Mais qu'est-ce que je fais pour ce soir ! ? J'avais prévu de vous faire une « galettes-bretonnes-party » ?

– Ne change rien, tant que ce n'est pas avec du caviar ! lui répondit Ladygold en souriant.

– Alors on boira du cidre, ça sera toujours ça d'économisé sur le budget champagne ! persifla Souris.

– Si on m'avait dit que je finirais avec une bolée de cidre à la main ! C'est vraiment la crise ! Je vous interdis de prendre des photos, s'écria l'Autruche en leur tournant le dos.

Dimanche 11h

Patrice alla rejoindre sa sœur dans sa suite pour lui raconter cette ahurissante réunion.

– Eh bien, ça commence mal, si elles sont dans la panade, tu ne vas pas rigoler tous les jours, tu crois que tu peux encore tout annuler ?

– Il n'en est pas question ! Au contraire, ça m'excite, je vais tout faire pour les aider, ça sera comme un nouveau challenge. Tu n'as pas encore compris à quel point je m'emmerdais, je n'en pouvais plus de ma vie où il se passait plus rien. Se retrouver dans le vide du jour au lendemain après toute une vie de boulot, quelle angoisse ! Je réalise pourquoi tant de retraités meurent subitement ou se foutent en l'air dans l'année qui suit leur retraite forcée. Ça aussi, c'est intéressant comme piste. J'ai l'impression que, tout à coup, les idées se bousculent ! Avant tout, il faut que je lise toutes les lettres des lectrices et puis, justement, que je parle avec Chloé.

– Je viens de la quitter, nous avons bavardé comme deux vieilles copines. Elle est intelligente cette petite, et puis elle a ce franc-parler et cette ouverture d'esprit qu'ont toutes ces nouvelles générations. C'est assez surprenant, ce recul et cette maturité qu'ils peuvent avoir maintenant. J'avoue que je serais complètement paumée si j'avais des enfants de cet âge.

– Ma pauvre vieille, tu oublies que tu avais 25 ans à ton premier veuvage, alors, si je compte bien et si tu avais eu des enfants à ce moment-là, ils auraient à peu près 45 ans aujourd'hui! Chloé pourrait donc tout à fait être ta « petite-fille » !

– Merci de me le rappeler, tu es toujours d'une délicatesse avec moi !

– Dis-moi… quand penses-tu pouvoir nous donner notre part de la vente du terrain du Champommier ? Maintenant que Grenouillette est d'accord, ça peut aller assez vite, non ?

– Tiens, tiens… je croyais que tu t'en foutais de ce fric ? Ça me fait bien rire ! Ne me dis pas que…

– Si, j'ai envie de m'en servir pour ici, ça pourrait soulager Ladygold, elle prendrait ça comme une « avance ».

– Tu ne trouves pas que tu vas un peu vite dans toutes tes décisions ? Imagine que ça foire et que tu veuilles repartir ?

– Eh bien alors ce serait comme un « prêt » très officiel, avec reconnaissance et toute la paperasse qui va avec.

Comme chaque fois qu'elle était surprise, Charlotte ressortit l'expression favorite de son dernier mari :

– Putain bordel, je suis sur le cul ! Et si tu rencontrais un jour un homme qui te plaise et qui te demande de venir vivre avec lui, qu'est-ce que tu ferais, pauvre crétin ?

– Et si, et si… on n'arrive à rien avec des « si », tu m'as toujours dit qu'il fallait savoir trancher dans la vie. Et toi ? Tu n'as jamais cessé de choisir en un éclair, de me dire que tu te remariais dès que tu retrouvais un jules capable de te faire vivre, et à chaque fois, il était un peu moins bien que le précédent. Alors, excuse-moi, tu n'as pas de leçon à me donner, que je sache !

– Ta gueule !

– Oui t'as raison, ta gueule, Lolotte ! J'ai 62 ans, je suis majeur, vacciné, célibataire, et j'ai décidé de venir vivre ici, au milieu de ces femmes, pour la plupart raides frappées, rien ni personne ne m'en empêchera et je ferai ce que je veux de mon fric, voilà, t'es contente ? Maintenant, remets-toi du rouge à lèvres, il faut qu'on descende, nous allons tous aux Halles boire un coup de râpeux, et j'adore l'idée !

On frappa à la porte et ils répondirent dans un bel ensemble :

– Entrez !

– Mes amis, leur dit doucement Ladygold en entrebâillant la porte, vous vous chamaillez encore comme des chiffonniers, on vous entend d'en bas ! Soyez mignons, ne me donnez pas un souci supplémentaire, que puis-je faire pour vous calmer ?

– C'est mon rôle de sœur aînée d'essayer de lui faire la morale, vous verrez, il est têtu comme une mule.

– Quelle emmerdeuse, la morale, elle ? On croit rêver ! Ne vous faites aucun souci, j'ai l'habitude, ça fait plus de soixante ans que je la supporte, c'est ça les joies de la famille ! Alors, tu viens Lolotte ? Dépêche-toi un peu, ma pauvre vieille, tu ne vois pas que tu fais attendre notre amie ?

Quand elle passa devant lui pour sortir de la chambre, elle le pinça au bras en se forçant à lui sourire, il lui tapa alors sur la fesse en la traitant gentiment de « connasse ».

Ladygold, qui n'avait rien raté, emprunta une fois de plus l'expression favorite de Charlotte :

– Vous allez finir par me tuer, putain-bordel, je suis sur le cul !

Dimanche midi

Dans les Halles, Patrice fit en sorte de se retrouver à côté de la petite Chloé. Et comme il y avait foule devant le bar et que toutes ces dames faisaient un beau vacarme pour commander, il put facilement lui parler à l'oreille sans que personne ne puisse entendre. Il lui posa toutes les questions qu'il voulut et fut surpris par la précision de ses réponses. Elle reprenait son TGV en fin de journée, mais ils se mirent d'accord pour se rappeler le lendemain matin.

Souris était allée chercher Poulet, le beau volailler que tout le monde adorait et sur lequel elles se pâmaient, regrettant amèrement qu'il soit gay.

– Bonjour Patrice, dit-il en lui décrochant son fameux sourire hollywoodien, vous voyez que je me souviens de votre prénom, alors que nous ne nous étions rencontrés qu'en coup de vent ici même.

– Bonjour Poulet, moi non plus, je n'ai pas oublié le surnom que vous ont donné mes amies.

– Et moi, je vous avais rebaptisé illico Patriste, parce que vous saviez les faire rigoler !

Ils échangèrent un sourire de connivence.

– Ça y est, il vient de s'installer au Patio, on vous l'avait dit qu'il allait vivre avec nous ? demanda Souris.

– Oui, oui, j'ai su ça, c'est une grande nouvelle, dit-il en fixant Patrice de ses yeux bleus, un homme, enfin, parmi toutes ces divas. Vous allez devoir être costaud, parce que ce sont toutes des coriaces ! Mais si elles vous font des misères, appelez-moi à la rescousse, j'irai vous les ficeler comme des volailles. Attention Mesdames, je saurai le défendre, ce gentil garçon !

Patrice, un peu gêné, le remercia d'une petite tape amicale sur l'épaule et Poulet la lui rendit, mais nettement plus fort.

– Alors, bienvenue au club, Patriste, on va se soutenir, vous verrez ! Vous n'avez pas oublié que je vous ai tous invités à mes cinquante berges ? C'est samedi prochain, à 20 heures, n'oubliez pas. José connaît bien le chemin, si ça ne vous dérange pas, je l'ai invité lui aussi. Et surtout venez les mains vides, c'est vous que je veux, pas les cadeaux !

Il les embrassa les unes après les autres, sans oublier Chloé ni Charlotte, un peu surprise par cette familiarité. Puis il se tourna vers Patrice :

– Et mon nouvel ami, je peux l'embrasser lui aussi, ou ça le dérange devant ces dames ?

– Oui, la bise ! La bise ! se mirent à scander Souris et l'Autruche, tandis que Ladygold et Charlotte tapaient dans leurs mains et que Chloé, Grenouillette et Rancunia restaient coites.

Se sentant coincé, Patrice finit par en rire et s'abandonna finalement dans les bras musclés de Poulet pour recevoir non pas une mais quatre bises bien claquantes. Il fut bien obligé de les lui rendre, plus légères, mais surtout plus discrètes.

Les applaudissements saluèrent la scène et Poulet les abandonna, tout sourires, pour aller retrouver ses volailles.

Rancunia ne put s'empêcher de persifler :

– Je déteste ces bodybuildés qui jouent les midinettes !

– Tu es jalouse parce que c'est Patrice qui risque d'emporter le morceau ? lui répondit Souris.

– Mais pas du tout, vous êtes folles ! Il a douze ans de moins que moi ! J'avoue qu'il est beau comme un dieu, mais je parie qu'il les préfère plus jeunes, et surtout mieux bâtis que moi !

– Pas si sûr, trancha Souris, avec un petit sourire en coin.

– Alors ? glissa Charlotte à l'oreille de son frère, imagine que ce beau costaud veuille quand même t'enlever, qui choisiras-tu ? Tes vieilles poulettes ou ce croustillant chapon ?

– Tu te goures, ma pauvre vieille, parce qu'un chapon c'est sensé être castré, et celui-là doit être bien membré, crois-moi ! Pour le choix, faut quand même pas rêver. Ça devrait te suffire comme réponse ?

Poulet revint alors sur ses pas. Il y eut comme un petit flottement, chacun redoutant qu'il ait entendu le commentaire acide de Rancunia.

Mais c'est devant l'Autruche qu'il se planta, les jambes écartées et les poings sur les hanches.

– Dites donc, Miss Autruche, il me vient une idée, puisqu'il paraît que vous aimez chanter, vous ne nous feriez pas un petit récital pour ma soirée ? Deux ou trois chansons, ce serait gentil et ça me ferait plaisir ! J'ai un copain musicien qui serait ravi de vous accompagner, si vous êtes d'accord, il peut vous appeler demain ?

Tous restèrent bouche bée, puis l'Autruche, la surprise passée, laissa exploser sa joie :

– Ah ! Enfin quelqu'un qui s'intéresse à mon talent ! Vous je vous adore, il faut que je vous embrasse. Oui, oui, oui ! Avec joie, je vais chanter pour vous !

Elle se jeta alors sur lui pour le couvrir de baisers et, profitant de l'occasion, n'hésita pas une seconde à le tâter devant tout le monde. Les épaules, les biceps, les hanches et même les fesses, il eut droit à tant de papouilles qu'il eut l'impression qu'elle avait dix mains.

– Vous êtes aussi ferme que beau, mon petit Poulet, mais mon pauvre chéri, je vous ai mis du rouge à lèvres partout. Venez que je vous enlève toutes ses maudites traces, sinon que vont penser vos clientes ? Que vous avez viré votre cuti ?

Tandis qu'elle lui essuyait le visage avec un Kleenex, il resta tout aussi docile, stoïque et souriant. La surprise passée, la petite bande essayait, tant bien que mal, de garder son sérieux. Mais toute la clientèle du bar s'était retournée pour profiter du spectacle. Il fut alors évident que cet assaut, aussi affectif que démonstratif, mené par l'une des femmes chic du Patio Secret sur le volailler des Halles, allait vite être colporté dans toute la ville. Elle était plutôt gonflée, l'assaillante, parce qu'elle devait bien friser les soixante-dix ans !

En réalisant qu'elle venait de se donner en spectacle, l'Autruche, que cette soudaine petite gloire enchantait, toisa toute l'assemblée avec fierté.

– Ça fait du bien, pour du cul, c'est du cul ! Du béton, je vous assure.

Elle fut très applaudie.

Poulet, désormais hilare et rougissant, repartit en lui criant :

– Mon copain vous appellera demain, lui aussi a un surnom, on l'appelle « Clayderman » !

Ce fut le mot de trop, Ladygold et ses amies, Chloé, Charlotte et Patrice partirent d'un tel fou rire qu'ils mirent un moment à reprendre leurs esprits.

– Je viens encore d'avoir une super idée pour nos problèmes, leur dit Patrice en reprenant son souffle, mais je vous en dirai plus demain, lors de notre réunion.

– Si nous allons tous à la fête de Poulet samedi, quand allons-nous pouvoir partir pour Biarritz ? demanda Ladygold.

– Comme vous m'aviez laissé carte blanche, j'ai réservé nos chambres pour dimanche soir chez Serge Blanco, à Hendaye. J'ai pensé que nous serions plus au calme sur cette belle plage. Notre programme de Thalasso ne démarrant que lundi, nous pourrions partir dimanche en fin de matinée, il y a six heures de route environ. Là-bas, José a préféré qu'on lui réserve une chambre en ville, et il veut aller se recueillir sur la tombe de Luis Mariano à Arcangues ! Mais il pourra nous conduire à Biarritz pour la compétition de surf de votre petit-fils. Qu'en pensez-vous ?

– Pour moi c'est parfait, et pour vous mesdames ?

– Six heures de route, quelle horreur ! J'aurais préféré la faire en deux fois et passer la nuit à mi-parcours, vers Toulouse, mais puisque c'est la crise, on va économiser sur ça aussi. gémit Rancunia.

– Pourriez-vous demander à ce Serge Blanco s'il a un piano, parce que je pourrais donner un récital là aussi ? enchaîna l'Autruche.

Rancunia s'insurgea :

– Ah non ! Tu ne vas pas encore nous saouler alors qu'on y va pour se reposer !

– Et toi, vieille toupie, incapable de faire plus de trois heures de route sans aller te coucher, tu crois que ce n'est pas saoulant, ça aussi ?

– Joker ! leur cria Ladygold, ne commencez pas à vous crêper le chignon, ce n'est pas le jour.

– Et toi, Souris, tu es toujours d'accord pour garder le Patio en notre absence ? Tu as des nouvelles de ton fameux Coq Hardi ?

– Euh… oui, oui, pas de problème, mais Lilybeth et son Harold rentreront-ils à temps ? Parce que je ne veux quand même pas me retrouver seule avec lui. Pas si vite.

– Tu freines des quatre fers ou tu fais ta mijaurée pour ne pas t'abandonner dès le premier soir ? lui demanda l'Autruche.

Souris haussa les épaules et leva les yeux au ciel pour toute réponse.

Puis Rancunia s'en mêla :

– Il est prévu que nos jeunes mariés rentrent de Londres lundi, tu n'auras que dimanche soir en tête à tête, sauf si tu repousses son arrivée au Patio à lundi ? En fait, tu feras ce que tu voudras. On s'en fout, tant que tu gardes la maison, avec ou sans ton coq !

– Et vous, Charlotte et Grenouillette, quand partez-vous pour l'Afrique ? poursuivit Ladygold.

– Je rentre à Paris demain, et Grenouillette vient m'y rejoindre vendredi, notre vol est prévu samedi à l'aube.

– Tu ne pourras donc pas assister à la fête de Poulet, ma pauvre ? demanda l'Autruche, navrée qu'elle loupe son concert.

– Non, je suis désolée, mais il y aura bien quelqu'un pour t'enregistrer ? En tout cas, je suis ravie et excitée comme une gamine de partir !

– Et quand comptes-tu rentrer ?

– N'ayez pas peur, je vous la renverrai dans un mois, ou plus si elle a un coup de foudre et qu'elle ne veuille plus repartir ! plaisanta Charlotte.

– Et vous, ma petite Chloé, quels sont vos projets ?

– Je repars tout à l'heure, mais…

– Si vous le permettez, elle reviendra dès notre retour, enchaîna Patrice, c'est moi qui le lui ai demandé car, si je m'en souviens bien, les invitations personnelles pour trois jours sont dans votre règlement ?

– Oui, oui… avec joie, répondit Ladygold, tout aussi surprise que les autres. Alors c'est parfait, tout notre programme est d'équerre, finissons nos huîtres et allons-nous jeter sur le plateau de fromages qui nous attend au Patio, ce soir nous aurons droit aux divines galettes de notre Grenouillette !

Personne n'osa reparler du cidre, il était évident que Ladygold n'était pas d'humeur joyeuse.

Quand ils se dirigèrent vers la sortie, un sifflement strident les fit se retourner. C'était Poulet, qui, de son stand de volailles, leur lançait des baisers.

Dimanche 14h

Le plateau de fromages n'avait pas fait long feu.

Apres avoir consciencieusement ré-épluché toutes les croûtes du comté, Souris, qui avait encore faim, proposa d'aller chercher sa boîte de sablés.

– Tu vas encore faire trempette dans le vin rouge, grosse goulue, lui lança l'Autruche.

– Oui j'adore ça, mais si tu veux rentrer dans ton fourreau noir pour ton concert, je te les déconseille !

– Moi, je peux manger ce que je veux, je ne prends jamais un gramme.

– Quel dommage, tu en aurais bien besoin.

– Jalouse !

– Joker, Mesdames ! Qu'est-ce qui vous prend, aujourd'hui ? intervint Ladygold, j'ai l'impression qu'il y a de l'électricité dans l'air ?

– Tu nous as foutu le bourdon avec ta crise ! répondit Souris, je suis sûre que Rancunia, à force de trop écouter les infos catastrophiques à la télé, t'a complètement manipulée. Nous ne sommes pas encore en Sibérie, que je sache ! Moi, j'ai besoin de me remonter le moral, il faut que je grignote.

– Moi, j'en veux bien de vos petits gâteaux, intervint Patrice, rapportez aussi les lettres des lectrices de Chloé, on va s'isoler pour les ouvrir ensemble.

Quelques minutes plus tard, attablés devant la petite pile de courriers, ils commencèrent à tremper allègrement les fameux sablés dans leur verre de vin rouge.

– C'est délicieux !

– Ah ! je suis contente, on va se ré-ga-ler tous les deux.

Chloé, très curieuse de cette idée, osa se joindre à eux la première, puis Charlotte arriva, l'air de rien, et se mit à tremper elle aussi. Il fallut encore quelques minutes pour que Ladygold, à son tour, se décide à venir goûter. Grenouillette s'avança timidement et finit par participer, elle aussi, au « trempage ».

Rancunia, plongée dans un roman, ne quitta pas sa chaise longue et l'Autruche, un peu vexée, leur annonça qu'elle allait réfléchir à son tour de chant dans son salon.

La boîte de sablés fut rapidement vidée.

– Je vois que vous avez tous aimé ma « trempette-sablés-vin rouge », bande de faux-culs ! Et, en plus, vous avez taché certaines lettres, quelle honte !

– Bravo et merci ma chérie, tu nous as épatés et régalés, c'est vrai ! la félicita Ladygold, en repartant s'installer dans le jardin.

– En plus, c'est génial et facile comme recette de dessert, moi qui n'ai jamais le temps d'en faire, osa ajouter Chloé.

– Ces sablés me rappellent notre enfance en Normandie, tu te souviens Grenouillette ? enchaîna Charlotte de sa voix snob.

– Oui, on faisait la même chose chez mes grands-parents.

– Ah oui ? Nous, il nous était interdit de tremper quoi que ce soit, c'était jugé trop ordinaire, n'est-ce pas Patrice ?

Il lui lança un regard assassin parce que, chaque fois qu'elle le pouvait, elle rappelait à la petite Thérèse, aujourd'hui

Grenouillette, qu'elle n'était que la fille du fermier et que leur frère avait fait une mésalliance en l'épousant.

– Ta gueule, Lolotte, tu ne vas pas nous faire le coup de la nostalgie ? Tu vois, moi aussi j'adore tremper ! Merci Souris pour ce plaisir, simple et délicieux, vous me direz où l'on trouve ces gâteaux, la prochaine boîte, c'est moi qui l'ouvrirai.

– Ce sont les bonnes sœurs, des copines de Grenouillette, qui les font. Elles les vendent pour aider les orphelins, ou pour une œuvre quelconque, ou tout simplement pour leur monastère !

– Je connais la recette, je pourrai vous en faire si vous voulez, dit modestement Grenouillette.

– Oh c'est génial, tu vas pouvoir essayer en Afrique, mais ! il faudra adapter tes proportions, les œufs sont plus petits là-bas, lui répondit Charlotte, comme pour se faire pardonner.

Patrice leva les yeux au ciel.

– Si on les lisait ces lettres ? enchaîna Souris, on ne sait jamais, il y a peut être une future coloc là-dedans !

Charlotte et Chloé allèrent rejoindre Ladygold dans un coin ombrageux du jardin et Grenouillette partit préparer son dîner.

Ils commencèrent par ouvrir toutes les enveloppes qui n'avaient pas été décachetées par le journal. Pour la plupart, il y était bien stipulé :

« Pour les Dames du Patio Secret – Personnel et confidentiel ».

C'étaient, hélas, de simples formules d'admiration ou de félicitation, plus ou moins bien rédigées, mais en fait très touchantes.

Mais dans certaines autres il y avait pas mal de désapprobation, des accusations, beaucoup de jalousie :

« Vous vivez dans le luxe… Vous ne savez pas ce qu'est la vraie vie… Vos moyens semblent illimités, etc. »

Souris parut affectée et décida d'en censurer plusieurs, qui auraient pu blesser Ladygold.

– Mais ce qu'ignorent ces femmes, dit-elle à Patrice, c'est que nous avons toutes eu de grosses situations, que nous avons travaillé toute notre vie comme des folles, et sans être aux 35 heures, nous ! Ladygold vivait en permanence dans sa pharmacie, Rancunia faisait visiter les maisons à vendre quasiment jour et nuit, week-end compris. L'Autruche a couru, jusqu'à sa retraite, les agences de pub pour vendre les pages de ses magazines, moi je me levais tous les jours à 5 heures du matin pour être la première dans les entreprises dont je gérais les finances, et la Lilybeth recevait ses étudiants en langues en non-stop ! Il n'y a guère que notre Grenouillette qui soit restée femme au foyer !

– Et elle s'est occupée, pendant des années, de mon frère, de son fils et de nos parents d'une façon admirable, précisa Patrice.

Poursuivant leur lecture, ils trouvèrent enfin quelques pistes intéressantes.

– Celle-là me semble sérieuse, dit Patrice triomphant, en tendant la lettre à Souris.

– Trop jeune ! Elle ne cherche qu'une parenthèse agréable pour changer de vie, elle ne restera pas six mois.

– Et celle-là ?

– Non, elle, elle cherche un psy, pas des copines.

– Alors celle-ci ?

– Moui... gardons-la, on verra plus tard.

– Vous ne pensez pas qu'il faudrait rajeunir les cadres ?

– Vous me faites marrer, moi je suis la plus jeune, j'ai 62 ans, et je ne pense qu'à me retrouver un jules ! Alors imaginez des quinquagénaires, elles ne feraient qu'entrer et sortir, nous ne vivons pas dans un hôtel plein de courants d'air. C'est vrai que j'adore ma vie ici, mais si un homme me proposait une vie agréable à deux, est-ce que vous croyez que j'hésiterais ?

– Soyez franche, il faudra qu'il les allonge pour vous faire vivre comme vous aimez ?

– Oui, j'avoue que j'ai été gâtée par la vie jusqu'ici, mais la passion ça peut vous faire faire des folies, même à nos âges, non ?

– Je ne vous imagine pas dans un petit deux pièces en train de laver les chaussettes et le caleçon de votre amant, aussi fougueux soit-il ! Vous savez bien que tout ça ne dure pas, et il me semble vous l'avoir déjà dit, les hommes de votre âge cherchent plutôt des jeunettes.

– Oui, je sais, et vous m'aviez conseillé d'en chercher un plus jeune ! Alors je vais vous mettre dans la confidence, mais motus ! Le Coq Hardi qui vient me rejoindre pour trois jours, il n'a, en vérité, que cinquante-quatre ans. Huit ans d'écart, ça peut encore passer, non ? Le Harold de Lilybeth, il a carrément dix ans de moins qu'elle !

– Je parie que vous lui avez menti sur votre âge ?

– Je vous adore ! Quelle poisse que vous soyez gay !

Ils continuèrent leur lecture et mirent plusieurs lettres de côté, jusqu'à ce qu'ils tombent sur une perle.

Dimanche 20h30

Après une séance d'embrassades pour le départ de Chloé, tous se retrouvèrent dans la cuisine pour la « galettes-party » de Grenouillette.

– Tout est prêt, vous me dites simplement ce que vous voulez y mettre, il y a du jambon, des petites saucisses, des œufs, du gruyère râpé, et pour ceux qui les préfèrent sucrées, toutes sortes de confitures, du miel ou de la glace vanille.

Grenouillette, en tablier, avait tout prévu, même un carnet pour noter les commandes.

– On dirait la mère Poulard !

– Il ne lui manque plus que la coiffe !

– Et qu'est-ce qu'on boit avec tout ça ?

– On avait dit du cidre, non ?

– Moi, je préférerais du vin rouge, pas vous ?

– Vous me fatiguez, répondit Ladygold, buvez ce que vous voulez ! José n'est pas là ce soir, pourriez-vous vous charger des bouteilles, Patrice ?

– J'ai naturellement acheté du cidre, il est dans mon frigo, le quatrième à droite, lui dit Grenouillette.

– Ce sera donc cidre ou cidre, parce que le champagne, excusez-moi, ça ne va vraiment pas avec ces galettes !

Il fit sauter les bouchons et les servit sans leur demander leur avis.

Il y eut un silence poli, pendant que Grenouillette s'affairait sur ses poêles. Et puis, l'Autruche se lança :

– Mais c'est bon ! Ça pétille aussi ! Un peu sucré, mais bien frais, ça peut être délicieux vraiment.

– Tu vois, snobinarde, pour ta voix les pommes sont peut-être meilleures que le raisin ! lui lança Souris.

– Tu as sans doute raison, chérie, mais pour toi c'est beaucoup trop calorique !

– Taisez-vous, cria Grenouillette, et venez plutôt m'aider !

– On dirait les deux méchantes sœurs de Cendrillon, lança perfidement Rancunia.

– Comment s'appelaient-elles déjà ? demanda Ladygold à Patrice.

– Javotte et...

– Anastasie ! conclut Charlotte, soudain hilare. Excusez-moi, mais j'ai l'impression d'être derrière une glace sans tain en vous observant dans cette scène touchante de cohabitation. Dans le fond, c'est comme en famille, on se titille, on se chamaille, on peut se dire des horreurs, mais rien n'est grave.

– Vous avez raison, répondit Ladygold, on forme une sorte de famille recomposée, c'est pour ça que c'est si difficile de trouver de nouveaux membres qui puissent s'y glisser et s'adapter à nous. À nous toutes. D'autant plus que nous sommes hyper sélectives. On ne peut pas tomber, tous les jours, sur une merveille comme votre frère.

Patrice lui envoya un baiser.

– Merci pour la « merveille », mais nous n'avons pas encore vraiment vécu ensemble.

– Oui, attendez un peu de le voir à l'œuvre, poursuivit Charlotte.

– Si on parlait des candidatures ? intervint Souris, il reste encore quelques lettres à lire, mais nous en avons déjà sélectionné deux, dont une ahurissante !

– Tu as le temps de nous la lire, Javotte, lui conseilla Grenouillette, ce n'est pas encore ton tour d'être servie.

– Oui, vas-y, nous t'écoutons, lui dit Ladygold.

« Mesdames,

C'est avec délectation que j'ai lu le reportage, récemment paru, sur votre formidable communauté de femmes seules, veuves ou divorcées. Cette idée de "cohabitation" m'a littéralement enchantée ! Et je ne rêve que d'une chose : venir me joindre à vous dans ce Patio Secret, qui ressemble à un petit paradis sur terre. Mais il faut tout de même que je vous avoue avoir déjà beaucoup entendu parler de vous par ma sœur, qui, elle, vit dans votre jolie région. Vous la connaissez, assez bien, je crois. Elle est venue plusieurs fois dîner dans votre belle demeure, lors de vos "Dîners de Veuves" et elle vous admire toutes. Elle aurait adoré, elle aussi, venir vivre parmi vous, mais elle a deux chattes dont elles ne peut pas se séparer, et je crois que les animaux sont proscrits dans votre règlement. Détail croustillant, elle m'a énuméré tous les sobriquets, absolument tordants, que vous vous donnez ! Le sien lui va à merveille, et je n'aurais pas trouvé mieux parce que, je dois le reconnaître, elle est parfois un peu trop bavarde. Bravo pour votre humour de l'avoir, très judicieusement, baptisée Radio-Cancans ! »

– Ah non ! Au secours ! Pas la frangine de cet épouvantable moulin à paroles, s'écria Rancunia, ça doit être la même, en pire !

– C'est amusant, ce que le monde est petit, se contenta de dire Ladygold.

– Et la presse a encore du pouvoir de persuasion, ajouta Patrice.

– Mais laissez-moi finir ! Vous n'êtes pas au bout de votre surprise !

– Vas-y, vas-y, mais ça démarre mal, ajouta l'Autruche en se resservant de cidre.

« J'ai donc l'honneur de vous présenter officiellement ma candidature.

J'ai 73 ans, pas d'enfants et pas d'animaux. (J'ai eu une chienne, Bibiche, mais qui est morte à 15 ans. Quelle souffrance !) Je ne pense pas que la question financière soit un problème, je dispose d'un petit pécule personnel, je possède, en nom propre, deux studios qui sont bien loués et j'ai déjà vendu quelques meubles et tableaux de famille. Par ailleurs, je pense me décharger, très prochainement, de quelques bijoux un peu trop voyants. Bref, ne vous faites aucun souci, je pourrai, je pense, aisément participer au budget de votre cohabitation. Même si ma sœur m'a dit que vous donniez dans le "haut de gamme".

Mais pour l'instant, ma demande, si toutefois vous l'acceptez, n'est qu'une simple "réservation", comme une "option" prise sur l'une de vos suites – je dois dire formidablement décrites dans l'article – parce qu'il faut que je vous avoue encore autre chose, mon mari n'est pas encore mort ! »

– Ah, celle-là, elle est impayable ! s'écria Ladygold.

Grenouillette en lâcha une poêle, l'Autruche s'étrangla et les autres s'écroulèrent dans leur assiette. Souris, pliée en deux et ne pouvant continuer la lecture, passa la lettre à Patrice pour qu'il termine.

« Ça fait presque un demi-siècle que nous sommes mariés. Mais depuis qu'il est à la retraite, ce qu'il a très mal supporté, et ça fait déjà plusieurs années, il s'est muré dans un mutisme effrayant. Il était dans la finance et voyait, je crois, beaucoup de monde, mais je n'ai jamais vraiment compris ce qu'il faisait exactement. Il a d'abord été accro à la télé, puis aux sudokus et enfin aux mots fléchés. Vous me direz que ce n'est pas si mal d'avoir encore un mari, même si il est plus muet qu'une carpe... J'ai eu une vie pépère de bonne bourgeoise, ou plutôt d'esclave, soumise et consentante, d'un mari bougon. Mais cette vie, aujourd'hui, me paraît bien fade et dérisoire. Il ne m'adresse jamais la parole, il va très mal et ne s'alimente presque plus, il a même arrêté les mots fléchés. Il ne veut plus voir aucun médecin, et j'en suis arrivée à la conclusion qu'il voulait mourir. Que faire ? Prier ou le pousser par la fenêtre ? Quel dilemme ! Mais mon souci, c'est "après" ! Il faut vous dire qu'il a eu des enfants d'un premier lit, avec qui je ne me suis jamais bien entendue, et je ne me fais guère d'illusions, il ne sera pas encore froid qu'ils me feront déguerpir de l'appartement pour le vendre. Voilà mon lot, et c'est bien triste, avouez-le. C'est pour ça qu'en lisant ce beau reportage sur vous, l'idée m'est tout de suite venue de vous écrire pour réserver une chambre dans votre belle maison. Vous semblez être si heureuses et joyeuses dans cette vie en communauté. (Ma sœur me l'a confirmé maintes fois !) Alors j'y ai réfléchi longuement. Où aller ? Je suis en bonne santé et n'ai nulle envie de me retrouver enterrée vivante dans un mouroir pour grabataires. J'ai, plus que tout, la hantise de la solitude et du silence. J'ai donc trouvé votre idée épatante, se réunir, quand il est encore temps, pour profiter de la vie ensemble sans soucis. Je suis, croyez-le, très impatiente de venir me joindre à vous. Je suis même très excitée à l'idée d'avoir un surnom, moi aussi !

Voilà, vous savez tout et j'ose espérer que vous retiendrez ma candidature.

Vous trouverez mes coordonnées ci-dessous,

Avec mes remerciements,

Bien cordialement,

Marie-Louise d'Hémécourt

P.S : Pour votre information, ma sœur m'appelait Marieloulette quand nous étions petites, et ça m'est resté, ça suffirait comme surnom ? »

La lecture terminée, Patrice les regarda en silence, guettant leurs réactions.

– Au secours ! Elle est encore plus folle à lier que sa frangine, dit Rancunia.

– Je n'en peux plus, je vais faire pipi ! s'écria l'Autruche en se levant d'un bond.

Grenouillette, éberluée, souriait benoîtement tandis que Souris, elle, rigolait de bon cœur. Charlotte, silencieuse, épiait Ladygold en se demandant quel allait être son point de vue.

– Ou elle est hystérique ou c'est de l'humour. Qu'en pensez-vous ?

– Si vous voulez mon avis, répondit Charlotte, c'est du deuxième degré, c'est une marrante.

– En tout cas, il va falloir lui répondre, dit Patrice, en posant la lettre sur la table.

– Je suis sûre que c'est Radio-Cancans qui lui a dicté tout ça ! Ce sont des folles, je vous le dis, intervint Rancunia, moi je resterais lettre morte !

– Et que lui diriez-vous ? demanda Ladygold à Patrice.

– Que vous ne pouvez prendre en compte sa demande puisqu'elle n'est pas veuve, mais si par malheur cela arrivait un jour, alors il serait temps de la recevoir et d'étudier sérieusement sa candidature, blablabla. Ne fermez pas la porte, elle semble avoir des moyens…

– Et ça mettrait du beurre dans nos épinards, conclut Souris.

– Et après on se la farcit ad vitam aeternam. Merci du cadeau ! Moi, je suis contre, s'emporta Rancunia.

– Si nous semblons intéressées, elle est capable de le foutre par la fenêtre, le mari, non ? demanda Ladygold avec un certain humour.

– Alors elle ira direct en taule, parce que moi, j'irai la dénoncer vite fait et elle verra si la pension est bonne dans ce petit paradis-là ! lui répondit Rancunia.

– Avouez que la vie est mal faite, intervint Souris songeuse, elle ne veut plus d'un mari, alors que la plupart d'entre nous rêveraient d'en retrouver un.

– Pour qui la prochaine ? cria Grenouillette en tendant une assiette.

– Pour moi, si c'est possible, parce que je n'ai encore rien mangé, osa Patrice.

– Pauvre chou, elles te feront mourir de faim si tu ne réclames pas ! lui glissa Charlotte, caustique.

– Eh bien moi, j'aimerais bien la rencontrer, intervint l'Autruche en revenant s'asseoir, ça pourrait être une partie de franche rigolade, et on pourrait lui demander des arrhes, ça serait toujours ça de pris !

– Comme pour un viager, en voilà une bonne idée ! lança Patrice, en soufflant sur sa galette.

Lundi matin 10h

Patrice arriva en courant au rendez-vous chez Ladygold parce qu'il venait, comme prévu, de passer un long moment au téléphone avec Chloé. Et il était ravi de cette conversation.

– Bonjour à toutes, bien dormi ? Pardon de vous avoir fait faux bon pour le petit déjeuner, j'avais un rendez-vous téléphonique, et ça a été un peu long.

– Rien de grave ? lui demanda Ladygold. Votre sœur s'inquiétait, elle est partie faire son bagage, son train est à midi trente.

– Tout va pour le mieux, je vous raconterai plus tard.

– Alors commençons. Qui a réfléchi à nos problèmes et aimerait prendre la parole ?

Rancunia leva la main.

– Moi ! La petite lecture d'hier soir m'a donné une idée. Il faut que tu arrêtes les « Dîners de Veuves » ! C'est vrai, tu es vraiment trop gourde de régaler tout le temps cette maudite troupe sous le prétexte qu'il y en a parmi elles qui ne peuvent pas payer un dîner quand c'est leur tour ! Elles sont souvent une quinzaine autour de la table, tu vois ce que ça coûte ? Et je ne te raconte pas le nombre de bouteilles de champagne qu'elles peuvent descendre ! Voilà déjà un des trous du budget réglé.

– Tu dis ça parce que tu ne veux jamais y assister ou parce que tu n'es pas encore veuve ? lui demanda Souris.

– Ne serais-tu pas un peu jalouse de ces pauvres femmes ? lui asséna l'Autruche

– Foutaises ! Je dis ça parce que Ladygold est trop bonne avec elles et que si le champagne nous coûte un maximum, à nous toutes, c'est parce que ces soirées ponctionnent le budget de la communauté, je sais de quoi je parle, c'est moi qui tiens les comptes ! Pardon, ma chérie, de crever l'abcès devant tout le monde, mais il faut bien que les choses soient dites aujourd'hui ! C'est d'avoir parlé de cette folle de Radio-Cancans, hier soir, qui m'a tout à coup fait réaliser combien ces dîners nous coûtaient en réalité.

– Tu exagères, je prends à ma charge tout le marché de certains de ces dîners, mais, en effet, le champagne, lui, est prélevé dans notre réserve commune. Que vont-elles dire si nous arrêtons tout ?

– Que c'est la crise pour tout le monde ! Rancunia n'a pas tort, intervint Souris.

– Il n'y a qu'à leur servir du cidre à elles aussi, il n'y a pas de raison, ajouta fièrement l'Autruche.

– Quand on veut réduire un budget, on coupe dans tout ! Enfin Souris, c'était toi la directrice financière de grosses boîtes, défends-moi !

– Oui, je le répète, tu as raison, pour une fois nous sommes d'accord ! Il faudrait même aller plus loin et éplucher le livre de comptes de la cuisine.

– José va mal le prendre ! leur répondit Ladygold.

– Pas si c'est Patrice qui s'y colle, trancha Rancunia.

– Oh là ! Merci du cadeau, il va me prendre en grippe !

– Non, elle a raison là aussi, vous êtes l'homme de la maison maintenant, lui répondit Ladygold, et vous saurez parfaitement l'amadouer, vous n'aurez qu'à lui dire qu'on vous a demandé de remettre notre budget d'équerre et que vous devez étudier toutes les dépenses. De vous, il acceptera d'être un peu fliqué. Rancunia me le dit tout le temps, et c'est vrai, moi, j'ai souvent tendance à être trop bonne-trop conne !

– Comme il est très copain avec tous les fournisseurs, vous feriez bien de vérifier les factures de ce Poulet que vous aimez tant, moi je pense que c'est un fieffé coquin ! lui conseilla Rancunia.

– Alors là, je ne suis pas d'accord, répondit Ladygold, combien de fois nous a-t-il offert des volailles pour justement inviter les veuves qui ne peuvent pas nous recevoir ?

– Arrête d'attaquer ce garçon, tu vas faire de la peine à Patrice maintenant qu'ils s'embrassent devant tout le monde ! ajouta perfidement Souris.

– Stop ! Comme a l'habitude de vous le dire Ladygold : Joker Mesdames ! D'accord, je vérifierai les comptes de José et de Poulet, soyez tranquilles. Mais si nous laissions les soucis ménagers de côté pour aborder les problèmes différemment ? J'ai réfléchi moi aussi et c'est souvent un œil neuf qui trouve les solutions. Je pense que nous ne dénicherons pas de nouvelles partenaires tout de suite. Vous savez toutes qu'après les candidatures éventuelles, que nous espérons, il faudra bien recevoir ces femmes et voter, comme vous l'avez fait pour moi.

– Oui, nous nous cooptons à l'unanimité depuis le début, précisa Rancunia.

– Et on ne va pas changer parce qu'on frise la mouise ! ajouta l'Autruche.

– T'as rien compris, on n'est pas dans la « mouise », c'est tout le contraire, on dépense trop !

– Alors, en attendant, Mesdames, comme l'a si bien souligné Souris, il va falloir mettre du « beurre dans les épinards » si nous voulons tous conserver, à peu près, le même train de vie ici. Je n'ai pas besoin de vous rappeler que tout change désormais à la vitesse de la lumière. Il faut se forcer, justement, à suivre et à accepter chaque jour cette évolution, sinon on risque d'être vite relégués au rang « d'ancêtres du siècle dernier ».

– Pardon, mais nous on se sent jeunes, n'est-ce pas Souris ? intervint l'Autruche.

Ladygold et Rancunia levèrent les yeux au ciel en même temps.

– Oui, c'est vrai, vous êtes toutes épatantes, mais savez-vous, par exemple, ce qu'est le « jobing » ?

Toutes se regardèrent avec une moue d'ignorance.

– C'est un nouveau phénomène de société, très justement issu de la crise. Finalement, tout le monde est dans le même bain. Et, petit à petit, on reviendra à ce bon système du « troc »qui sévissait jadis. Je te donne ça et, en contrepartie, tu me donnes ça. Un échange de bons procédés, en quelque sorte.

– Et votre « jobing », c'est quoi exactement ?

– Ce sont les petits services, ou travaux, qu'on peut réaliser pour le voisin, en « échange » de services ou contre… rémunération.

– Et en quoi ça peut nous concerner ?

– Essayons tous de gagner de l'argent pour renflouer les comptes du Patio.

– Soyez plus explicite, lui demanda Ladygold. On ne peut rien facturer, sinon nous tombons dans des méandres juridiques sans fin, et finalement dans la gestion d'une véritable entreprise.

– Grenouillette nous a dit que des gens sonnaient à la porte pour venir visiter le Patio Secret. C'est cette idée de « secret » qui les intrigue, ils veulent rentrer pour voir ! Eh bien, qu'ils entrent, mais qu'ils y laissent de l'argent ! Ça finira bien par aider la communauté.

– Je ne vois pas comment on peut leur réclamer du fric, nous ne sommes pas monument historique, que je sache, du moins pas encore, répondit Rancunia.

– Alors il me faut vous raconter la visite que j'ai faite, l'année dernière, d'un palais délabré à Palerme. Il appartenait à la même famille d'aristocrates depuis des lustres. Le dernier prince vivant, n'ayant plus les moyens de le restaurer, avait eu l'idée d'organiser des visites privées, sur rendez-vous. Mais il ne voulait rien déclarer au fisc, alors il avait tout simplement mis un « tronc », comme dans une église, pour que ses hôtes d'un moment y glissent un billet ou deux pour la restauration du lieu. Et quand il les remerciait de leur visite, ou plutôt de l'intérêt qu'ils avaient pu porter à son palais, il se plantait devant le fameux « tronc », de façon à ce que personne ne puisse échapper à l'obole.

– Vous me faites rire, on ne va pas faire payer pour visiter nos salles de bains ! Ça me gênerait, lui dit Ladygold.

– Mais non, on va utiliser nos talents respectifs et demander une « participation » pour la sauvegarde du lieu, c'est tout.

Lundi 10h

Charlotte n'avait mis que quelques minutes à faire son sac. Tout ce qu'elle avait apporté pour ce week-end resterait à Paris et la femme de ménage s'en chargerait. Elle allait retrouver sa chère Afrique où une tout autre garde-robe l'attendait. En sortant de sa douche, elle s'enroula dans un drap de bain et se regarda dans la glace. Les cheveux mouillés, sans un gramme de maquillage, elle se figea face à elle-même. Il n'était plus question, aujourd'hui, de se tirer la langue en se jetant à la figure son éternel « ta gueule la vioque ! » Et dire qu'elle avait osé le conseiller, ici même, à toutes ces femmes qui fuyaient tant la vieillesse !

Elle était désormais au pied du mur. Qu'allait-elle faire de sa vie ?

« Putain bordel », c'était pourtant vrai qu'elle allait avoir soixante-dix ans ! Elle vérifia les contours de ses yeux, les fines ridules autour de ses lèvres, la peau de son cou, le départ de son décolleté et la mollesse naissante de ses dessous de bras. Ce constat la rassura, et quand, une fois sèche, elle fit tomber le drap de bain pour enfiler une fine guêpière de dentelle noire, elle se trouva encore très « bandante ».

Il lui fallut, néanmoins, admettre que tout ça finirait par s'effriter, se « ridasser », puis carrément s'écrouler un jour ou l'autre. Le tout était de savoir quand.

« C'est vraiment de la merde, ce temps qui passe et qui repasse sur le corps, alors que dans la tête on se sent toujours la même. Comment accepter ? »

Mais non ! Décidément, non ! Elle ne voulait pas finir sa vie comme ces femmes qui se rassuraient chaque jour de n'être plus seules, comme si ça pouvait les empêcher de vieillir. Si c'était ça la cohabitation, se chamailler pour un rien, s'épier, se jalouser, pour finir par jouer à la plus gourmande ou à la plus gamine, ce n'était définitivement pas son truc. Ce qui la surprenait, au plus haut point, c'est que son frère ait eu un coup de foudre pour cette façon de vivre. C'est vrai qu'il avait un peu loupé sa vie, jusqu'à présent. Peut-être que cette gaieté permanente, et plutôt folklorique, allait lui convenir, faute de merle. Il allait sûrement se réveiller un jour et craquer. C'était évident qu'il finirait par se casser en courant. Pour un mec ? Ou pour venir la rejoindre, elle ? Deux vieux cons, frère et sœur, finissant par se tenir par la main pour s'aider à monter les escaliers, ce n'était pas le rêve non plus !

Elle ne regrettait pas de s'être réconciliée avec sa pâle belle-sœur, et l'inviter à partir avec elle lui semblait, maintenant, une bonne idée. Voyager ensemble, pour un temps, ce n'était pas vraiment « cohabiter ». Il y aurait une fin, une séparation. C'était du provisoire, comme toujours. Trois mariages et trois veuvages, rien n'avait jamais été définitif. Sa vie, en fin de compte, n'avait été jusqu'à ce jour qu'une suite d'épisodes, comme un feuilleton sans fin. Née Charlotte de La Rivière-Thibouville, veuve X, veuve Y et veuve Z, elle s'en était, finalement, plutôt bien tirée. Chapeau ma vieille !

Alors pourquoi avait-elle besoin, aujourd'hui, de faire ce petit bilan ? Parce que ce trop plein de personnages l'avait fatiguée ? Parce que son frère l'abandonnait, en quelque sorte, préférant vivre avec toutes ces femmes un peu dingues ? Parce que, tout à coup, elle admettait qu'elle était vraiment seule ?

Non, elle savait que c'était le bon choix. Ce petit séjour venait de le lui confirmer encore une fois, elle n'était pas faite pour ce genre de vie et tant pis si la solitude pouvait lui peser, parfois.

Elle tourna sur elle-même pour regarder les murs de cette suite Nonette. La fameuse sœur aînée de Ladygold l'avait abandonnée pour aller se remarier à 91 ans avec son amour de jeunesse retrouvé. Toutes les traces, de tableaux ou de meubles, laissées sur les murs tapissés de toile de Jouy, témoignaient de son passage. Si curieux que cela puisse paraître, il subsistait dans l'air comme un parfum délicieux de poudre de riz, celui qu'apprécient tant les mamies. Et pourtant cette femme, à son âge, avait eu le courage d'envoyer balader tout ça !

« La vie n'est jamais finie ! » avait-elle crié à sa sœur et à toutes ses amies le jour de son mariage. Pour combien de temps allait-elle retrouver le bonheur ? Quelques mois ou une pincée d'années ? Elle s'en foutait, elle avait à nouveau un homme dans sa vie !

« Et merde ! se dit Charlotte, c'est cette Nonette qui a raison ! Bouge-toi le cul, arrange-toi ! Tu le sais qu'il te faut, à toi aussi, un homme à tes côtés. Tu ne resteras pas seule bien longtemps, tu le sens, ce n'est pas possible, il va se passer quelque chose. Tu finiras bien par en rencontrer un autre, et tu retomberas amoureuse, tu verras. Celui-là sera le bon, c'est sûr, il t'aimera et te protègera, peut-être jusqu'à la fin ?

Putain bordel, il était temps que je réagisse ! Deux jours de plus et elles m'avaient, ces foutues bonnes femmes, j'aurais fini par poser ma candidature, merde alors ! »

Elle enfila une robe portefeuille, laça ses sandales à semelles compensées, puis se coiffa en ébouriffant avec soin les quelques mèches blondes qu'elle avait récemment adoptées. Elle se maquilla légèrement, finissant par son fameux rouge à lèvres. C'était sa signature, elle était prête.

– T'es belle, t'es fraîche ! cria-t-elle en se lançant un baiser dans la glace.

Et puis elle tourna les talons et descendit, avec son sac.

Lundi 10h30

– Mais de quels talents parlez-vous, Patrice ? Des cours de cuisine ou de bridge, on en trouve facilement en ville ! intervint Rancunia.

– Pardon, mais réfléchissez un peu, si les gens veulent venir voir le Patio, ils viendront sous n'importe quel prétexte ! Il y a, par exemple, des tas de seniors qui n'osent pas demander autour d'eux comment surfer sur le Net de peur de paraître ridicules devant tous ces ados surdoués du clavier. Notre Souris est la reine de l'informatique, elle est capable de jongler avec trois ordis à la fois. Et comme sa spécialité récente, ce sont les sites de rencontres, elle pourrait aisément, dans le secret de son salon, aider quantité de gens dans nos âges qui en rêvent mais qui ne savent pas, ou qui n'osent pas !

– Ah ça c'est sûr ! dit la Souris triomphante, je pourrais le faire et je sauverais pas mal de femmes, ou d'hommes, de l'ennui et de la solitude ! Mais aussi des tas de messieurs, bon chic bon genre, qui aimeraient aller reluquer des photos cochonnes ou jouer à je ne sais quoi sur leur écran, sans que bobonne le sache ! Savez-vous que le poker ou les paris sur les chevaux font un malheur sur le Net ? Je leur montrerais la marche à suivre pour tout ce qui peut les brancher...

– Et ils en seront tous éperdus de reconnaissance, enchaîna Patrice. Par ici, le tronc du Patio est à la sortie, merci Madame, merci Monsieur !

– La Souris a ce talent, d'accord, mais nous, qu'est-ce qu'on peut faire ? demanda Rancunia, toujours sceptique.

– Pour moi j'ai trouvé, dit-il, notre génération est confronté aux multiples problèmes de la retraite. Avant, pendant et après. Je pourrai en aider beaucoup à préparer ce moment douloureux, dans les démarches comme dans le calcul exact de ce qu'ils vont toucher. Et puis les orienter, par la suite, vers les activités qu'ils devront impérativement trouver pour s'occuper et ne pas sombrer dans la neurasthénie.

– C'est ce qu'on appelle du « coaching », précisa Souris, il a raison, ça peut être, en effet, très recherché.

– « Jobing », « coaching », et puis quoi encore ? Alors moi, je fais faire du « râling » puisque vous m'accusez tous de ne savoir que râler ? rétorqua Rancunia.

– Réfléchissez à ce que vous savez faire.

– Tu sais coudre comme personne, lui dit gentiment Ladygold.

– C'est vrai, je tiens ça de ma mère, et j'ai lu dans le dernier *ELLE* que la couture revenait à la mode ! Il y a même une nouvelle émission de télé sur le sujet qui remporte un succès fou ! Après le retour du tricot, c'est maintenant du dernier chic de coudre ses vêtements soi-même. On croit rêver ! Mais après tout, pourquoi pas ? Je pourrais apprendre à quelques idiotes à se couper un pantalon, à faire une boutonnière ou à monter une manche.

– Eh bien voilà, tous ces nouveaux phénomènes de société du « faire soi-même » viennent de la crise, eux aussi ! Un atelier de couture, ça sera hyper tendance, lui assura Patrice.

– Pour moi, il n'y a pas de problème, enchaîna l'Autruche, je vais donner des récitals.

– Mais oui, bravo ! C'est évident, ça tombe sous le sens. Mais, là encore, il faut faire preuve d'originalité. Vous n'attirerez personne avec vos vieilles chansons réalistes ou alors les gens ne viendront qu'une fois et on ne les reverra jamais ! Pour votre concert de samedi chez Poulet, je vous conseille de demander au petit musicien qui doit vous appeler quelles sont les chansons préférées des gays, parce qu'il ne faut pas se leurrer, il y en aura certainement une grande majorité parmi les invités. À la fin, je viendrai faire une annonce sur les dates de vos prochaines prestations ici, au Patio.

– Vous êtes gentil, mais vous annoncerez quoi ? Parce que c'est moi qui chante, après tout !

– « Vous avez aimé Miss Autruche ? Alors sachez qu'elle donnera, tel et tel jour, des récitals très particuliers et en privé, au Patio Secret, avec toutefois une légère et discrète participation. Vous allez adorer son programme de chansons… grivoises ! »

Elles poussèrent des hurlements et Patrice ne sut pas tout de suite si c'était de la protestation ou de la joie mêlée à la surprise. Puis elles parlèrent toutes en même temps et finirent par en rire aux larmes. Il attendit qu'elles se calment pour continuer.

– Ne ricanez pas et ne me dites pas que ça vous choque, moi je vous prédis un succès phénoménal ! Si vous ne connaissez pas « Les nuits d'une demoiselle » que chantait Colette Renard, vous allez être surprise ! Souris va vous la trouver sur Internet et vous verrez quel tabac vous pourrez faire. Ça deviendra le tube du Patio et on se bousculera pour venir vous entendre ! Nous en choisirons d'autres, tout aussi joyeuses. Qu'en pensez-vous ?

– J'adore l'idée et je vous fais confiance ! Mais comment vais-je pouvoir retenir toutes ces paroles ? Il faudra m'aider et me faire répéter.

– Pas de soucis, je vous l'avais promis.

– J'ai maintenant très très peur de ce que vous allez me réserver, dit calmement Ladygold.

– Mais vous, très chère, pas de problème, vous allez donner des cours de bonne éducation, de savoir-vivre, tout ce qui se perd et que certaines femmes n'apprennent jamais. C'est ce que vous faites déjà avec vos étudiants à Montpellier. Il y a pléthore de femmes issues de l'immigration, dans la région, vous pouvez leur apprendre beaucoup de choses et de principes.

– Mais vous avez raison ! Dans mon lot d'étudiants, il y a un jeune Marocain, brillantissime, qui fait de hautes études et à qui j'ai inculqué pas mal de bonnes manières qui lui serviront dans sa carrière. Il m'a parlé de sa mère et de sa tante qui, toutes les deux, parlent à peine français et restent cloîtrées chez elles parce qu'elles ont peur de tout ! Pourtant la famille ne manque pas vraiment de moyens, les maris ont d'assez bonnes situations, mais elles ont du mal à s'intégrer. Ça, c'est une bonne idée, je suis d'accord. D'autant plus qu'il n'y a pas que des Marocaines dans ce cas-là.

– Et d'une femme comme vous, elles vont tout accepter, même d'enlever leur foulard dans votre salon.

– Là, on tombe carrément dans le social, je ne sais pas si celles-là mettront beaucoup dans le tronc, intervint Rancunia.

– Notre Ladygold serait bien capable de payer pour elles ! ajouta timidement Grenouillette.

– Détrompez-vous, la reconnaissance de ces femmes-là sera à la hauteur. À qui voulez-vous qu'elles s'adressent pour ce genre de cours ? Le Patio est « secret », personne ne saura ce qu'elles viennent y faire. Et puis il faudra, évidemment, sélectionner. Je suis persuadé que votre petit étudiant vous les choisira parfaitement, vos élèves, le bouche-à-oreille fera le reste.

– Oui, le téléphone arabe, c'est le cas de le dire, lança Rancunia, plus caustique que jamais.

– Mais et moi, qu'est-ce que tu vas m'inventer ? demanda Grenouillette

- Pour toi aussi j'ai une idée. Tu cuisines à merveille, mais tout le monde s'en fout d'apprendre à faire des tartes ou des choux à la crème, il y a plein d'émissions de télé pour ça. Tu t'en vas un mois en Afrique chez Charlotte, tu vas découvrir la cuisine sénégalaise, et plus spécialement celle de la Casamance. Il y a ici toute une génération de femmes blacks, nées en France, qui n'ont jamais foutu les pieds en Afrique et qui ne servent à leurs enfants que des poissons panés et des steaks surgelés ! Apprends des recettes exotiques de là-bas, comme le poulet Yassa ou le poulet au citron vert, ou la confiture de mangues, ou n'importe quoi d'autre à la noix de coco. Elles seront ravies de découvrir toutes ces recettes avec toi. Et là encore, radio tam-tam pourra battre le rappel.

– Quelle bonne idée, j'espère que je saurai faire tout ça ! Mais il en faudra des poulets, si je dépense plus que ça rapporte, où est l'intérêt ?

– Nous l'enverrons faire du troc avec son corps, pour avoir des poulets gratuits ! ajouta Souris, insidieusement.

Si elles éclatèrent de rire, comme à leur habitude, Patrice, lui, resta imperturbable, se contentant de répondre :

– Vous pouvez rigoler tant que vous voulez, Mesdames, mais il va bien falloir vous mettre au boulot !

Lundi 11h30

– J'ai peur de rater mon train ! leur dit Charlotte, angoissée, quand ils sortirent du salon.

– Mais non, tout est prévu et minuté ! lui répondit Ladygold. La gare est à deux minutes et José doit déjà être au volant, devant la grille. Il a dû aller chercher Lilybeth et Harold à l'hôtel, ils prennent le même TGV que vous.

Ils l'accompagnèrent dans la rue où, en effet, les petits mariés les attendaient devant le minibus, avec José. Les embrassades durèrent un moment.

Grenouillette et Charlotte reparlèrent de leur programme de départ.

Patrice prit alors sa sœur dans ses bras, avec une certaine émotion.

– Fais attention à toi, lui dit-il en la serrant très fort.

Elle l'embrassa tendrement.

– Sois sage, je vous le confie Mesdames, prenez-en soin, j'y tiens !

– Ma pauvre, intervint l'Autruche, mais c'est tout le contraire ! Vous savez que c'est un vrai « maquereau », votre frérot. Il a décidé de nous mettre toutes au turbin.

Devant ses yeux ébahis, Grenouillette préféra la tranquilliser :

– Ne te fais pas de souci, je t'expliquerai tout samedi dans l'avion.

Lilybeth avait les larmes aux yeux de dire au revoir à toutes ses chères amies. Elle confirma à Souris son retour au Patio pour le lundi suivant.

– Tu sais que ça va me faire drôle de revenir coucher dans ma chambre avec Harold ! Mais il va falloir que je m'achète des boules Quies, parce qu'il ronfle un peu trop !

– Allez ! cria Ladygold, arrêtons les effusions, le TGV n'attend pas, on se revoit tous très vite. Charlotte, vous aussi, il y aura toujours une suite de libre pour vous, revenez quand vous voulez, peut-être en même temps que Grenouillette ?

José donna un petit coup de klaxon et le minibus s'éloigna. Ils restèrent une minute sur le trottoir, continuant bêtement à agiter la main.

En traversant le jardin, Patrice ressentit une petite boule au ventre. Il eut soudain comme l'impression désagréable que sa famille, tout du moins ce qu'il en restait, venait de l'abandonner comme un pauvre orphelin dans une famille d'accueil. Il oubliait que c'était son choix à lui. Pendant quelques secondes, qui restèrent furtives, il se demanda s'il n'avait pas fait la connerie de sa vie, ou si cette nouvelle vie n'allait pas le sauver.

C'est à ce moment-là qu'ils entendirent un grincement. Ils se retournèrent tous en même temps, s'attendant à voir José qui avait sans doute oublié quelque chose. En fait, ils avaient dû mal refermer la petite porte, et c'est un visiteur, tout à fait inattendu, qu'ils découvrirent.

Un casque de moto dans une main et une petite mallette dans l'autre, un homme tout de blanc vêtu marchait vers eux. Il portait des lunettes noires et un petit anneau à l'oreille droite.

Son pantalon flottant et son long gilet avaient la souplesse du lin. Un tee-shirt, très échancré en V, laissait apparaître sur son torse bronzé et finement musclé un collier de cuir d'où pendait une pièce en argent. Ses tennis, immaculés comme toute sa tenue, lui donnait une démarche légère et féline.

– C'est une propriété privée, vous n'avez pas le droit d'entrer, lui cria Ladygold. Patrice, soyez gentil d'aller reconduire cet intrus.

– N'ayez pas peur, Madame, lui répondit-il très poliment. J'ai essayé de téléphoner, mais ça ne répondait pas. Je cherche Miss Autruche.

– C'est moi, qu'est-ce que vous me voulez ? dit-elle, hargneuse.

Il ôta alors lentement ses lunettes pour la regarder. Il avait les yeux verts mordorés d'un chat. Son visage, bronzé, était légèrement buriné et ses tempes très finement argentées. La masse de ses cheveux blonds cendrés était tirée vers l'arrière, attachée par un lien pour former une épaisse queue de cheval, coupée nette à son extrémité.

Elle le dévisageait, sans pouvoir réagir. Il dégageait quelque chose qui la troublait, mais elle était incapable de trouver quoi. Une certaine virilité, peut-être ?

– Bonjour Miss, on m'appelle « Clayderman », je suis votre musicien.

Elle poussa un cri d'étonnement puis, se reprenant très vite, lui dit d'une voix snob :

– Mais bien sûr, j'avais laissé mon portable je ne sais où ! Je suis confuse. Quelle joie de vous rencontrer, je suis enchantée ! Comme c'est gentil à vous d'être venu jusqu'à moi ! Venez, nous allons nous installer dans mon salon, il y a un piano, peut-être mal accordé, je le crains, mais on s'en fout, n'est-ce pas ? De quoi jouez-vous ?

– Un peu de tout, aussi bien de la flûte que de la guitare, ou ce que vous voudrez, Miss. Je vais jeter un œil à votre piano, on va voir ce qu'il en sort.

– Suivez-moi, c'est par ici, voulez-vous boire quelque chose ? Nous avons un cidre délicieux, ou préférez-vous autre chose de plus corsé ? C'est marrant, j'avais peur que vous ne soyez un de ces minets romantiques ou un genre de petit rocker tatoué, on se fait de ces idées parfois !

Il ne réagit même pas, et tout en dépassant le petit groupe, il se borna à hocher la tête poliment pour saluer avec un sourire éclatant :

– Mesdames, Monsieur…

Ils répondirent à son salut par un même hochement de tête, silencieux et subjugués.

Il suivit alors l'Autruche, ses envolées de lin blanc laissant sur son passage un fin sillage d'une eau de toilette raffinée, légèrement poivrée.

Quand ils disparurent dans la maison, Rancunia ne put s'empêcher de faire un premier commentaire :

– Si c'est votre Poulet qui l'envoie, il doit en être lui aussi !

– Mais arrêtez ! Ne vous fiez plus aux apparences, c'est grotesque. Tout le monde n'en est pas, il ne faut pas exagérer, lui répondit vertement Patrice.

– Il a raison, enchaîna Ladygold, il est beau, certes, élégant et raffiné, mais c'est un artiste, voilà tout.

– Alors, elle va tomber raide dingue, notre Autruche, on n'a pas fini d'entendre ses soupirs enamourés ! persifla Souris, déjà jalouse.

– Il a sans doute une petite cinquantaine, à peu de choses près elle pourrait être sa mère ! ajouta la perfide Rancunia.

– Ne vous faites pas plus méchante que vous n'êtes, la différence d'âge ne se voit pas tellement, et puis on s'en fout, non ? conclut Patrice.

Ils la virent courir vers la cuisine pour en revenir avec une canette de bière et un verre. Elle se retourna vers eux en levant les yeux au ciel de ravissement.

– Bon sang de bois, foutez-lui la paix, regardez comme elle est heureuse, leur dit Ladygold.

C'est à ce moment-là qu'ils entendirent le piano.

L'Autruche poursuivit sa route à pas de loup, stupéfaite.

Et tous les autres, ébahis, se rapprochèrent de la maison pour profiter du son merveilleux qu'il arrivait à extraire de ce piano pourri.

Ils reconnurent, sans peine, la *Sonate au clair de lune*. Il jouait à la perfection.

Quand il s'interrompit, Rancunia, acerbe comme toujours, ne put s'empêcher d'intervenir :

– Eh bien, ces deux-là vont avoir du mal à s'entendre sur un répertoire !

Ladygold mit son doigt devant sa bouche pour les faire taire et ils se faufilèrent tous dans le salon de Grenouillette, qui était contigu à celui de l'Autruche, pour essayer d'entendre, aussi discrètement que possible, ce que cet improbable duo allait pouvoir se dire.

Mais l'Autruche, pas folle, avait déjà refermé la porte.

Agacés et dépités, ils se dirigèrent alors vers la cuisine pour aller ouvrir tous les frigos et choisir ce qu'ils allaient pouvoir commander pour le déjeuner, dès le retour de José.

Lundi 13h30

Attablés devant un plateau de viande froide et une grosse salade de roquette, ils furent surpris de voir tout à coup l'Autruche arriver, seule.

– Mais où est ton Clayderman ? Tu ne lui as pas proposé de déjeuner avec nous ? lui demanda Souris, déçue.

– Ne nous dis pas qu'il est parti en courant en t'entendant chanter, chérie ? poursuivit Rancunia.

– C'est un virtuose en tout cas, ajouta Ladygold.

– Il a dû repartir parce qu'il a un cours à 15 heures, André est professeur au conservatoire d'Avignon, répondit l'Autruche comme si de rien n'était, tout en s'asseyant.

– Tu vas passer de reine du karaoké à cantatrice, alors ? persifla la Rancunia.

– André ? Vous êtes déjà intimes, on dirait, qu'est-ce que tu sais d'autre ? enchaîna Souris.

– Si vous la laissiez reprendre ses esprits, leur ordonna Patrice. Un petit coup de rosé pour vous remettre ?

– Oh oui ! Et, pour une fois, j'ai une faim de loup, ça creuse, les émotions !

Grenouillette se dévoua pour la servir et ils attendirent patiemment, sans broncher, qu'elle finisse son assiette pour, à nouveau, l'assaillir de questions.

Un verre de rosé dans une main et un petit cigare dans l'autre, elle prit de grands airs pour tout leur raconter.

– Il habite la région depuis trente ans, et, à part la musique, il adore faire la cuisine. Il vient donc très régulièrement faire son marché aux Halles, où il a connu Poulet quand il n'était encore que le petit commis de son père. À l'époque, ses cheveux étaient plus blonds et il avait un peu la même coupe de cheveux que le vrai, c'est la raison pour laquelle Poulet l'a surnommé « Clayderman ». Ça a instauré une connivence pleine d'humour entre eux. À la mort de son père, le petit commis a repris l'affaire familiale et c'est beaucoup plus tard qu'il a rompu ses fiançailles avec la fille du poissonnier parce qu'il a réalisé qu'il était homo. Tout le monde en ville se souvient de cette histoire. Intelligemment, il a tout de suite demandé son avis à André, qui lui a conseillé d'assumer et qui a été un des premiers à lui expliquer que c'était une chance de le réaliser avant le mariage. Depuis, Poulet lui voue une reconnaissance éternelle. Voilà, c'est tout ! Enfin, c'est ce qu'il m'a raconté !

– Mais alors, entre eux ? demanda Souris, frustrée.

– Mais je n'en sais rien ! Et je n'allais tout de même pas lui poser la question, faut pas charrier !

– Et puis on s'en fout ! intervint Patrice, agacé.

– Le principal, c'est qu'il va m'aider. Il va faire prendre le piano par la camionnette de livraison de Poulet, et il va le faire réaccorder par un de ses copains, aveugle, qui le fera gratuitement parce qu'ils sont en compte. On s'est mis d'accord sur trois chansons, et je suis restée ferme sur mon choix du final. Pour les autres, il va me transcrire les paroles sur une tablette qu'il posera sur le haut du piano pour ne pas que j'aie de trous de mémoire, c'est pas gentil ça ? Il est adorable. Ce qui l'a fait beaucoup rire, c'est que je ne sache pas vraiment lire la musique ! Il va donc revenir chaque jour de la semaine pour me les faire apprendre vocalement, parce qu'il a fini par admettre que j'avais un joli brin de voix ! Vous voyez, c'est un prof de conservatoire qui le dit.

– Bravo ma chérie, nous sommes fiers de toi ! lui lança Ladygold.

– Il faudrait lui demander si ça n'amuserait pas un de ses étudiants de venir vous accompagner ici pour vos futurs récitals ? lui conseilla Patrice. L'idée de la tablette est excellente, ça sera comme un prompteur, pour les chansons grivoises, on va s'en occuper avec Souris.

– Mais qu'est-ce qu'il t'a choisi comme genre de chansons, pour samedi ? Fais-nous rire. lui demanda sournoisement Rancunia.

– Ah ! ce sera la surprise ! Mais il a eu une idée très marrante, vous verrez... suspense !

– Bon, ça c'est réglé, enchaina Ladygold, si nous parlions du programme de la semaine ?

– Moi, je voudrais que Patrice me réserve son jeudi matin, dit fermement Grenouillette. Tu as promis de m'accompagner au Monoprix pour m'acheter des tee-shirts et des maillots de bain, or avant je dois faire ma tournée d'au revoir dans les paroisses, mercredi c'est le jour de mes cours de catéchisme, et jeudi après-midi je dois faire ma valise. Tu es toujours d'accord ?

– Oui, oui... c'est noté. Chose promise, chose due, répondit Patrice d'une petite voix.

– Souris et moi allons nous plonger dans les comptes, il y a encore des factures en suspens et il faut décider qui payer en priorité, dit sérieusement Rancunia.

– Oui, oui... c'est noté, moi aussi, répondit Souris en imitant Patrice. Mais l'État passe toujours en premier, impôts locaux, taxe foncière, charges du personnel, Edf, etc., on ne peut pas y couper !

– Faites au mieux, merci mes chéries ! soupira Ladygold. Et vendredi après-midi, n'oubliez pas, nous reprendrons notre cours de sévillana, n'est-ce pas ?

– Oui, oui, c'est noté ! répondirent-ils en chœur.

– En attendant, si nous allions au cinéma cet après-midi ? demanda Patrice à Ladygold. On pourrait attraper la séance de 16 heures ?

– Avec joie ! D'ailleurs, il y a belle lurette que vous n'avez plus fait référence à un film ! Alors, en ce moment, avec tout se qui se passe ici, auquel penseriez-vous ?

– Mais à *Autant en emporte le vent*, évidemment !

– Mais qu'est-ce que vous allez chercher, grand Dieu ?

– Quand Scarlett revient à Tara, après la guerre, qu'elle découvre la plantation abandonnée, son père à moitié fou après la mort de la mère, et toute la propriété dans un triste état, qu'est-ce qu'elle fait ? Eh bien, elle prend une poignée de terre dans sa main et jure, devant un coucher de soleil flamboyant, qu'elle fera revivre Tara, envers et contre tout !

– Et elle met ses sœurs et Mélanie au boulot dans les champs ! J'ai compris, me voilà Scarlett O'Hara en quelque sorte ! lui répondit Ladygold. Alors, je jure devant vous, en levant mon verre de rosé, que je remettrai le Patio à flot et mes vieilles copines, ici présentes, vont travailler dur à mes côtés pour y parvenir. Vous êtes impayable, je vous adore.

– Moizaussi !

– Mais je vous préviens, je n'irai pas jusqu'à demander à Rancunia de me tailler une robe dans les rideaux de mon salon ! Moi en Scarlett O'Hara ! Vous êtes encore plus dingue que je ne pensais.

– Peut-être, mais qu'est-ce que c'est bon !

Ils réalisèrent alors que les quatre autres les regardaient, médusées, la bouche grande ouverte. Rancunia se leva la première et prit un ton solennel pour s'adresser aux autres :

– Venez Mesdames, ces deux-là me semble très atteints !

Et elles sortirent en rang serré, sans un mot, peut-être vexées de se retrouver tout à coup reléguées aux simples « travaux des champs ».

Ils virent alors que José, qui n'avait rien dû comprendre, les regardait à son tour, les yeux littéralement exorbités.

Patrice se pencha à l'oreille de Ladygold,

– On dirait que votre grosse Mama vous surveille, Mam'zelle Scarlett !

Les deux complices ne purent que s'écrouler de rire dans les bras l'un de l'autre.

La semaine fut très agitée

Grenouillette courut les paroisses, fière d'annoncer son nouveau statut d'aventurière, comme si elle partait quasiment au bout du monde pour évangéliser les sauvages !

Ladygold entraîna Patrice à Montpellier pour déjeuner avec son fameux étudiant marocain, puis reprit ses visites de bénévolat dans quelques tristes maisons de retraite de la région.

Rancunia et Souris, enfermées, faisaient et refaisaient les comptes du Patio, évitant de s'engueuler à chaque comparaison d'addition.

L'Autruche, aux anges, reçut son « Clayderman » chaque jour, en prenant bien soin de fermer la porte de son « studio de répétition ».

Enfin Patrice, après son discret coup de fil quotidien à la petite Chloé, s'attaqua aux comptes de José.

Ce ne fut pas une mince affaire.

José, c'était prévisible, commença par mal le prendre.

Mais Patrice, en déployant des sommets de diplomatie, sut trouver les mots pour lui expliquer la situation. Il fallait à tout prix faire des économies, c'était vital pour le Patio. Personne ne le soupçonnait de quoi que ce soit, mais il était urgent d'étudier toutes les dépenses. Il n'agissait qu'à la demande des señoras, pour corriger le tir si c'était possible.

Affolé et visiblement troublé, José lui présenta alors tous ses petits cahiers.

Il y en avait un pour chaque colocataire, détaillant les demandes spéciales de chacune. Parallèlement, un vrai classeur répertoriait, par fournisseur, les dépenses communes. Tout était scrupuleusement noté, et souvent phonétiquement, ce qui n'était pas toujours facile à traduire. Mais Patrice fut bluffé par l'ampleur du travail et la complexité des comptes au quotidien. Il en félicita José qui, un peu mal à l'aise, finit par sortir d'un tiroir un dernier cahier, plus luxueux et tout en cuir celui-là. Surpris, Patrice le retourna avant de l'ouvrir. C'est en voyant la griffe, dorée à l'or chaud, qu'il comprit tout de suite que c'était celui de la reine ToutHermès. Il regarda José sans comprendre, après tout cette femme était morte depuis plusieurs mois, quelle importance pouvait avoir son cahier ?

José, la voix tremblante, et dans un français plus approximatif que jamais, lui expliqua alors toute l'histoire.

La reine ToutHermès avait eu, toute sa vie, beaucoup d'argent. Un jour, elle avait pris José à part pour lui avouer qu'elle était foutue, qu'elle n'en avait plus pour très longtemps. Comme elle n'avait pas d'héritier, elle voulait dépenser intelligemment le peu qui lui restait. Pour continuer à assouvir sa passion, et tant qu'elle en eut la force, elle retourna de temps en temps à Paris pour acheter, encore et encore, des tas d'accessoires chez Hermès. C'était ce qu'elle avait décidé de léguer à ses chères amies du Patio, qui étaient comme une famille pour elle. Elle savait bien qu'elles auraient toutes été gênées si elle leur avait laissé de l'argent, alors elle avait trouvé cette solution pour leur faire plaisir, et pour se faire plaisir à elle aussi.

Elle avait mis José dans la confidence parce qu'elle avait quelque chose de très particulier à lui demander.

« Avant de les quitter pour toujours, je veux ce qu'il y a de mieux pour mes amies, lui dit elle un jour, alors vous allez m'emmener discrètement faire le tour de la ville et des environs pour choisir les meilleurs fournisseurs. »

Boucherie, crèmerie, caviste, maraîcher, pâtissier, ils visitèrent toutes les adresses possibles et elle lui donna ce fameux carnet Hermès pour noter les « suppléments », lui remettant chaque jour de l'argent sous le manteau pour couvrir les frais qu'allaient occasionner tous ces choix.

« Achetez toujours ce qu'il y a de mieux et piochez à chaque fois dans mon argent quand il le faudra ! »

Mais elle lui fit jurer sur la Madone qu'il n'en dirait jamais rien à personne.

– C'était une reina ! Alors yé jouré ! avoua José, effondré.

Patrice, sidéré qu'il ait pu tenir une double comptabilité sans que personne ne s'en aperçoive, lui demanda combien de temps avait pu durer cette petite supercherie.

Et José avoua qu'elle lui avait même redonné de l'argent avant de partir pour l'hôpital !

Mais il se défendit d'avoir jamais détourné ne serait-ce qu'un euro pour lui. Quand elle est morte, il lui restait encore pas mal d'argent dans le cahier Hermès, il a donc continué jusqu'au dernier centime à inscrire dans ce cahier tous les suppléments habituels. Mais le problème, c'est qu'il ne changea strictement rien à la qualité des achats par la suite. Il fit remarquer à Patrice que si, tout d'un coup, il avait acheté « moins haut de gamme » les señoras se seraient plaintes. Les fromages du « supermercato », ça ne leur plaisait pas ! Il en était de même pour tout le marché, et pour les vins aussi, sauf pour le champagne qui lui, était commandé directement par la señora Rancounia.

Patrice, qui s'empêchait de rire de toute cette histoire, rouvrit le classeur du compte commun et le carnet en cuir pour les comparer. Et il fut surpris de découvrir une flèche rouge en bas des additions du classeur. José lui expliqua, le plus tranquillement du monde, que c'était le signe qui « basculait » le supplément sur l'autre compte, celui du cahier de ToutHermès. Et c'était elle qui lui avait expliqué comment faire. Imparable !

Ainsi depuis des mois, José continuait la manœuvre, mais comme la « reina » n'était plus là pour payer, il n'y avait plus de flèche rouge et le budget global des courses avait explosé, pour finir en dépassement, chaque jour un peu plus !

Quand Patrice lui dit qu'il fallait, maintenant, aller tout raconter aux señoras, José se recroquevilla sur lui-même, terrorisé.

Alors, pour le tranquilliser, c'est en tête à tête avec Ladygold qu'il lui fit avouer toute l'histoire.

Il se mit à genoux pour lui demander pardon de lui avoir caché tout ce système :

– La reina m'avait fait youré sour la Madone ! répétait-il en boucle.

Ladygold resta silencieuse, un moment. Tour d'abord stupéfaite, elle devint, au fur et à mesure qu'elle réalisait ce qui s'était passé dans son dos, plus affectée pour finir totalement affligée.

Patrice baissa la tête quand il vit qu'elle avait les larmes aux yeux. Il s'en voulut d'avoir provoqué cette confrontation, mais, d'un autre côté, il fallait bien qu'elle comprenne que les départs successifs de la reine Touthermès puis de Nonette, et la carence des suites toujours vacantes, n'étaient pas seuls en cause dans les problèmes financiers du Patio.

– Tout ça est de ma faute, dit-elle en ravalant un sanglot. Je vais te poser quelques questions, José, et tu me répondras en jurant, là aussi, sur la Madone. As-tu détourné de l'argent ?

– Yé joure sur la Madone qué non !

– La reina t'a-t-elle graissé la patte pour faire ces tours de passe-passe ?

– Yé joure sur la Madone qué oui, elle mé donnait oune billet dé temps en temps, por mé remercier !

– Et que te disait Madame Rancunia quand tu lui montrais tes comptes ?

– Elle râlait beaucoup et trouvait qué tout il augmentait trop !

– Bien, laisse-nous maintenant, nous te dirons comment faire à l'avenir. Et jure encore une fois sur la Madone que tu me raconteras tout désormais !

– Yé lé joure ! *Muchas gracias, señora.*

Il sortit penaud et elle regarda Patrice avec un sourire plein d'émotion.

– Merci, vous venez de me rendre un fier service.

– Peut-être, mais je suis désolé que vous en ayez de la peine.

– Ça y est, le choc est passé, Rancunia a raison quand elle dit que je suis trop bonne-trop conne ! Ça m'apprendra à ne plus faire confiance aveuglément. Je ne peux pas en vouloir à José, je suis même un peu sidérée qu'il ait pu tenir tous ces comptes en parallèle ! Il n'y a rien de mauvais dans ce garçon et il faut avouer qu'il nous est indispensable, et puis je lui suis personnellement très attachée. Pour Rancunia, j'avoue que je suis un peu dépitée, elle qui râle sur tout et tout le monde, qu'elle ne soit pas allée plus loin dans les détails des comptes me perturbe. Certes, ça fait un moment qu'elle m'alarme, mais elle aurait pu… ou elle aurait dû… enfin peu importe, je réglerai tout ça avec elle, en tête à tête. Ça risque d'être un peu chaud !

Pour cette chère ToutHermès, je suis abasourdie, quelle femme ! Vous n'imaginez pas combien je suis touchée par tout ce qu'elle a monté, secrètement, pour nous faire plaisir ! Quand nous avons lu son testament, nous avons été toutes bouleversées.

Elle avait laissé de l'argent chez le notaire pour ses obsèques et elle avait très précisément listé tout ce qui nous revenait à chacune parmi les sacs, les châles, les bracelets, les montres, les agendas, et j'en oublie, tout ça de chez Hermès évidemment ! Elle avait donc dépensé jusqu'à son dernier sou pour nous, pour notre plaisir ! Et cela jusque dans notre quotidien ! C'est ça qui m'a émue aux larmes. Vous voyez la force des liens qui peuvent se tisser entre nous, bien que nous ne soyons pas du même sang ! Nous devons réellement nous « adopter » les unes les autres pour nous sentir fortes, ensemble. C'est plus que de l'amitié, non ? C'est sans doute stupide de l'avouer, mais je crois qu'il y a réellement de l'amour entre nous. Aujourd'hui, je regrette d'autant moins de l'avoir un peu aidée à partir. Si vous saviez comme je me suis bagarrée à l'hôpital pour qu'ils la laissent en paix ! Mais il n'y a, hélas, pas encore de loi pour ça. J'ai retrouvé une infirmière qui avait, jadis, épaulé mon mari, anesthésiste, elle était toujours aussi terrorisée par le sujet. Aider un être humain qui souffre sans espoir de rémission quelconque, à s'endormir paisiblement, ça peut être assimilé à un crime. Les jeunes internes que j'ai pu rencontrer ont tous été catégoriques, « Tant qu'il y a de la vie, il y a de l'espoir », mais quand il n'y a plus d'espoir, faut-il maintenir la vie ? À quoi bon ? C'est un débat sans fin, mais puisqu'on se refuse à légiférer, pourquoi ne pas instaurer une décision collégiale entre médecins et proches du malade ? Lilybeth qui était pourtant son tuteur, devant notaire, avait beau certifier que la mourante lui avait donné verbalement ses instructions pour échapper à un acharnement thérapeutique, rien n'y a fait ! Depuis cette épreuve, nous avons toutes laissé, par écrit, nos directives de fin de vie. Tout le monde devrait le faire, ça ne fait pas mourir pour autant. J'étais tellement en colère en voyant le corps, à bout de forces, de notre chère amie, que c'est moi qui ai pris les devants. Le jour où Lilybeth a enfin réussi à ce qu'on la laisse revenir parmi nous, pour vingt-quatre heures, j'ai pris deux flacons et j'ai mis le marché en main à tout le groupe. Quelques gouttes sur ses lèvres pour qu'elle s'endorme, et ils ne pourront plus la rebrancher pour la harceler, ou le choix, pour celles qui n'acceptaient pas, de juste l'humecter avec de l'eau sucrée. C'est ce que nous vous avions raconté, je crois, lors de votre première visite. Mais, en vérité, il n'y avait que moi à savoir ce que contenaient les flacons et je ne leur ai pas dit que les seules gouttes qui pouvaient lui être fatales étaient en fait dans ma poche. Je l'avoue, je suis, en fait, la seule responsable. Mais que ça soit clair entre nous, je ne pense pas qu'elle soit morte par ce geste, que j'assimile à de l'amour, elle est partie dans l'ambulance qui la ramenait vers cette médecine qui peut parfois être infernale et aveugle. Je crois qu'elle avait été si heureuse de nous revoir et de passer sa dernière nuit dans sa suite si joliment tapissée de sa collection de foulards qu'elle a enfin lâché prise en refusant qu'on la martyrise à nouveau. Je reste persuadée que mes gouttes n'ont pas été aussi fortes que sa dernière volonté. Elles l'ont sans doute aidée, et c'est ce que je voulais, en fait. Voilà, vous savez tout, ça m'a fait du bien, ce petit quart d'heure-confesse. Mais surtout, gardez-le pour vous !

– Je vous adore, lui dit Patrice en l'embrassant.

Il lui tendit un mouchoir en papier pour essuyer son rimmel qui coulait. Elle secoua la tête, en signe de refus, et enchaîna de sa voix rauque de vieille fumeuse :

– Je veux aller trouver la Rancunia comme ça, pour qu'elle réalise la peine qu'elle m'a faite, après tout j'ai pleuré aussi pour ça ! Le reste, que voulez-vous, est plutôt comique et mon José à genoux, jurant sur la Madone, j'avoue que j'avais envie de rire ! Le pauvre, dans quel état va-t-on le récupérer ? Mais « plaie d'argent n'est pas mortelle » après tout. Il va falloir faire plus attention, c'est évident. On va devoir se mettre aux pâtes, il paraît que ça ne fait pas grossir, sinon les Italiens n'en mangeraient pas autant ! Permettez-moi de citer encore une fois votre sœur : « Putain bordel, je suis quand même sur le cul ! »

Elle sortit de son salon en claudiquant légèrement, mais resta droite comme une reine.

Vendredi midi

Nul ne sut jamais ce que Ladygold et Rancunia avaient pu se dire en tête à tête. Elles firent comme si de rien n'était, avec classe.

Mais Souris et Patrice furent dorénavant chargés de contrôler tous les achats.

Heureusement, le départ de Grenouillette fit diversion et ce fut un grand moment.

Comme Charlotte le lui avait conseillé, elle avait fait ses emplettes au Monoprix, en compagnie de Patrice, puis elle lui avait faussé compagnie pour aller se faire couper les cheveux ! Adieu les chignons de mémé, elle était désormais toute auréolée de boucles, comme un angelot. Le choc fut énorme et elle dut tourner sur elle-même pendant un bon quart d'heure avant que tout le Patio ne s'y habitue et se résigne à la trouver métamorphosée, en dix fois mieux !

– Mais tu frises naturellement ? lui demanda l'Autruche, qui soupirait tout le temps de n'avoir que des baguettes de tambour.

– Eh oui ! Je n'aurai qu'à me sécher avec les doigts après la douche, et tout se remettra d'aplomb comme par miracle. J'aurais dû le faire depuis belle lurette, avouez-le !

– Finalement, tu n'as pas tant de cheveux gris, constata Souris.

– Tout ça est un peu terne mais, finalement, une couleur ne t'irait pas, lui asséna Rancunia.

– C'est é-pa-tant ! la félicita Ladygold.

– Tu pourras remercier Charlotte, lui dit Patrice, elle a eu cent fois raison, ça te rajeunit.

Quelques bonnes sœurs déboulèrent alors pour lui remettre des images pieuses et des paroles de cantiques, et un jeune prêtre lui apporta même quelques missels usagés. Des dames patronnesses, bon chic bon genre, lui déposèrent des collections de chaussettes tricotées main, comme si les Africains pouvaient avoir froid aux pieds ! Enfin des enfants, à qui elle enseignait le catéchisme, vinrent lui porter des jouets ou des chocolats à offrir aux petits de là-bas, qui, paraît-il, n'avaient rien. Ses bagages grossissaient au fur et à mesure de ces visites, et elle en était si touchée qu'elle préférait les refaire inlassablement pour ne rien oublier de tous ces dons si généreux. Patrice la mit en garde sur les excédents de poids à régler, mais elle haussa les épaules, elle paierait s'il le fallait !

Patrice imagina la tête de Charlotte devant tous ces trucs à distribuer.

– On dirait Sœur Theresa partant en tournée dans ses bidonvilles ! Tu vas être portée en triomphe, surtout pour les chocolats, en espérant qu'ils n'arriveront pas fondus ! As-tu pensé à prendre un imper léger, parce que c'est la fin de la saison des pluies là-bas ?

Elle courut rechercher l'imper et il en rit dans son dos, la trouvant pour une fois étonnante et courageuse face à cette toute nouvelle aventure. Elle avait si peu voyagé. Quelle vie d'abnégation ! Et puis il y avait ce poids énorme qui l'avait rongée pendant plus de quarante ans et dont Charlotte l'avait délivrée lors de leur dernière visite. Non, son amant d'un jour, curé de surcroît, qui lui avait fait un enfant, n'avait pas été tué ni jeté dans un puits par son vengeur de père ! Il s'était enfui lâchement et vivait tranquillement au Gabon, ou, par un concours de circonstances inouï, le dernier mari de Charlotte l'avait rencontré. En repensant à toute cette histoire, Patrice regretta ses rapports, parfois distants, avec son défunt frère qui avait épousé la petite Thérèse d'alors et élevé son fils comme le sien, sans jamais n'en rien dire à personne. C'était grâce à ces révélations que Grenouillette, enfin libérée, avait enfin accepté de vendre ce terrain en indivision, où se trouvait le fameux puits.

– J'ai eu Charlotte au téléphone, elle vient me chercher à la gare et nous filerons directement chez le notaire pour signer les papiers du Champommier. Nous te les posterons demain matin de Roissy et lu les renverras avec ta signature. Voilà les clés de mon secrétaire, ouvre mon courrier et fais tout le nécessaire. Je compte sur toi, tu me l'avais promis.

– Tu as bien prévenu ton fils et ta belle-fille de ton départ ? Qu'est-ce que je leur dis s'ils appellent ?

– Pas de souci, ils sont contents pour moi. Charlotte m'a assuré que je pourrai leur envoyer des nouvelles par mail.

Patrice s'amusait de ce nouveau ton, si directif. Ce n'était évidemment plus la même femme, et cette transformation l'enchantait.

Il acquiesça en souriant, Elle semblait tellement soulagée en voulant désormais profiter de la vie, qu'elle en était touchante.

Et dire qu'ils n'étaient venus au Patio que pour la convaincre d'accepter cette foutue vente !

Quand ils l'accompagnèrent dans la rue, où José était en train de ranger ses bagages dans le minibus, ils furent surpris de découvrir tout un groupe de mères et d'enfants venus la saluer une dernière fois. L'émotion fut à son comble quand ils entonnèrent « Ce n'est qu'un au revoir ». Elle eut le triomphe modeste et lançait des baisers avec un sourire ému, presque angélique.

– Quelle modestie, tout le monde a l'air de tant l'aimer, notre Grenouillette, dit Ladygold en rentrant dans le jardin. Il faut bien admettre qu'elle est bonne comme le bon pain.

– Mais, au fait, vous ne nous avez jamais raconté comment s'était réglé votre problème d'héritage ? demanda Rancunia à Patrice

– Désolé, mais un secret de famille, c'est un secret de famille, vous n'en saurez jamais rien. Sauf si un jour il lui prenait l'envie, à elle, de tout vous raconter.

– Allons nous préparer pour la sévillana, lança judicieusement Ladygold pour éviter d'autres questions.

José ne savait plus très bien sur quel pied danser après sa récente confession. Alors quand il les vit toutes arriver, souriantes, avec leurs longues jupes espagnoles à pois, il lança la musique avec soulagement. Si elles voulaient encore de lui pour professeur, c'est qu'il ne risquait plus rien. Patrice se joignit à eux et lui décrocha un clin d'œil qui le rassura encore plus. Tout était donc rentré dans l'ordre, la fameuse danse sévillane, qui les mettait tous en joie, pouvait commencer. Il y eut bien quelques faux pas et des ratés dans les mouvements de bras, mais José n'osa corriger personne, préférant faire profil bas.

Quand la musique s'arrêta et qu'ils s'écroulèrent tous de fatigue sur les marches de l'escalier, il leur dit d'une petite voix timide :

– Il reste ouna boteilla dé cidre dans lé frigo dé la señora Grénouilletta ?

– Oh oui, quelle bonne idée ! répondit l'Autruche, finalement on s'y fait à ce truc pétillant !

Patrice pouffa de rire le premier, mais elles ne tardèrent pas à en faire de même, s'applaudissant mutuellement des deux mains.

La crise, puisque crise il y avait, n'entamerait pas leur bonne humeur, et encore moins leur joie de vivre.

Samedi 20h

Elles étaient toutes allées chez le coiffeur, sauf Rancunia qui refusa de les accompagner à la soirée de Poulet sous le prétexte, fallacieux, qu'il fallait bien que quelqu'un garde le Patio. Elles détestaient manipuler les alarmes, pourtant exigées par les assurances, parce qu'elles trouvaient les touches du digicode trop petites, ça risquait d'écailler leurs vernis. Il y avait eu un nombre intempestif de déclenchements involontaires, pour quelques erreurs de frappe, et le son strident de la sirène leur faisait craindre, à chaque fois, un arrêt cardiaque. Adieu donc l'alarme et à chacune leur tour de jouer les chiennes de garde.

L'Autruche, qui n'avait pas dit un mot de la journée pour préserver ses cordes vocales, déclina, à regret, la proposition de son « Clayderman » de venir la chercher en moto pour aller répéter une dernière fois sur place. Son brushing ne supportait pas les courants d'air, alors les casques de motard, il n'en était pas question ! José fut donc obligé de faire un premier voyage pour l'accompagner.

Elles avaient chargé Patrice de trouver un cadeau. Poulet avait bien dit qu'il ne voulait rien, mais ils ne pouvaient quand même pas arriver les mains vides. Il fallait une bricole, ou un gag, juste pour marquer le coup. Il était tombé par hasard, chez un brocanteur, sur une paire d'haltères anciens, manches en bois et poids en fonte, comme on n'en fait plus depuis longtemps. Un peu surprises, mais néanmoins confiantes dans le choix de Patrice qui, après tout, savait mieux que quiconque ce qui pourrait plaire à Poulet, elles s'étaient donc amusées à les emballer, séparément. Le résultat fut étonnant, et on se demandait vraiment ce que ces deux paquets cadeaux, en forme de pochettes surprises géantes faites de papier crépon rose, pouvaient contenir. Et comme ils étaient lourds, par force, Patrice et José furent bien obligés de les porter !

Poulet les accueillit à son portail, avec son sourire hollywoodien et ses quatre bises bien claquantes. Il était tout en blanc, jean moulant et chemise sans manches, pour exhiber ses bras musclés.

Quand ils lui souhaitèrent son anniversaire, Souris ne put s'empêcher de faire de l'humour :

– Vous aviez interdit les cadeaux, alors ces deux-là ne sont pas pour vous, mais pour vos biscotos !

Il déchira les deux pochettes surprises et sauta de joie, comme un enfant. Et ils eurent tous droit à une deuxième tournée de bises, toutes aussi claquantes.

– Ils sont magnifiques, je vais les exposer dans ma bibliothèque comme des trophées, ou pour caler les livres, parce que mes petits bras en soulèvent de beaucoup plus lourds, vous savez !

Ladygold fut soulagée que Rancunia ne soit pas là, elle aurait été capable de s'étonner à haute voix qu'il ait des livres et surtout une bibliothèque.

– Merci Patriste, je suis sûr que c'est votre idée, c'est gentil comme clin d'œil, dit-il en lui tapant sur l'épaule. Vous savez que votre reine mère, la petite Lilybeth, va être ma voisine. C'est la maison que vous apercevez, juste là, au fond de la venelle, qu'elle doit acheter avec son Anglais, c'est pas drôle ça ? Je pourrai lui livrer son marché si elle veut !

– C'est inouï cette coïncidence ! s'exclama Ladygold, elle va être ravie, et nous plus rassurés. Vous êtes vraiment adorable, mon petit Poulet, mais comment le savez-vous ?

– Vous pensez bien que je connais tout le quartier, même ceux qui ne me saluent pas ! Venez voir, on a préparé une vraie petite scène, devant la piscine, pour le spectacle. Votre Miss Autruche va faire un malheur !

Ils passèrent le portail et en découvrant le jardin, truffé de ballons roses et blancs, ils découvrirent aussi toute l'assistance.

Plus d'une centaine de personnes se mélangeaient en se déhanchant, un verre à la main, sur la musique des Gipsy Kings.

– Incroyable, chuchota Patrice à l'oreille de Ladygold, on se croirait devant un studio de cinéma, où tous les figurants attendent de tourner dans leurs costumes. Il y a de tout, tous les âges, tous les sexes, tous les looks !

– J'en connais pas mal, vous savez, on dirait que la ville est de sortie pour s'encanailler.

– Et pour mater !

– Il y a beaucoup de ses clientes, certaines ont préféré venir sans leur mari, ça se comprend. Et regardez sur votre gauche, c'est la petite bande de nos dîners de veuves. On les verra plus tard, ce sont toutes des moulins à parole qui risquent de ne plus nous lâcher.

– Oh là là ! soupira Souris, quel gâchis tous ces beaux garçons.

– Oui mais regardez au fond, un peu à l'écart, ce doit être toute son équipe de rugby, là vous pouvez y aller sans crainte, ils vont vous adorer !

Elle ne se fit pas prier et s'avança vers les sportifs, déjà triomphante dans ses voiles froufroutants en dégradé de jaune, sa couleur fétiche.

– Celui qui m'envoie des baisers, poursuivit Ladygold, c'est Stéphane, notre adorable coiffeur. La brunette à côté de lui, c'est Brigitte, notre pédicure, elle est épatante, je vous la recommande, et à son bras, c'est son mari, Philippe, notre teinturier à qui nous laissons, hélas, des fortunes ! Avec eux, le frisoté, c'est Damien, que l'on appelle « Bisous-Bisous », il tient l'un de nos bistrots préférés et ne peut s'empêcher d'embrasser tout le monde entre chaque plat !

– Je vais finir par connaître tout le monde en une seule soirée, quel générique !

– Et voilà notre chère Botoxia, la dermato, vous l'aviez rencontrée lors de votre premier week-end.

– Oui, oui… je m'en souviens, elle a toujours la même robe, un peu « has been », mais qui est l'homme qui l'accompagne ?

– Patrice, vous reconnaissez notre chère dermatologue ? Et voici Jerôme, son compagnon, qui a racheté ma pharmacie, enfin il y a quelques années, déjà.

Ladygold les embrassa tous les deux et Patrice, après avoir salué la fameuse Botoxia, se tourna légèrement pour serrer la main du pharmacien.

– Il semblerait que nous soyons donné le mot, lui dit celui-ci en conservant sa main dans la sienne, nous sommes habillés comme deux jumeaux.

Ils portaient, en effet, le même blazer bleu marine, avec une chemise et un pantalon blancs.

– Oui… bredouilla Patrice, c'est amusant, pourtant Poulet n'avait pas donné d'instruction sur nos tenues, la preuve autour de nous.

– C'est vrai, quel folklore ! ajouta Botoxia, mais c'est charmant tous ces éphèbes et leurs déguisements, après tout c'est de leur âge !

Patrice dévisageait le pharmacien. Excessivement bronzé, le crâne totalement rasé, avec des yeux bleu foncé, il avait des cils très longs pour un homme, et anormalement recourbés. À côté de ce physique, plutôt trapu et viril, ce regard troublant détonait.

Il restait benoîtement intrigué quand l'homme, laissant les deux femmes à leurs bavardages, s'adressa à lui d'une voix grave et chaude :

– J'ai beaucoup entendu parler de vous, Patrice, comment se passe votre installation ?

Il fut surpris qu'il l'appelle déjà par son prénom, et ressentit un petit frisson fugace.

– Merde, se dit-il, cet homme a un charme fou et si je n'y suis pas insensible, il ne faudrait pas que ça se voie…

Il bredouilla une réponse approximative, mais l'autre poursuivit :

– Est-ce que, par hasard, vous jouez au tennis ? Parce que je cherche un partenaire…

– Il y a bien longtemps que je n'ai pas touché une raquette, vous risqueriez d'être déçu.

– Mais non, rassurez-vous, je ne suis pas un champion, loin de là, et puis nous avons sensiblement le même âge, il n'y aura pas de compétition, juste de l'amusement et de la détente ! Si vous le permettez, je vous appellerai au Patio dès votre retour de voyage, pour prendre rendez-vous à mon club.

– Vous savez déjà que nous partons en voyage demain ?

– Je suis leur pharmacien, Patrice, alors je vois souvent ces dames, et il y en a qui ne me cachent rien…

– Et qu'est-ce qu'elles vous ont raconté à mon sujet, ces vilaines bavardes ?

– Tout, ou presque, et ce que je ne sais pas encore, c'est vous qui me le raconterez ? lui répondit le Jérôme avec un sourire évocateur. Un homme admis à l'unanimité au Patio, c'est un événement ! D'ailleurs, vous n'avez pas remarqué que tout le monde semblait vous dévisager, ce soir ?

Patrice se sentit perturbé. Il réalisa qu'il avait, tout à coup, les mains un peu moites et que son rythme cardiaque s'emballait.

Cet homme, qui vivait ostensiblement avec la dermato, donc a priori 100% hétéro, le chamboulait ! Ça ne lui était pas arrivé depuis des années, et il était impossible de le raconter au Patio. En plus, si comme il le sous-entendait, on l'épiait, il devait à tout prix se ressaisir. Il secoua donc ses mains, tout en soufflant, comme après un effort. Mais ce petit réflexe, qui lui faisait reprendre ses esprits, n'échappa pas à Ladygold.

Heureusement, José vint faire diversion en s'approchant d'eux avec un jeune homme qu'il voulait, visiblement, leur présenter. Il portait un short long, bourré de poches et trois fois trop grand pour lui, comme si il l'avait emprunté à son grand frère, et un petit Marcel trop étriqué qui, lui, appartenait, sans doute, à sa petite sœur. Mais c'était surtout sa drôle de coiffure qui intriguait. Les cheveux coupés très court sur toute la tête, il avait gardé sur le devant une sorte de houppette, à la Tintin, savamment recourbée et montant bien à 10 centimètres au-dessus de son front.

– Yé vous présente le Tilouc, cé loui el coché dé la salle dé sports.

– Bonsoir, excusez-moi, mais ça doit vous demander un temps fou pour faire en sorte que cette envolée de cheveux ne retombe pas ? lui demanda Patrice, admiratif.

L'autre se contenta de sourire, il devait en avoir marre d'entendre toujours cette même question.

– Bonsoir Monsieur, enchaîna Ladygold, soyez assez gentil de vous présenter vous-même, parce que je n'ai rien compris à ce que vient de nous dire notre José !

– Bonsoir, je suis Luc, le coach sportif qui gère la salle de sports. Mais comme tout le monde m'appelait « Petit Luc », ça a donné le Tilouc dans la bouche de José ! Et naturellement ça m'est resté, tout le monde me connaît comme le Tilouc !

Ils rirent de bon cœur en constatant que José pouvait aussi trouver des surnoms, par faute de prononciation.

– Enchanté Tilouc, enchaîna Patrice, amusé, je sais que José veut à tout prix m'entraîner à la gym, mais nous verrons ça plus tard.

– Ok, mais je vois déjà qu'il va falloir vous faire travailler vos abdos ! répondit le coach en lui pointant un doigt sur l'estomac.

– Vous avez l'œil ! Et ça va devenir indispensable, hélas, parce qu'on vient juste de m'enrôler pour jouer au tennis.

– Oui, je viens de vous voir parler avec Jérôme, faites attention à vous parce que lui, il en a des abdos, il a fait pas mal de sport dans sa jeunesse ! Je vous attends à la salle quand vous voudrez, ou pourquoi pas au Patio pour des cours privés ? Je peux vraiment vous aider à garder la forme. À bientôt ?

Il s'éloigna, sourire aux lèvres et houppette au vent, avec José.

– Très sympathique ce Tilouc, mais aïe ! se dit Patrice, c'est bien la province, tout le monde se connaît, tout le monde voit tout, tout le monde sait tout et tout le monde répète tout !

Ladygold, feignant de ne pas voir le couple de lesbiennes qui s'embrassaient goulûment à côté d'elle, entraîna alors Patrice à travers cette foule bigarrée, pour lui présenter d'autres spécimens de célébrités locales.

Au même moment…

En Afrique, Charlotte et Grenouillette, après leur lever à l'aube, le voyage et une longue sieste réparatrice, descendaient sur la plage pour aller tester la température de l'eau.

Charlotte avait été soulagée de retrouver sa maison et son jardin en assez bon état, grâce à Théodore, son ancien pisciniste, qu'elle avait récupéré et nommé gardien-homme à tout faire. Il lui avait tout de suite dit qu'il était désolé pour la mort de son mari, puisqu'ils ne s'étaient pas revus depuis. « Dieu l'a repris, Madame Charlotte. » Elle lui avait simplement tapé sur l'épaule pour le remercier, sans un mot. Elle n'avait nullement l'intention de reparler du passé avec lui. Grenouillette découvrait la lourde chaleur, humide et parfumée, de cette saison de fin des pluies. Elle s'émerveillait de cette végétation luxuriante, qu'elle ne connaissait pas. Mais sa plus grande surprise, dès cette première soirée, fut le bonheur grisant d'aller se baigner face à un coucher du soleil éblouissant, dans une eau à 28°.

À Windsor, Lilybeth, très entourée, fêtait la décoration remise par la reine à Harold et, par la même occasion, sa propre présentation à la souveraine. Son rêve de toujours était enfin réalisé, elle était fière d'avoir parfaitement réussi sa timide révérence et, surtout, d'avoir su garder le silence. Les services du protocole leur avaient bien spécifié qu'il ne fallait, en aucun cas, s'adresser à la reine avant qu'elle n'en prenne l'initiative, elle. Mais Lilybeth avait croisé son regard, avant de baisser la tête, alors c'était comme une histoire sans paroles, elles se connaissaient maintenant. Sa vie ne serait plus la même.

Le mariage, la veille, avait été photographié par plusieurs journalistes des tabloïds les plus populaires. L'article de Chloé, traduit dans l'édition anglaise de son magazine, avait ému pas mal de femmes et ce genre de conte de fées faisait vendre. Lilybeth buvait du petit lait parce qu'elle était persuadée que la reine avait lu tous ces articles, elle l'avait bien vu dans son regard plein d'amitié et ça, c'était inespéré !

À l'autre bout du monde, à Sydney, Ryan, le petit-fils de Ladygold, qu'elle ne connaissait pas encore, emballait ses deux planches de surf et tout son matériel, avec son père. Il prenait l'avion le lendemain soir, avec son équipe et leur manager. Destination Paris où ils transiteraient pour Biarritz. Sa première compétition européenne allait lui donner l'occasion de rencontrer cette fameuse grand-mère française dont il n'avait vu qu'une photo, assez ancienne. « Cool ! » avait-il dit en voyant le nombre de chaînes qui pendaient à son cou. Son père lui avait fait ouvrir Google-Earth sur sa tablette pour lui montrer tous les lieux qu'il allait découvrir, et surtout Nîmes où se trouvaient, curieusement, ses racines paternelles. Il regrettait de ne pas pouvoir y suivre sa grand-mère pour voir la maison, mais son nouveau statut de jeune prodige professionnel, engagé par le plus généreux des sponsors, l'obligeait désormais à suivre le circuit international.

À Paris, Chloé travaillait encore. Son article sur la vie au Patio Secret avait lancé sa carrière.

On parlait d'elle pour un prix du meilleur reportage de l'année, elle avait plusieurs sujets en commande et ne savait plus où donner de la tête. Comme elle devait ce succès aux dames du Patio, elle se sentait désormais « attachée » à elles. Alors, quand Patrice lui avait demandé un service, elle n'avait pu refuser. C'était surtout pour cette merveilleuse Ladygold, qui l'avait tout de suite prise en affection, qu'elle avait relevé le défi. Pour elle, c'était vraiment le destin, auquel elle croyait si fort, qui l'avait guidée vers Nîmes. Alors, aujourd'hui, travailler pour le Patio, c'était comme remercier ce généreux destin. Et, en fin de compte, il fallait bien qu'elle l'admette, ça l'enchantait.

À Angers, Paulo, le mari de Nonette, la sœur aînée de Ladygold, venait d'avoir un malaise en se brossant ce qu'il lui restait de dents. Elle avait eu le réflexe d'appeler tout de suite l'un de ses petits-fils, radiologue, qui était arrivé très vite et ils attendaient le Samu, parce qu'il semblait vital de le mettre sous respiration artificielle. Elle restait étonnement calme face à la situation et, devant cet homme alité de 92 ans qu'elle avait épousé quelques mois plus tôt, elle saisit doucement la main de son petit-fils pour se confier à lui :

– Je ne peux pas dire que je n'ai pas aimé ton grand-père, nous avons été heureux ensemble, mais vois-tu, cet homme-là que je viens enfin de retrouver au bout de 65 ans, on m'a arrachée à lui alors que j'en étais folle amoureuse ! Très en colère, mes parents avaient même appelé le médecin : « Docteur, faites quelque chose, elle est éprise au-delà du raisonnable. » Comme si la médecine avait quelque pouvoir sur les sentiments ! Hélas, à cette époque lointaine de ma jeunesse, il fallait obéir à ses parents. Si je peux te donner un conseil, mon chéri, n'interviens jamais sur les coups de cœur de tes enfants. Laisse-les vivre leur passion, quelle qu'elle soit. Si c'est leur destin, c'est merveilleux, mais si ce n'est pas la bonne personne, ils doivent s'en rendre compte par eux-mêmes et s'en détacher quand ils le décideront, eux. Sinon, si c'est toi qui les influences, ils penseront toute leur vie à ce qu'ils ont peut-être raté. C'est une frustration qui reste indélébile dans ton cœur, « et si… et si… et si… » C'est infernal à vivre ! Voilà que je retrouve mon Paulo, qu'on essaie, malgré les années, de recoller les morceaux de ce que ma famille avait brisé en nous, et trois mois après il tombe ! 65 ans d'attente pour 90 jours de vie en commun ! On s'en moquait d'être vieux, ce qu'on voulait, c'était un peu de temps pour profiter l'un de l'autre ! Quelle tristesse… Tu crois qu'il va s'en sortir ?

Au Patio, Gervaise, l'une des deux femmes de chambre, venait de terminer le repassage. Elle alla dire bonsoir à « Madame Rancunia » restée seule à la maison. Elle la trouva dans son salon, un peu endormie, comme souvent, devant sa télé.

– Bonsoir Gervaise, à demain, puisque José est de sortie lui aussi, je vais vous accompagner jusqu'au vestibule pour fermer derrière vous. Tirez bien la grille du jardin en partant, pas de souci, les fêtards ont bien pris toutes leurs clés.

Le téléphone sonna à cet instant précis et Rancunia réagit comme à son habitude :

– Quel est l'abruti, mal élevé, qui ose téléphoner à cette heure-là ? Les gens sont d'un sans-gêne, je déteste ça, il va m'entendre ce plouc !

En fermant la petite porte du jardin, Gervaise sursauta, un peu surprise de tomber nez à nez avec un jeune homme.

– Bonsoir Madame, c'est bien ici le Patio Secret, dont on a parlé dans la presse ?

– Oui, oui… que voulez-vous ?

– Je venais juste vérifier l'adresse pour ma grand-mère, elle veut leur écrire. Merci, bonsoir Madame.

Samedi 22h

Poulet prit un micro pour annoncer enfin le début du spectacle. Les lumières se firent plus tamisées et tout le monde se rapprocha de la piscine. Patrice fit en sorte d'entraîner Ladygold à l'opposé de la dermato et du pharmacien, et Souris, se faufilant à travers la foule, finit par les retrouver.

– Quel choc ! leur dit-elle, parmi ces gros nounours, il y en a un, mignon comme tout malgré ses 90 kilos, qui avait un petit accent du Sud-Ouest comme le mien. Je lui ai évidemment demandé d'où il était et, tenez-vous bien, il se trouve que son père était mon premier flirt ! Oh là là, ça m'a foutu un de ces coups ! Il voulait me montrer des photos sur son Iphone, mais les lumières se sont éteintes, on verra ça tout à l'heure.

– Ça ne date pas d'hier, tu risques d'avoir un choc, ma pauvre chérie, lui répondit Ladygold.

– Vous verrez qu'il va vouloir vous prendre en photo pour raconter l'anecdote à son père ! ajouta Patrice.

– Merde, je n'y avais pas pensé ! Qu'est-ce que je fais ?

– Chut ! cria l'assistance parce que la musique commençait.

Sur la petite scène, bricolée avec des palettes recouvertes d'une natte en cordes, apparut un très joli garçon déguisé en volailler.

Poulet avait dû lui prêter sa veste et son tablier, tachés de sang. La chanson de Joe Cocker, celle de la scène torride devant le frigo, dans *9 semaines ½*, accompagnait parfaitement ses mouvements qui se firent de plus en plus langoureux dès qu'il eut lancé dans la foule les deux petites cailles qu'il tenait dans chaque main.

– C'est sûrement un Chippendale, chuchota Patrice à ses compagnes, on va avoir droit à un strip-tease !

Elles écarquillèrent les yeux, comme tout le reste de l'assistance, pendant que le garçon, avec talent et en rythme, lançait tous ses vêtements, un à un, dans la piscine.

Des sifflets, des hurlements, des applaudissements l'accompagnèrent dans sa prestation, et quand il se mit dos au public pour faire tomber lentement son string, ce fut du délire.

Souris était déchaînée et Ladygold poussa Patrice du coude pour lui montrer les visages ahuris de quelques bonnes bourgeoises, qui n'avait, sans doute, jamais vu ça.

Le volailler d'un soir se retourna pour saluer, très souriant, en prenant soin de cacher son sexe de ses deux mains, tout en reculant pour descendre de la scène. Ce fut à cet instant précis que Miss Autruche fit une entrée fracassante. Retenant le garçon par un bras, elle entama la célèbre chanson de Dalida :

« Il venait d'avoir dix-huit ans
Il était beau comme un enfant,
Fort comme un homme
C'était l'été évidemment,
Et j'ai compté, en le voyant,
Mes nuits d'automne »

Elle tournait autour du garçon qui, visiblement, ne s'attendait pas à ça. Il essayait en vain de sortir de scène, gardant toujours ses deux mains plantées sur sa nudité, mais elle lui tapait sur les fesses dès qu'il bougeait et lui caressait les cheveux quand il restait docile.

C'était d'un humour incroyable et on n'entendait presque plus les paroles ni le piano de « Clayderman », tant le public applaudissait, criait, riait, sifflait. Un vrai triomphe.

– Applaudissez le beau Manfred et la divine Miss Autruche, s'époumona Poulet dans le micro.

Le garçon se sauva en courant et elle salua comme une star, plongeant dans une profonde révérence, la main sur le cœur.

– Elle descend trop bas, elle ne va pas pouvoir se relever ! s'écria Souris.

Ladygold et Patrice continuaient à applaudir comme des fous, complètement bluffés par ce numéro et l'étonnante force comique de leur amie.

– J'ai vu des garçons juste devant la scène, qui ont tout filmé sur leur tablette, cria Patrice, il va falloir récupérer cette vidéo, c'était ahurissant !

Ils virent alors « Clayderman » prendre sa flûte et, petit à petit, le silence revint.

L'Autruche saisit alors un objet, assez long, sur le piano, et le tint caché dans son dos. Elle secoua ses cheveux, comme une vraie pro, et attaqua la chanson suivante :

« Annie aime les sucettes
Les sucettes à l'anis
Les sucettes à l'anis d'Annie
Donnent à ses baisers
Un gout ani-sé »

– Gainsbourg et France Gall, elle est gonflée, chuchota Patrice à ses voisines.

Mais quand elle sortit de derrière son dos une sucette géante de 30 centimètres de long, le délire reprit et tous les jeunes garçons, devant la scène, se mirent à chanter avec elle.

– Les bonnes bourgeoises et votre bande des veuves ne doivent rien comprendre à ces paroles ambiguës ! souffla Patrice à Ladygold, tandis que Souris s'était mise à chanter, elle aussi, scandant « An-nie » à chaque fois, avec tous les gays.

C'est alors que l'Autruche fit signe à « Clayderman » de s'arrêter. Et elle apostropha un des jeunes garçons :

– Toi la petite crevette, le blondinet là, viens ici tout de suite !

Évidemment, tous ses copains, ravis, le poussèrent sur scène. Il avait un look impossible de rappeur, version efféminée.

L'Autruche l'attrapa vigoureusement par l'oreille :

– Répète un peu ce que tu viens de dire ! Je t'ai entendu. Allez, courage, répète pour que tout le monde entende !

Le gamin, qui devait avoir dix-huit ans depuis peu, faisait une vraie grimace de douleur parce qu'elle ne lui avait pas lâché l'oreille.

– Pardon M'dame, j'ai dit : « Hé, la grand-mère d'Amanda Lear, tu te la mets où, la sucette ? »

Choqué par cette vulgarité, le public criait et sifflait. Poulet, très gêné, voulut faire redescendre le garçon, mais l'Autruche ne le lâchait pas :

– Tu sais à qui tu parles, espèce de p'tit con ? Je suis de la génération des Beatles, des Rolling Stones, de Bowie, de Cher, de Tina Turner, mais aussi de Françoise Hardy, de Sylvie Vartan et de Johnny ! Tu ne connais sans doute pas tout ce beau monde, pauvre nain ? Alors tu me dois le respect !

Comme elle le tenait toujours par l'oreille, elle plaqua le visage du gamin sur sa poitrine, fit signe à « Clayderman », et enchaîna :

« Déshabillez-moi
Déshabillez-moi
Oui, mais pas tout de suite
Pas trop vite
Sachez me convoiter
Me désirer,

Me captiver
Déshabillez-moi… »

Le public, stupéfait, commença par en rire, pour finir par applaudir.

– Elle refait son numéro, quel culot, elle est forte ! s'écria Patrice. Si Gréco était là, je suis sûr que ça l'amuserait de voir ce qu'elle fait de sa chanson.

Le garçon ne pouvait pas bouger, la tête coincée sur ses seins, mais elle continuait, comme si de rien n'était :

« Dirigez bien vos gestes
Ni trop lents ni trop lestes
Sur ma peau
Voilà, ça y est, je suis
Frémissante et offerte
De votre main experte, allez-y… »

C'était tellement drôle qu'on ne l'entendait plus au milieu des applaudissements. Mais le silence revint pour écouter la fin, que tout le monde connaissait, en fait.

– Qu'est-ce qu'elle va bien pouvoir inventer ? dit Patrice à ses voisines.

Ils restaient la bouche ouverte, comme tout le monde, attendant la chute, quand elle lança les derniers mots :

« Et vous…
Déshabillez vous ! »

Elle lui cassa la sucette sur la tête et le poussa dans la piscine.

Ce fut à nouveau le délire.

Poulet et « Clayderman » vinrent l'entourer pour la féliciter, l'embrasser et carrément la soutenir pour son salut final.

Le triomphe dura plusieurs minutes. Ladygold et Souris en eurent la chair de poule, tandis que Patrice, se frayant difficilement un chemin parmi cette foule déchaînée, réussit à tendre un papier à Poulet, préférant que ce soit lui qui le lise. Maintenant qu'il savait que tout le monde l'épiait, il n'avait plus du tout envie d'aller s'exhiber sur scène.

– Merci à tous d'avoir fait un triomphe à la divine Miss Autruche, et surtout merci à elle de m'avoir fait ce cadeau merveilleux, je ne suis pas près de l'oublier ! On me tend un papier pour vous annoncer que notre Miss donnera un récital, très particulier, tous les troisièmes dimanches du mois, à 18h, au Patio Secret où, moyennant une petite participation pour la sauvegarde de ce beau lieu, vous pourrez l'applaudir dans son répertoire de chansons grivoises. Quelle nouvelle fabuleuse, venez nombreux !

Les applaudissements reprirent de plus belle. Quelques regards réprobateurs de bourgeoises se tournèrent alors vers Ladygold qui en fut très gênée, tandis que Souris, ravie, se tenait prête à prendre les réservations. Patrice, en revenant près d'elles, vit que le pharmacien lui souriait en levant le pouce dans sa direction. Il devait le croire responsable du choix des chansons, ou est-ce que ça voulait simplement dire qu'il avait adoré l'Autruche ? Sans réfléchir davantage, instinctivement, il leva le pouce, lui aussi, lui rendant son sourire. Une fois de plus, cet échange, furtif et silencieux, n'échappa pas à Ladygold.

Il fallut attendre, pour partir, que la Miss se remette de ses émotions. Elle était très entourée, on lui tendait des coupes de champagne qu'elle buvait comme du petit lait, et semblait sur un petit nuage, ne réagissant même pas quand le minet qu'elle avait jeté dans la piscine vint s'excuser platement. Ils s'embrassèrent, comme si rien ne s'était passé, et elle finit par poser avec lui sous les flashs, au milieu de toute la bande des copains. Elle savourait ce triomphe et son nouveau statut d'icône gay. Souris, elle, disparaissait au milieu de l'équipe des rugbymen. Elle découvrit les photos de son ex-petit ami avec étonnement, après tout il n'avait pas si mal vieilli. Elle se laissa prendre en photo, elle aussi, et donna toutes ses coordonnées au « gros bébé » du Sud-Ouest. Enfin, il fallut récupérer José, caché par toute une tripotée de « blondes » entre deux âges qui s'agglutinaient autour du Tilouc. Lui aussi avait ses groupies.

Lorsqu'ils furent enfin tous réunis, Poulet vint les remercier chaleureusement et leur distribuer un nombre incalculable de bises claquantes. Botoxia et le pharmacien regagnèrent leur voiture, les saluant de loin, et le minibus finit par démarrer. Mais, avant que quiconque n'ait le temps de faire un commentaire sur la soirée, José leur demanda, le plus sérieusement du monde, ce qu'étaient des « chansons grivoises ». Le fou rire dura jusqu'à l'arrivée au Patio.

Dimanche matin

Rancunia buvait déjà son thé quand Ladygold arriva dans la salle à manger.

– Je ne sais pas à quelle heure vous êtes rentrés, mais je te préviens qu'il y a une folle qui t'a téléphoné, assez tard hier soir. Je lui ai dit que tu partais en voyage aujourd'hui, mais elle veut absolument te parler avant ton départ ! Notre conversation a été un peu tendue, je ne sais pas qui est cette femme, qui m'a dit s'appeler Patty je ne sais quoi, mais elle parle sur un ton assez désagréable et n'a jamais voulu me dire à quel sujet elle t'appelait. J'ai évité de me présenter, elle a dû me prendre pour ta femme de chambre… alors Madame trouvera son numéro dans son salon !

– Merci, je ne connais pas de Patty, je verrai ça tout à l'heure. Tu ne peux pas imaginer le numéro qu'a pu faire l'Autruche !

– Fais-moi rire !

Elles papotèrent un bon moment, Ladygold lui racontant par le menu toute la soirée, quand José apporta le téléphone. C'était Nonette qui leur annonça l'hospitalisation de son Paulo. Ladygold lui répondit, avec douceur et compassion, qu'il lui était difficile d'annuler son voyage puisqu'elle avait rendez-vous avec ce petit-fils qu'elle voulait tant connaître. Mais Nonette la rassura, persuadée qu'il allait vite se remettre, et parce qu'elle était déjà très entourée par ses enfants et petits-enfants.

Quand elles raccrochèrent, les deux femmes se regardèrent :

– Ma pauvre sœur, son bonheur retrouvé n'aura pas duré longtemps, soupira Ladygold.

– Il faudrait qu'il tienne encore une semaine le Paulo, pour qu'on puisse faire notre thalasso tranquillement, ajouta Rancunia, cynique comme à son habitude.

Souris et Patrice furent, eux aussi, surpris par cette nouvelle.

– Si tu veux, je peux regarder sur Internet comment on peut rejoindre rapidement Angers en partant de Biarritz, au cas où... dit Souris.

– En attendant, que peut-on faire ? demanda Patrice.

– Rien, ne changeons rien, nous verrons bien. Je ne peux quand même pas poser un lapin à Ryan, répondit Ladygold. Et puis ma sœur a toute sa famille autour d'elle. Mais tout ça est bien triste. La vie, parfois, s'accélère au moment où l'on aimerait qu'elle tourne au ralenti. Destin ? Volonté ? Hasard ? On n'a pas toujours le dernier mot. C'est étrange ce qui m'arrive aujourd'hui, un vieux qui se meurt d'un côté, et un jeune plein de vie et de santé de l'autre, vers qui faut-il courir ? L'un aimerait peut-être que je lui tienne la main, et l'autre c'est moi qui veux le serrer dans mes bras.

– Alors, vos valises sont-elles prêtes, Mesdames ? demanda Patrice pour faire diversion.

C'est à cet instant que l'Autruche fit son entrée, en kimono fleuri, avec un turban sur la tête et cachée derrière d'énormes lunettes noires.

– Bonjour public aimé ! Je regrette que tu aies loupé mon triomphe, et Lilybeth et Grenouillette aussi ! dit-elle à Rancunia. Mais, rassure-toi, il doit y avoir plein de vidéos et de photos, on m'a littéralement mitraillée ! Qui peut me servir du café ?

Le téléphone sonna et ce fut Souris qui répondit. Elle se contenta de dire « oui » et « d'accord » cinq ou six fois, puis raccrocha.

– C'était la Lilybeth : tout va bien, le mariage s'est bien passé, il y avait des journalistes, la remise de décoration aussi. Elle a bien fait sa révérence, malheureusement elle n'a pas pu bavarder avec la reine, il y avait trop de monde. Mais c'est son amie pour la vie, elle l'a bien vu dans ses yeux. Son rêve s'est enfin réalisé, c'est formidable. Finalement, ils rentrent aujourd'hui, parce qu'ils ont rendez-vous demain pour la maison, ils seront donc là ce soir. Ils vous embrassent. Voilà, c'est tout, et je crois qu'elle m'a raconté tout ça sans virgule ni respiration, du vrai haut débit !

– Tu ne vas pas en revenir, leur maison est à vingt mètres de celle de Poulet, enchaîna Ladygold, il est prêt à lui livrer son marché !

– Oui, je savais qu'il habitait par là, il ne va pas être déçu quand la reine mère va lui donner ses listes de courses, il se fatiguera avant elle de ce voisinage. Mais, dis donc, la Souris, puisque nos tourtereaux rentrent plus tôt, tu vas pouvoir faire venir ton Coq Hardi dès ce soir alors ?

– Pourquoi pas ? Dans le fond, tu as raison, je vais l'appeler tout de suite. Merci de penser à mon futur bonheur, c'est ta semaine de bonté, on dirait ?

– Bon et si on parlait un peu de moi ? enchaîna l'Autruche. Comment m'avez-vous trouvée ?

– Gonflée… mais fantastique ! répondit Patrice, bravo, vous nous avez bluffés, vous allez faire un malheur ici aussi.

– Même l'équipe des rugbymen t'a trouvée géniale ! Moi, j'ai chanté avec toi et applaudi comme une folle ! enchaîna Souris.

– Tu as été formidable, chérie, lui répondit Ladygold, merci et bravo pour ces bons moments, mais nous allons pouvoir en parler, en long, en large et en travers, parce que nous avons six heures de route ! Il vaudrait mieux que nous allions tous finir nos bagages, non ? En plus, il faut que je rappelle quelqu'un avant de partir.

– Attention à la taille du coffre, soyez raisonnables, nous sommes cinq ! précisa Patrice. José voudrait partir vers 13 heures, il nous a préparé un léger brunch à midi et va charger une petite glacière remplie de boissons pour la route.

– Hier soir, j'étais une star adulée, aveuglée par les flashs et grisée par des tonnerres d'applaudissements, enchaîna l'Autruche, et aujourd'hui je pars en voyage organisé, en minibus et avec, comble de l'horreur, une glacière de camping ! C'est dur à avaler, quelle dégringolade, avouez-le !

– Tu voudrais peut-être un jet privé ? lui demanda Rancunia, mais sache qu'aujourd'hui, avec la crise, c'est le comble de la vulgarité, il n'y a que les nouveaux riches, les mafieux russes, les footballeurs ou nos politiques pour oser !

Dimanche 14h, sur la route

Ladygold avait été la dernière à monter dans le minibus. Son coup de fil l'avait retardée.

– Je suis désolée, j'ai cru que ça ne finirait jamais, quelle curieuse femme ! Au début, je l'ai trouvée très antipathique, et puis elle est devenue plus naturelle et au bout d'une demi-heure de conversation, j'ai fini par la trouver touchante.

– Mais qui est cette Patty ? demanda Rancunia.

– C'est une veuve qui veut absolument nous rejoindre ! D'ailleurs, elle nous a écrit et s'étonne de notre silence, vous n'avez pas trouvé sa candidature ?

– Ça doit être la deuxième lettre que nous avions sélectionnée, je devais vous la lire après celle de la frangine de Radio-Cancans et finalement, on a tellement ri que j'ai dû la laisser sur mon bureau, avec les autres.

– Elle habite Genève, seule dans un 400 m^2, avec encore un peu de personnel, bien qu'elle n'ait plus confiance en personne. Ce qui est drôle, c'est qu'elle est née ici, à Nîmes, et rêvait depuis longtemps d'y revenir parce que la chaleur lui manque. C'est en lisant l'article de Chloé sur notre vie qu'elle a réalisé, une fois de plus, combien elle était seule. Et puis l'idée de retrouver sa ville natale l'a immédiatement séduite. Bref, elle s'emmerde à cent sous de l'heure. Son mari, si j'ai bien compris, devait être beaucoup plus âgé qu'elle, c'était un gros diamantaire arménien. Elle m'a cité son nom, Miran Sasovian, ou quelque chose comme ça. Il lui a laissé une vraie petite fortune. Elle pense qu'elle n'a plus d'amis et se méfie de la sincérité du peu qui reste, depuis son veuvage. Son mari régalait pas mal de monde et, à ce sujet, elle m'a cité un dicton populaire : « Accroche un jambon à ta porte si tu veux voir venir du monde », ce qui me fait penser qu'elle n'est pas aussi snob qu'elle voudrait le paraître. En conclusion, elle veut absolument nous rencontrer, venir visiter le Patio et, éventuellement, poser sa candidature. Voilà, vous savez tout !

– Si c'est le Sasovian qui écumait les salles de vente, enchaîna Patrice, elle n'est en effet pas à plaindre, c'était un collectionneur très réputé et son appartement doit être un vrai musée.

– Alors, c'est elle qui pourrait mettre du beurre dans nos épinards, ajouta Souris.

– Et vous croyez qu'elle lâcherait tout ce qu'elle a pour venir vivre avec nous ? Vous rêvez ! poursuivit Rancunia.

– Elle ne doit pas avoir de glacière en plastique, elle, mais au moins deux frigos dans sa Rolls ! conclut l'Autruche.

– Écoutez, cette femme m'a semblé terriblement seule et perdue, et puis elle a tellement insisté que je lui ai donné rendez-vous dans dix jours, nous verrons bien, après tout.

– Et elle va pouvoir donner des cours de quoi, elle ? De taille de diamants ? demanda Souris en pouffant de rire.

– À propos, Rancunia, pour ton futur atelier de couture, nous avons coincé la mercière hier soir. Elle trouve l'idée épatante, elle a des tas de clientes que ça intéresserait, et elle est prête à mettre un écriteau dans sa boutique.

– Elle était à cette soirée, elle aussi ? Je la déteste.

– Eh bien, tu feras un effort…

– Et moi, alors ? demanda l'Autruche, maintenant que vous avez fait l'annonce de mes récitals, il va bien falloir que je répète ?

– Mais ma chère, nous avons avec Souris imprimé quelques paroles de chansons pour vous, lui répondit Patrice, elles sont dans mon sac, et, en plus, j'en ai téléchargé une sur mon portable, nous les écouterons tout à l'heure.

– Vous avez vu comme André a été formidable ? C'est un amour vraiment, et vous savez qu'il n'est pas contre venir au Patio pour m'accompagner !

– Vous êtes vraiment intimes maintenant ?

– Il a un charme fou et il est d'une telle gentillesse… J'avoue que je ne dirais pas « non », après tout il n'a que quelques années de moins que moi, et comme je reste tellement jeune, ça ne se voit vraiment pas !

Tous baissèrent la tête pour éviter de se regarder, et personne n'osa relever ni faire de commentaire.

– J'ai parlé à José de nos projets et du tronc à bricoler, enchaîna Patrice, il a une idée, n'est-ce pas José ?

José conduisait vite et bien, sauf quand il devait parler. Il levait alors le pied pour ralentir parce qu'il avait la fâcheuse manie d'oublier la route pour s'adresser à ses passagers en les regardant dans son rétroviseur. Il lui arrivait même de se tourner vers la droite pour essayer de leur faire face. En se traînant à 40 à l'heure, il devenait un vrai danger public que tout le monde dépassait en klaxonnant. Ils tremblèrent de peur, tout en écoutant sa réponse, et Rancunia, pour la énième fois, lui demanda fermement de regarder la route plutôt que la banquette arrière. Il s'était déjà occupé de ce problème de tronc. Il avait carrément demandé à un curé qu'il connaissait et ils en avaient trouvé un vieux à rafistoler dans le grenier de son église. Il n'y avait déjà plus de croix dessus, alors ça serait plus facile. Ils furent sidérés, mais pas vraiment choqués. Et puis, en se forçant, pour une fois, à regarder devant lui, José poursuivit. S'ils se mettaient tous à donner des cours pour soulager les comptes du Patio, il voulait, lui aussi, participer. Le Tilouc lui avait souvent demandé s'il ne pouvait pas venir donner des cours de sévillana à la salle de sport, mais il avait toujours refusé par manque de temps. Il pourrait peut-être, s'ils en étaient tous d'accord, en proposer au Patio avec participation dans le tronc, évidemment. Le Tilouc conseillerait certainement à toutes ses élèves, qu'il appelait toujours « Les Blondes », de s'y inscrire.

Séduits et amusés, ils le remercièrent chaleureusement pour sa proposition. Mais il fallut bien expliquer à celles qui avaient raté la présentation du Tilouc, la veille au soir, qui il était.

– Je vois très bien qui c'est, dit l'Autruche, j'ai une copine qui suit ses cours de gym, elle l'adore, mais elle, elle l'avait baptisé « La Houppette » ! Ça ne lui a pas plu du tout et il l'a condamnée, pendant plusieurs séances, à dix minutes d'abdos de plus que les autres. Depuis, évidemment, elle a oublié le surnom !

José éclata de rire, sans ralentir, il connaissait l'anecdote.

– Tout le monde sait tout sur tout, c'est affolant ! pensa Patrice.

Au bout de deux heures de route, il fallut déjà s'arrêter. Un peu à l'écart, sur une bande de gazon, il y avait une ou deux tables de bois, avec des bancs pour pique-niquer ; José décida alors de sortir la glacière. Toutes poussèrent des cris de joie en découvrant une bouteille de champagne entourée de flûtes en plastique. Et, miracle, Patrice était en train de découper un gâteau au chocolat ! José leur distribua des serviettes en papier et fit le service. Elles sautèrent au cou de Patrice pour le remercier de cette délicate attention, mais il fut bien obligé de leur avouer qu'il n'y était pour rien. C'était Poulet qui, la veille au soir, avait tout déposé dans le coffre, en disant à José de leur en faire la surprise sur la route. Émues, elles levèrent leurs flûtes à la santé de ce Poulet qui, décidément, était un amour et ils posèrent tous ensemble pour lui envoyer un joyeux selfie sur son téléphone.

Le champagne était bien frais et le gâteau délicieux. Elles s'extasièrent sur ce petit plaisir inattendu, dans ce lieu plutôt incongru qui n'avait vraiment rien de magique.

– Et après, on dira qu'on est snobs ! Alors qu'on picole et qu'on grignote au bord de l'autoroute comme les ploucs ! lança l'Autruche avec sa gouaille.

– Tu préfères ça au cidre, hein, ma grande ? souffla Souris.

– C'est plus fin, plus délicat, plus raffiné, ça pétille plus en tout cas, et puis, que veux-tu, ça me ressemble, alors c'est comme si je me buvais, j'adore l'idée !

C'est alors que Rancunia se mit à bougonner parce que le banc lui semblait un peu humide. Il fallut que José pose des serviettes en papier à sa place pour qu'elle se rasseye.

– Tu es fatigante, ma chérie, lui dit Ladygold, essaie d'apprécier sans râler ce moment béni, ne nous le gâche pas. Nous sommes privilégiées, tu sembles souvent l'oublier. D'abord nous sommes ensemble, tous en bonne santé, nous partons en thalasso, ce qui n'est pas donné à tout le monde, ce que nous buvons et dégustons est absolument délicieux et, en plus, c'est une surprise ! Il faut voir le bon côté des choses, tu es parfois trop négative, profite, ma chérie, profite !

– Tu m'emmerdes ! Toi, tu es toujours heureuse de tout et tu veux à tout prix répandre le bonheur autour de toi ! Mais tu as de la chance, tout le monde n'est pas comme toi, hélas ! Moi, je n'y arrive pas, et tu ne vas plus me changer, à mon âge !

– Mesdames, s'il vous plaît, joker, comme vous le dites si bien ! intervint Patrice.

– Regarde, chérie, enchaîna l'Autruche, tu pourrais être toute seule, comme cette femme, là-bas, dans sa petite guimbarde pourrie, en train de boire un soda chaud et chimico-merdique, avec un sandwich en caoutchouc. Alors que tu es en compagnie d'une star, qui, grâce à un admirateur, fête superbement son triomphe de la veille, avec son chauffeur, son régisseur, sa coiffeuse et sa secrétaire, c'est pas le luxe, ça !?

Ils éclatèrent de rire et Rancunia se leva pour aller embrasser Ladygold.

– Tu as raison de me bousculer, je suis impossible, pardonne-moi !

– Tu sais bien que je t'aime comme une sœur, pauvre gourde, mais c'est en nous surveillant comme ça, en permanence, les unes les autres, que nous nous empêcherons de dériver. J'ai bien peur que si je devais donner des cours de bonheur, tu serais ma plus mauvaise élève !

Dimanche 19h

Coq Hardi ne s'était pas fait prier. Quand Souris l'avait appelé, dès le matin, pour lui dire que la voie était libre et qu'il pouvait donc venir au Patio le soir même, il lui avait répondu, très enjoué, qu'il serait là en début de soirée. Elle avait alors essayé de rappeler Lilybeth pour lui demander à quelle heure arriverait son train et lui spécifier, au cas où elle l'aurait oublié, que José étant parti avec les autres, ils devraient prendre un taxi. Elle laissa le message sur la boîte vocale, admettant qu'entre l'Eurostar, le changement de gare à Paris et la montée dans le TGV, la pauvre avait dû éteindre son portable.

Elle mit un temps fou à choisir la tenue adéquate. Trop habillée, trop affriolante, trop sage, trop banale, toute sa garde-robe défila devant le miroir. Pour elle, ce qui importait avant tout, c'est qu'il tombe en arrêt devant son décolleté. Ils ne s'étaient vus que deux fois, lors de dîners bien corrects, organisés à mi-chemin de leurs adresses respectives. Il ne s'était encore rien passé, mais comme il n'avait pas fait mystère de son goût prononcé pour les fortes poitrines, pourquoi la lui cacher ? Elle choisit donc son soutien-gorge le plus valorisant, un chemisier noir très ouvert et légèrement transparent, et une jupe blanche à volants, qui lui arrivait presque aux chevilles, façon gitane. Si elle devait l'émoustiller dès la première seconde, et s'il fantasmait sur les seins, valait mieux oublier les jambes ! En se regardant une dernière fois dans la glace, elle trouva que cette tenue la tassait parce qu'elle ne pourrait pas mettre de talons. Elle faillit tout changer, puis se ravisa parce qu'il n'était pas si grand et elle ne devrait, en aucun cas, le toiser. Alors elle enfila, à contrecœur, des ballerines en vernis noir.

– Quel casse-tête ! C'est pourtant vrai que tout va dépendre de cette soirée et de cette première nuit.

Elle sursauta quand elle entendit la sonnette du jardin. S'il était en avance, c'était bon signe.

Son cœur battit plus fort et, en descendant quatre à quatre l'escalier, elle tenta, en vain, de maîtriser son souffle.

– Quelle idiote, à mon âge, on dirait une ado courant à son premier rencard !

Elle se sentit un peu trop rougeaude quand elle ouvrit la porte.

Il était là devant elle, et elle le trouva immédiatement plus vulgaire que dans sa mémoire. C'était bizarre cette impression, que pouvait-il y avoir de différent ? Peut-être cette moustache, légèrement grisonnante, qu'il ne portait pas lors de leurs précédentes rencontres, ou sa tenue, un peu trop décontractée pour arriver chez elle ? Il portait un blouson de cuir en guise de veste, avec une cravate un peu bariolée sur une chemise blanche à col ouvert. C'était pourtant bien le même homme, mais en pire. En reprenant son souffle, elle tenta d'analyser très vite sa déconvenue et finit par se dire qu'elle avait sans doute fait une erreur.

Mais il lui décrocha un tel sourire en lui disant « Bonsoir belle diablesse… » qu'elle se raisonna, admettant peu à peu que cette moustache lui donnait un air de vieux voyou sur le repentir et qu'il ne manquait pas de charme, finalement.

Quand il rentra dans le jardin, elle s'étonna qu'il soit sans bagage, mais il lui répondit que son sac de voyage était resté dans la voiture et qu'il le prendrait plus tard. Elle était en train de refermer la porte en fer quand il se pencha vers elle pour lui demander à l'oreille s'ils étaient bien seuls, et elle eut à peine le temps d'acquiescer d'un signe de tête qu'il la prit dans ses bras et l'embrassa voluptueusement.

Le baiser se fit de plus en plus chaud, et elle essayait de ne pas trop s'emballer, bien qu'il commençât à sérieusement la caresser. Il avait des mains fermes et des gestes sûrs, et comme ça faisait bien longtemps qu'un homme ne l'avait pas tenue dans ses bras d'une manière aussi virile, elle avait un mal fou à lui résister.

– Je ne vais quand même pas lui céder si vite, se dit-elle, dès la première minute et dans le jardin en plus ! Si mes amies me voyaient, elles me traiteraient de vieille roulure !

Elle parvint à se détacher de lui, en évitant de le repousser trop vertement. Mais elle s'étonna de cet empressement, il ne lui avait pas donné cette impression d'amant pressé et fougueux lors de leurs deux rendez-vous. Il avait même fait preuve d'une certaine élégance, dans ses propos comme dans ses gestes. Elle le découvrait sous un autre jour, moins raffiné certes, mais tellement plus sexy !

Ils rentrèrent dans la maison et elle fit en sorte de rester au rez-de-chaussée, se disant que si elle le faisait monter tout de suite dans sa chambre, il allait certainement lui sauter dessus. Il ne fallait pas qu'elle oublie qu'il avait huit ans de moins qu'elle, et le sang plutôt chaud ! Elle lui proposa un verre dans la cuisine pour ne pas qu'il voie tout de suite son salon, son désordre et surtout les nombreuses photos d'hommes qu'elle y avait accrochées aux murs.

Ils dégustaient sagement un whisky, en discutant de tout et de rien, essayant de se trouver des goûts en commun, quand il se décida à lui parler franchement :

– Écoute, Diablesse, nous ne sommes plus des enfants depuis longtemps, nous sommes carrément du côté des seniors maintenant, on ne va pas jouer au chat et à la souris…

– Comme c'est drôle, ici on m'appelle Souris justement !

– Ne plaisante pas. Nous nous sommes envoyé des quantités de mails, nous nous sommes déjà vus deux fois, très sagement, et on s'est plu, je crois ? Mais pour aller plus loin dans notre relation, il faut maintenant passer à l'acte, moi j'ai envie de toi ! Allons dans ta chambre et voyons si on aime autant l'un que l'autre les câlins !

Il s'approcha d'elle et dégrafa quelques boutons de son chemisier pour y passer la main.

En frémissant, elle se dit qu'il avait tout du cow-boy, c'était assez surprenant, un peu cavalier mais pas si désagréable. Que faire ? Tout arrêter et parvenir, non sans mal, à le foutre à la porte ? Ou se laisser aller et succomber pour vivre une expérience excitante ? Que risquait-elle ? Après tout, c'était grisant d'être tant désirée, surtout par un homme plus jeune.

– T'as peur de quoi, petite Souris ? lui dit-il en lui caressant un sein. Ça fait longtemps que tu n'as pas fait l'amour, c'est ça ? Ça ne s'oublie pas, tu verras, allez viens, et après je t'emmène dîner.

– Heureusement que la maison était vide ! se dit-elle une heure plus tard, en s'étirant dans son lit. Parce que j'ai dû crier et gémir comme une folle. Quel amant !

Elle n'avait pas été surprise qu'il s'attarde autant sur ses seins, chez lui ça frisait carrément le fétichisme. Mais, au bout d'un moment et une certaine envie d'autres sensations, elle voulut prendre quelques initiatives, ça faisait trop longtemps qu'elle n'avait pas touché un homme. Comme il ne devait pas avoir l'habitude qu'une femme décide pour lui, ça ne fit que décupler son excitation, et il finit par se ruer sur elle avec une telle fougue qu'elle s'abandonna totalement, ne maîtrisant plus rien.

– C'est vrai que c'est merveilleux, un homme plus jeune, se dit-elle quand ils retrouvèrent leurs esprits, et huit ans de moins c'est l'idéal. Dans tous les articles récents qu'elle avait lus sur les rapports sexuels des seniors, il était soi-disant courant que l'acte proprement dit ne dure que sept minutes, treize au maximum, pour laisser place à la tendresse. Elle ne pouvait pas se plaindre, la différence d'âge venait de lui offrir tout le contraire, il n'y avait eu que très peu de tendresse, certes, mais côté performances, elle avait tiré le gros lot. Quel corps, quelle puissance ! Et, finalement, une petite séquence « bestialité », c'était délicieux! Elle en gloussait d'aise, allongée à ses côtés, et lui alluma une cigarette. Ça, se dit-elle, un homme élégant, ou plus âgé, n'aurait certainement pas osé.

Puis il était descendu, une serviette autour des reins, pour aller récupérer leurs deux verres. Toujours perdue dans ses pensées, elle trouva néanmoins qu'il mettait un temps fou pour remonter.

– J'ai cherché désespérément quelque chose à grignoter, je n'ai trouvé que des olives dans un des frigos. J'ai une faim de loup, pas toi ? On va aller dîner tout de suite, non ?

– Il y a un bistrot sympa où il y a toujours de la place le dimanche soir, nous avons encore le temps de finir nos verres, viens près de moi.

En fin de compte, il était beaucoup plus séduisant nu. Elle réalisa qu'elle ne pourrait pas lui demander de se déshabiller devant ses chères amies, il fallait donc s'attendre à quelques commentaires acerbes, et surtout aux critiques vachardes de Rancunia. Et pourtant il faudrait bien le leur présenter, un jour ou l'autre. À la réflexion, elle assumerait ça aussi.

Ils se rhabillèrent et sortirent. Elle savait pertinemment qu'elle laissait le Patio vide, mais Lilybeth et Harold n'allaient pas tarder à rentrer et, de toute façon, aucune d'elles ne branchait jamais cette foutue alarme. En regardant sa montre, elle estima que le couple arriverait dans l'heure suivante. Elle ne voulait pas lui dire, tout de suite, qu'ils ne seraient pas seuls cette nuit. Alors, pendant qu'il était allé chercher sa voiture au bout de la rue, elle laissa discrètement un message sur la boîte vocale de Lilybeth pour la prévenir qu'elle était sortie dîner.

Ils venaient juste d'entamer leurs plats quand son téléphone sonna.

Lilybeth, à bout de souffle, l'appelait au secours, ils venaient de tomber sur un cambrioleur en arrivant au Patio !

Quand elle répéta ce qu'elle venait d'entendre à son amant, il devint blême et se leva d'un bond :

– On a dû mal refermer la porte ! Vite, dépêche-toi, je vais chercher la voiture.

Elle fut bien obligée de régler l'addition, et en liquide pour aller plus vite, puis elle sortit en courant pour le retrouver.

Dimanche fin d'après-midi

La dernière heure de route avait été très gaie. Comme elles commençaient à s'impatienter, demandant sans cesse, comme des enfants, dans combien de temps ils arriveraient, Patrice avait eu la bonne idée de brancher la radio sur « Chante France ». Pour une fois, Rancunia ne dit rien quand l'Autruche les entraîna à chanter en même temps que tous les vieux succès de la variété française.

Elles s'époumonèrent avec Sylvie Vartan :

« Ce soir je serai la plus belle
Pour aller danser-er »

– Ça c'était pour moi ! gloussa l'Autruche.

Et puis Patricia Carli enchaîna :

« Arrête, Arrête, ne me touche pas
Je t'en supplie, aie pitié de môaaa ! »

– Celle-là était pour toi, Rancunia ! dit l'Autruche, soudain caustique.

Quand Jeanne Moreau attaqua « Le tourbillon »:

« Elle avait des bagues à chaque doigt
Des tas de bracelets autour des poignets... »

elles pouffèrent comme des gamines.

– Et là c'est moi ! C'est incroyable, avoua Ladygold, enchantée.

– C'est formidable cette station de radio, vous ne trouvez pas ?

On connaît toutes les paroles, c'est comme un karaoké ! s'extasia l'Autruche.

– Tu as raison, mais ça ne fait pas très jeune tout ça, ces chansons ont toutes presque cinquante ans, lui fit remarquer Ladygold. Pour qui les passent-ils ?

– Pour les vieilles, comme nous, qui en avons marre de la route ! conclut Rancunia.

Patrice décida, alors, de leur faire écouter la fameuse chanson de Colette Renard sur son portable.

« Que c'est bon d'être demoiselle
Car le soir dans mon petit lit
Quand l'étoile Vénus étincelle
Quand doucement tombe la nuit
Je me fais sucer la friandise
Je me fais caresser le gardon
Je me fais empeser la chemise
Je me fais picorer le bonbon... »

Il dut tout arrêter devant leurs cris, leurs rires et leurs larmes.

– J'adore ! J'adore ! hurlait l'Autruche en applaudissant. Oh oui ! je veux la chanter.

– Quelle horreur ! s'étouffait Rancunia.

– Que c'est drôle ! s'écriait Ladygold, mais taisez-vous donc, je veux entendre toute la chanson !

– Je vous préviens, il y a encore huit couplets comme celui-là ! leur dit Patrice en relançant l'enregistrement.

Elles eurent un mal fou à rester attentives et silencieuses, et Rancunia finit elle aussi par hurler de rire avec les autres en entendant la fin.

Mais le pire arriva quand José, une fois le silence revenu, leur dit très sérieusement :

– Yé né rien compris à cette chansonnetta !

Dimanche soir

L'arrivée à l'hôtel ne fut pas triste non plus. L'une avait faim, l'autre avait soif et la troisième voulait voir sa chambre avant toute autre chose. Patrice dut jouer les conciliateurs pour finalement leur fixer rendez-vous au restaurant une demi-heure plus tard, et il alla retenir une table pour éviter de trouver porte close à cette heure tardive, les curistes se couchant tôt.

José, épuisé par la route, les bavardages et les chansons, les abandonna, ravi d'avoir une chambre réservée en ville.

Ils commandèrent un dîner léger et rapide, pendant lequel on vint leur remettre leur programme de thalasso du lendemain. Par chance, tous leurs soins étaient programmés à la même heure. Ils se donnèrent donc rendez-vous pour le petit déjeuner, et Rancunia et l'Autruche partirent se coucher. L'une se plaignait d'être exténuée par le voyage, l'autre voulait aller très vite télécharger « Les nuits d'une demoiselle » sur son Iphone, il fallait qu'elle l'écoute en entier avant de s'endormir, c'était bon pour la mémoire.

C'est alors que le portable de Ladygold sonna.

Souris, au bout du fil, était en larmes et pouvait à peine parler.

Ladygold, inquiète, lui demanda de se calmer et fit un signe à Patrice pour qu'ils sortent du restaurant. Dehors, sur la terrasse, elle put brancher le haut-parleur.

– C'est affreux, tout est de ma faute ! répéta plusieurs fois Souris, en gémissant.

– Mais que se passe-t-il, ma chérie ?

– J'ai fait une énorme connerie, c'est épouvantable ! Comme me l'avait soufflé Rancunia, j'ai fait venir Coq Hardi ce soir. Il est arrivé à 7 heures et m'a pratiquement sauté dessus ! Je n'ai pas pu résister, et nous avons fait l'amour tout de suite !

– En effet, pour du rapide, c'est du rapide, enfin… ça te regarde ! Et alors ?

– Il a eu faim, alors nous sommes sortis dîner avant que Lilybeth et Harold n'arrivent !

– Je parie que tu n'avais pas mis l'alarme ?

– Mais non, tu sais bien qu'on ne la met jamais ! Et puis les autres devaient arriver très peu de temps après. Mais attends, ce n'est pas le pire !

Ladygold et Patrice se regardèrent en fronçant les sourcils en même temps.

– Nous étions à table depuis à peine une demi-heure quand Lilybeth m'a appelée au secours. Ils venaient de tomber sur un cambrioleur en rentrant.

Ladygold se pinça les lèvres, serra la main de Patrice, puis s'écria :

– Mon Dieu quelle horreur ! Et alors ?

– Quand j'ai annoncé ça à Coq Hardi, il s'est levé d'un bond, croyant qu'on avait mal refermé la porte, et il a couru chercher sa voiture ! J'ai vite payé et je l'ai suivi.

– Et qu'est-ce que vous avez fait ?

– Mais je ne l'ai jamais retrouvé, il avait disparu !

– Ce n'est pas possible ?

– Mais si, hélas ! Quand j'ai réalisé quelle conne j'avais été, j'ai fait appeler un taxi et en arrivant au Patio, je suis tombée sur des voitures de police et les pompiers. Imagine ma tête !

Ladygold serrait de plus en plus fort la main de Patrice, l'émotion l'empêchait de respirer.

– En rentrant, Lilybeth et Harold ont tout de suite entendu un bruit bizarre venant de ton salon et en arrivant, sans faire de bruit, ils ont surpris le voleur à genoux au moment où il fourrait tes bijoux dans son sac à dos !

– Mais là, je n'ai que de la pacotille ! Tout ce qui est dans le coffret chinois du salon est en toc ! Mes vrais bijoux sont presque tous dans le coffre de ma chambre, et le reste est sur moi.

– Peut-être, mais lui ne le savait pas !

– Et alors ?

– Alors Harold a courageusement saisi tes pincettes de cheminée et l'a menacé tandis que Lilybeth lui a lancé un de tes vases à la figure !

– Elle est incroyable, moi, je serais partie en courant.

– Le garçon qui ne s'attendait pas à les voir, et pour cause, a un peu chancelé et, en bousculant cette pauvre Lilybeth, il s'est enfui sans demander son reste. C'était facile, ils n'avaient pas fermé à clé la porte du jardin puisque j'étais sortie. Bref, ce petit salaud était tellement affolé qu'il en a oublié son sac, dans sa fuite !

– Il n'a donc rien pris ?

– Rien, heureusement, et je pense qu'il n'a pas eu le temps de visiter un autre salon ou de monter au premier, tout ça s'est passé tellement vite !

Ladygold poussa un « ouf » de soulagement.

– Mais alors, pourquoi pleures-tu autant ?

– Parce que cette pauvre Lilybeth, pendant qu'Harold téléphonait à la police, a voulu se servir un petit bourbon pour se remettre et elle a eu un malaise quand les flics ont débarqué. Les pompiers sont arrivés très vite et ont décrété qu'à son âge, il était plus raisonnable de la transporter à l'hôpital en observation.

Bien évidemment, Harold l'a accompagnée et je suis restée seule avec les flics !

– Mon Dieu, quelle histoire ! Et tu as des nouvelles ?

– Non aucune. Mais attends, ce n'est pas fini ! Les flics m'ont posé mille questions et j'étais tellement choquée que je leur ai tout balancé, Coq Hardi, sa curieuse disparition et le reste. Ils m'ont demandé comment on s'était rencontrés, son adresse mail, son numéro de portable, et ont voulu voir la seule pâle photo que j'avais de lui sur mon ordi ! En plus, le sac à dos du fuyard était resté dans ton salon, ils ont trouvé des éléments pour le confondre, une carte de club de foot ou quelque chose comme ça. Tiens-toi bien, il est fiché et n'en est pas à son premier coup ! J'avais l'air d'une pauvre conne, pour m'être laissé gruger, doublée d'une fieffée cochonne pour me taper un homme beaucoup plus jeune que moi ! J'ai surpris quelques ricanements parmi les flics, la honte absolue.

– Mais il était pourtant avec toi au restaurant !

– C'est ça sa force, après avoir séduit des femmes seules sur Internet, son complice, que les flics soupçonnent d'être son fils, repérait les lieux, et quand il sortait pour dîner avec sa conquête, il se débrouillait pour faire entrer le gamin qui avait quartier libre pendant plus d'une heure pour subtiliser ce qui avait de la valeur ! En rentrant, après le dîner, il ne pouvait pas être soupçonné !

– Mais quand a-t-il pu ouvrir à son fils ?

– Quand il est descendu rechercher nos verres, après notre petite séance de galipettes, j'avais trouvé qu'il mettait du temps pour remonter ! Le petit, une fois dans les lieux, a dû se cacher dans un des salons. Comment pouvais-je imaginer ? Je suis tellement désolée, pardonne-moi !

– S'ils n'ont rien volé, tout ça n'est pas grave, ça nous servira de leçon pour l'alarme. Maintenant ce qui m'inquiète, c'est Lilybeth !

– J'attends Harold, nous verrons bien, mais j'en suis malade, tout ça est de ma faute, c'est affreux ! Et en plus je dois aller demain matin au commissariat pour déposer une plainte, ils veulent à tout prix arriver à les coincer.

– En tout cas, si j'ai un conseil à te donner, c'est de dire adieu à tes sites sur Internet, j'ai toujours pensé que c'était dangereux, toutes ces rencontres improvisées.

– Je te le jure, j'arrête tout, c'est fini !

Patrice profita que le haut-parleur soit branché pour oser lui poser une question plus délicate :

– Ma petite Souris, désolé d'être indiscret, mais j'espère que vous étiez protégée lors de vos ébats ? Le sida ne demande pas les dates de naissance, alors les seniors, eux aussi, peuvent le choper…

– Oui, oui, il s'était couvert. Taisez-vous, quelle horreur, je n'ose pas y penser !

Elle se remit à sangloter et promit de rappeler dès qu'elle aurait des nouvelles.

Voyant son émotion, Patrice serra Ladygold dans ses bras.

– Allons voir si le bar est encore ouvert, lui dit-elle, moi, ce n'est pas d'un bourbon dont j'ai besoin mais d'un cognac, vous êtes partant ?

Un quart d'heure après, Souris la rappela pour lui dire qu'Harold était rentré. Lilybeth avait fait un scandale parce qu'ils voulaient la placer vingt-quatre heures en observation. Elle leur avait dit qu'elle était en voyage de noces, et qu'à 82 ans la priver de son nouveau mari, c'était trop cruel de leur part ! Rien n'y a fait, bien au contraire, ils l'avaient gardée. Elle avait alors demandé à Harold de revenir le lendemain matin pour lui apporter du bourbon dissimulé dans un thermos, avec une ou deux cigarettes. C'était la preuve qu'elle allait très bien !

Et puis, pour rassurer totalement Ladygold, elle ajouta qu'un car de police allait rester devant la porte du Patio toute la nuit, au cas où ces deux salauds auraient la mauvaise idée de revenir pour essayer de récupérer leur sac.

Elle repartit dans ses sanglots, puis raccrocha.

– Finalement, dit Ladygold, dans cette malheureuse aventure, c'est son orgueil qui a dû en prendre un coup, elle n'a pas l'air d'avoir le cœur brisé.

Patrice se mit à chantonner :

« Tout va très bien, Madame la marquise,
Tout va très bien, tout va très bien
Pourtant, il faut que l'on vous dise
On déplore un tout petit rien… »

Elle arriva à en sourire et ils purent enfin aller se coucher, il était beaucoup plus de minuit. Mais avant de le quitter, elle lui pinça le menton :

– Je n'ai pas eu le temps, après cette journée d'enfer et ces dernières émotions, de vous parler de votre petit trouble d'hier soir devant Jerôme, notre cher pharmacien. Mais ce n'est que partie remise, vous n'y couperez pas ! Bonne nuit, mon petit Patrice.

Il resta sans voix et regagna sa chambre, soudain songeur.

Lundi matin

Ils étaient descendus en peignoir de curistes pour le petit déjeuner. Ladygold et Patrice purent alors raconter toute l'histoire aux deux autres. Et les commentaires furent plutôt surprenants.

Rancunia, pour une fois pleine de compassion, s'épancha :

– La pauvre, elle doit être dans un état lamentable, elle doit avoir un contrecoup, une peur rétrospective ! Je vous l'avais bien dit qu'il fallait laisser José au Patio, rien de tout ça ne serait arrivé !

L'Autruche fut plus sévère :

– Quelle folle ! Un type qu'elle n'avait aperçu que deux fois, elle l'invite chez nous, lui affirme qu'ils sont seuls et s'allonge comme une moins que rien dès qu'il la siffle ! Je suis encore coquine, mais il y a des limites, elle s'est vraiment conduite comme une vulgaire pouffiasse !

– Et Lilybeth ? Vous pensez un peu à cette femme qui a eu le réflexe, à son âge, de balancer un vase sur un cambrioleur ? Beaucoup se seraient sauvés en hurlant. J'espère qu'elle va bien, parce que ça, ça serait tragique.

– Mesdames, Mesdames, intervint Patrice, vous savez bien que d'un mal vient toujours un bien. D'abord, je pense qu'il faut rétablir l'usage de l'alarme, si les touches sont trop petites, changeons le tableau de mise en route. Pour ce qui est de Souris, je crois pouvoir vous affirmer qu'elle va arrêter de surfer sur tous ces sites de rencontre. C'est une leçon plutôt amère pour elle. Et il faut parfois ce genre d'aventure pour en être guéri, de cette quête éperdue de l'âme sœur, croyez-moi, je sais de quoi je parle ! Quant à Lilybeth, ne vous faites pas de souci, elle est très vaillante et vous verrez qu'elle est capable de tous nous enterrer !

Elles n'eurent pas le temps de réagir qu'une solide femme en blouse blanche vint les interrompre :

– Mesdames, Monsieur, on vous attend pour vos soins ! Dans vos cures « Détox », j'ai ce matin deux douches à jet, un bain aux huiles d'essence de pin et un enveloppement thermo-sudation. Vous avez vos plannings ? Vous savez qui fait quoi ? Alors on y va.

Ils filèrent en rang d'oignons, ravis d'aller s'abandonner à des mains expertes.

– On va enfin dorloter mon corps, ce n'est pas trop tôt ! gloussa l'Autruche.

– Tu as raison, moi aussi ce voyage m'a littéralement cassée ! lui répondit Rancunia, sans le moindre humour.

Au commissariat, Souris se tenait, toute penaude, devant un jeune gradé. Il lui fit à nouveau raconter, minute par minute, sa triste aventure et insista malheureusement sur quelques détails cruciaux.

– Avez-vous remarqué des signes distinctifs sur le corps de l'individu ?

– C'est-à-dire ? demanda-t-elle timidement

– Taches, verrues, pilosité, tatouages, forme du sexe, enfin tout ce qui pourrait le distinguer et le confondre. Vous voyez ce que je veux dire ?

Complètement mortifiée, elle répondit tant bien que mal, essayant de se remémorer une quelconque aspérité sur ce corps qu'elle avait pourtant adoré caresser.

– A-t-il abusé de vous ou étiez vous consentante ?

– Jeune homme, je pourrais largement être votre mère ! Vous ne pensez pas que vos questions sont un peu trop gênantes ?

– Alors j'inscris « consentante » ?

– Puisque vous le dites, hélas, écrivez-le !

À l'hôpital, Lilybeth continuait à faire un raffut du diable. Elle se sentait très bien et voulait sortir au plus vite. Quand ils lui dirent qu'il fallait que son mari signe une décharge, elle vitupéra littéralement. Harold arriva heureusement à temps pour éviter le scandale. Il l'entraîna dans la cour, lui donna son thermos et lui alluma discrètement une cigarette. Il put alors lui expliquer, dans le détail, tout le déroulement de ce regrettable incident, avant et après leur retour au Patio, tel que la pauvre Souris le lui avait confessé en larmoyant. Une demi-heure plus tard, chamboulée mais calmée, il put la raccompagner au service des urgences et c'est ensemble qu'ils signèrent la décharge pour une autorisation de sortie.

– Quelle bande de petits péteux, tous ces internes, ils veulent enfermer les bien portants et laissent carrément moisir les vrais malades pendant des heures dans les couloirs ! Et puis, tu te rends compte, il n'y avait pas une goutte de vin pour faire passer leur affreux jambon-purée, comme si ça faisait mourir ! Mais au contraire, il n'y a pas mieux pour se requinquer, c'est plus efficace que leurs horribles médicaments ! Si j'étais ministre de la Santé, je te changerais tout ça !

– Ladygold est, paraît-il, très inquiète au sujet de toi, lui dit Harold avec son accent délicieux. *You have to call her now.*

– *Oh yes, darling*, tu as raison.

– Allô, *my Lady*, tu n'es pas en train de te faire bouillir jusqu'à l'arête dans un bain d'algues ? Non, non, moi, ça va très bien, je suis juste en pétard contre l'hôpital, mais je ne me suis pas laissé faire, tu me connais ! Heureusement que mon Harold est arrivé avec mon bourbon, sinon je tombais vraiment malade. Oui, crois-tu, quelle aventure, cette pauvre Souris s'était mise dans le pétrin, ils étaient complices ces deux sales types ! Je suis désolée pour ton vase, j'ai pris ce que j'avais à portée de main, mais je ne l'ai pas raté, il s'est brisé sur son épaule et ça a dû lui couper l'oreille, j'ai bien vu qu'il saignait un peu quand il m'a bousculée. Après, évidemment, j'ai eu les jambes en coton, je me suis mise à trembler et j'ai fini par tomber ! Mais sur le moment, je te jure, j'étais très en colère qu'il puisse voler quoi que ce soit dans ton salon, je n'ai pas réfléchi, je l'ai visé et boum, touché-coulé le salaud ! Les pompiers ont été des amours, tous mignons en plus, et tellement grands que j'avais l'impression d'être une Liliputienne ! La pauvre Souris doit être beaucoup plus traumatisée que moi, imagine qu'elle avait mis un de ces deux voyous dans son lit, une heure avant, quelle enfant ! Ne t'en fais pas, on va bien s'occuper d'elle. Et nos petites amies ? Et Patrice ? Tout le monde va bien ? Vous vous régalez, j'espère, de vous faire papouiller toute la journée ? Moi, j'ai des tas de photos à vous montrer, du mariage, de la décoration d'Harold et surtout de ma rencontre inoubliable avec Sa Majesté ! *She is so nice* ! Oui, on se rappelle demain, *we kiss you all, bye bye !*

Le haut parleur était branché, alors Ladygold les regarda, tour à tour. Ils finirent par éclater de rire, l'angoisse était passée.

La semaine fila à toute vitesse

Ils enchaînèrent les soins, drainants, détoxifiants, minceur ou autres, avec les séances en salle ou en plein air. La marche le long du littoral étant, elle aussi, considérée comme un soin ! Enfin, ils découvrirent avec délectation les joies de la gym aquatique et surtout de l'aqua-biking. Perchés sur des vélos fixés au fond d'une piscine pour pédaler tous ensemble, sans peine et sans avancer, ça paraissait un jeu d'enfant.

– J'ai l'impression d'être transformée en mixer pour monter des blancs en neige, le problème c'est que rien ne monte ! leur avoua l'Autruche en soufflant.

Le soir venu, les douleurs se réveillaient dans les jambes et dans le bas du dos, alors ils montaient tous se coucher, exténués, finalement ravis de s'endormir comme des bébés.

– C'est sain ! On se dé-toxe ! se répétaient-ils toute la journée pour s'encourager mutuellement.

Il y eut, néanmoins, un mini-scandale. L'Autruche, en peignoir, turban et lunettes noires, attendait dans un couloir l'heure d'un de ses soins. On voyait à peine ses oreillettes branchées à l'Iphone qu'elle avait glissé dans sa poche et, comme le font les ados dans la rue, elle se mit à chanter tout haut ce qu'elle écoutait. Le problème c'est qu'elle était en pleine répétition du deuxième couplet des « Nuits d'une demoiselle », son futur succès :

« Je me fais frotter la péninsule,
Je me fais béliner le joyau
Je me fais remplir le vestibule,
Je me fais ramoner l'abricot »

Si elle ne pouvait s'entendre, les curistes, eux, n'en ratèrent pas une rime. Le directeur, en personne, se déplaça pour lui demander, très aimablement mais en essayant de garder son sérieux, de ne pas chanter à haute voix au sein de la cure. Il y avait eu quelques plaintes. Elle lui répondit que des gens intelligents allaient bientôt payer pour l'écouter et qu'un jour, lui-même la supplierait sans doute de venir donner un récital dans son établissement ! Elle éteignit nerveusement son Iphone et lui tourna le dos en entrant dans la cabine de soins. Ça lui valut une petite notoriété, certes limitée aux couloirs de la thalasso, mais elle en fut tout à fait enchantée.

Les nouvelles du Patio, en revanche, étaient bonnes. Lilybeth et Harold avaient signé l'achat de leur maison et ils s'occupaient de Souris comme si elle était leur fille. Elle avait, d'elle-même, résilié toutes ses inscriptions sur les sites et pleurait désormais d'avoir raté cette fameuse cure qui promettait, comme le lui avait rapporté Rancunia au téléphone, un grand « nettoyage du corps et un repos bienfaisant, propices à la réflexion et au retour à l'essentiel » ! Elle ne désespérait pas de pouvoir aller la tester un jour prochain, mais n'imaginait pas s'y retrouver seule. Elle restait incorrigible.

Patrice, en découvrant, juste à côté de la thalasso, un restaurant espagnol, les y invita à dîner pour les changer du poisson-vapeur dont certaines commençaient à se lasser. Ils se dirent que ce serait gentil d'y inviter aussi José et lui fixèrent donc rendez-vous pour dîner à cette Pinta. Le décor était incroyablement folklorique, avec tête de taureaux, photos et affiches de corridas, grilles andalouses et nappes rouges. Quand il arriva, ils le trouvèrent très guilleret et bien reposé. Il leur avoua que ce petit séjour l'enchantait, pas de conduite, pas de courses à faire, pas de cuisine à préparer et pas de bricolage, de vraies vacances, dont il les remercia chaleureusement. Le fait qu'il en profitait mystérieusement les amusa, en vérité personne n'osa lui demander ce qu'il pouvait faire de ses journées, comme de ses nuits ! Mais le sourire en coin qu'il affichait intrigua Ladygold, qui le connaissait bien. Elle lui demanda gentiment pour quelle raison il semblait s'amuser de cet endroit et de leur choix, ce n'était pas bon ?

– *Si*, *muy buena* ! Mais *esta una Sidreria* !

Comme ils ne semblaient pas comprendre, il leur fit signe de tourner la tête et ils découvrirent avec stupéfaction plusieurs énormes barriques, toutes dotées d'un gros robinet.

– *Sidreria* ? Mais oui, bien sûr, c'est une cidrerie ! s'esclaffa Patrice, nous allons dîner au cidre espagnol, c'est pas drôle ça ?

– Oh, non ! s'écria l'Autruche, ça me poursuit jusqu'ici, ce cidre de malheur. Je ne suis pas calculée pour !

Ils en pleurèrent de rire, et quand José, après avoir fait tirer deux pichets au tonneau, les exhorta à goûter, le silence revint et ils ne purent finalement que s'extasier sur la qualité de ce qu'ils buvaient.

– J'avais oublié la crise ! lança l'Autruche, il ne nous reste plus qu'à trouver les mêmes barriques pour en installer au Patio, puisque cidre il y a, cidre il y aura !

Le lendemain Ladygold ne se sentit pas bien. Il lui restait vingt-quatre heures avant d'aller faire la connaissance de Ryan, son petit-fils. L'émotion était si forte qu'elle en tremblait d'avance. Elle annula ses derniers soins et préféra rester seule dans sa chambre.

Alors Patrice et les deux femmes eurent une idée charmante. Puisque la compétition de surf avait lieu le lendemain, Ryan devait déjà être sur place. Ils appelèrent José sur son portable pour qu'il vienne les chercher et ils partirent à la recherche du jeune champion dans Biarritz. L'enquête ne fut pas longue, le surf de haut niveau, c'était toujours sur la plage des Basques. En effet, les équipes s'y entraînaient déjà et il suffit de deux ou trois questions pour trouver celle d'Australie. On leur désigna enfin Ryan qui semblait planer, au loin, sur une vague énorme.

Quand on frappa à la porte de Ladygold, elle se leva de son lit où elle était en train de lire, et, avant d'ouvrir, demanda d'une petite voix :

– Qui est là ?

– *It's me*, Grand'Ma, je suis Ryan, ton petit-fils.

C'est alors qu'elle le vit pour la première fois.

Il lui souriait. Ses dents étaient d'une blancheur parfaite, ses cheveux encore mouillés, et il était si grand qu'il touchait le chambranle de la porte. Il portait un tee-shirt avec le logo de son équipe, un jean déchiré aux genoux et des chaussures de sport jaune fluo. Il était d'une beauté phénoménale et elle resta quelques secondes en extase devant cette apparition. Il dut se courber en deux pour l'embrasser et elle s'accrocha à lui de toutes ses forces pour ne pas interrompre cette étreinte. Et puis, l'émotion étant trop forte, elle éclata en sanglots. Il lui prit doucement la main et il rentra dans la chambre pour la serrer dans ses bras. En s'appuyant contre son torse, elle essaya de se calmer et d'arrêter de pleurer, c'est alors qu'elle vit les trois autres, tout souriants, dans le couloir, la porte étant restée ouverte. Elle n'avait pas pu les voir, auparavant, cachés derrière une si haute stature. Comprenant tout à coup que c'était un cadeau qu'ils venaient de lui faire, elle leur lança un baiser pour les remercier et ils s'éclipsèrent en disant à Ryan, avant de discrètement refermer la porte, qu'ils l'attendraient en bas.

– Mais tu parles français ?

Il éclata de rire et elle le trouva encore plus beau.

– Mais Grand'Ma, comme tu le sais, mon père *is your son*, et ma mère est née à Auckland, alors depuis l'enfance je parle français avec lui et anglais avec elle ! Parfois je mélange les deux langues sans m'en apercevoir. *It's so funny !*

– Assieds-toi, tu es trop grand, il faut que je te regarde de plus près, que tu es beau mon ange ! Avant que tu me racontes ta vie, dis-moi combien de temps tu as, maintenant, pour rester avec moi, parce que je vais me remettre à pleurer quand tu vas repartir !

– Tes amis m'ont promis de me faire raccompagner dans une heure, je ne peux pas quitter mon équipe plus longtemps, *I'am afraid* !

– Alors dépêchons-nous, dis-moi tout, je veux tout savoir de toi !

Une fois assis, et elle debout, elle pouvait, sans difficulté, lui caresser les cheveux, le renifler et l'embrasser comme elle voulait. Elle plaça sa main à plat dans la sienne, regarda la taille de ses pieds, et lui continuait, comme si de rien n'était, à lui offrir le plus charmant des sourires.

– Tu comprends, je ne t'ai pas vu grandir, alors je « t'épluche » !

Elle goûta chaque minute de ce bonheur en l'écoutant, et lui en fut beaucoup plus ému qu'il n'avait imaginé.

Quand l'heure fut passée, elle voulut l'accompagner jusqu'au minibus où les trois autres l'attendaient. Il la tint par le cou et elle semblait disparaître sous son bras, puis il l'embrassa tendrement et monta devant, à côté de José, en se courbant pour ne pas se cogner. Elle lui couvrit la main de petits baisers, lui confirma qu'elle serait sur la plage le lendemain et ne put s'empêcher d'éclater en sanglots dans les bras de Patrice quand le minibus démarra. Rancunia et l'Autruche, tout aussi émues, se mirent elles aussi à pleurer, chacune sur une épaule de leur chère Ladygold.

Ils restèrent là pendant quelques minutes, tous les quatre enlacés en un seul corps, sans prêter la moindre attention au va-et-vient alentour, devant l'entrée de l'hôtel.

– Il va falloir aller nous changer, Mesdames, leur dit enfin Patrice, parce qu'avec toutes ces larmes nous sommes trempés, on va finir dans une flaque !

Le jour de la compétition

La cure étant terminée, le programme de la journée s'annonçait chargé. José était venu les chercher dans la matinée pour leur faire faire un petit tour sur la côte et les déposer aux Halles de Biarritz. Ils furent ravis d'y retrouver quasiment la même ambiance qu'à Nîmes, avec un bar pour leur ouvrir des huîtres et leur servir un petit blanc sec. Il y avait un monde fou dans le quartier, les terrasses des cafés débordaient. Ils furent agréablement surpris par toute cette franche gaieté et par l'élégance des Biarrots. Il régnait une atmosphère, dans toutes ces rues, que l'on ne pouvait pas vraiment cataloguer de « snob » mais plutôt de « chic ». On était entre gens de bonne compagnie. L'Autruche était aux anges :

– C'est dingue, on dirait qu'ils sont tous beaux ! Les hommes comme les femmes. On tourne un film ici ou quoi ? J'adore, si j'avais su, je me serais habillée autrement !

– Et cet après-midi, sur la plage, au milieu des surfeurs, tu aurais été ridicule, pauvre cloche ! lui répondit sèchement Rancunia.

Ils avaient tout leur temps avant la compétition, qui dépendait forcément de la marée, ils choisirent donc d'aller déjeuner au Blue Cargo, où ils y avaient des vitres de protection contre le vent. Ladygold regrettait que Ryan ne puisse se joindre à eux, elle l'avait pourtant appelé sur son portable puisqu'il lui avait enregistré son numéro sur le sien. Mais, en éclatant de rire, il dut lui expliquer qu'avant une compétition comme celle-là, il ne devait manger qu'un énorme plat de pâtes, et qu'évidemment il se devait de rester concentré avec l'équipe. Il leur fallait jauger la force du vent et la hauteur éventuelle des vagues.

Le déjeuner fut bon et sympathique. Il faisait beau et ils avaient eu la chance de trouver une table face à la mer. Ils en étaient au café quand l'Autruche émit l'idée d'aller se tremper les pieds :

– J'adore Nîmes, ce n'est pas la question, mais ce qui nous manque, c'est quand même la mer ! Vous croyez qu'elle est froide ?

– Tu nous feras toujours rire, ma chérie, lui répondit Ladygold, va vite voir pour me dire si le petit ne risque pas d'attraper un mauvais rhume.

– Vous savez, ils ont des combinaisons qui les préservent de tout, enchaîna Patrice pour la rassurer.

– Oui, mais ils restent pieds nus ! ajouta Rancunia, et, c'est bien connu, c'est par là qu'on attrape froid, croyez-moi !

– Te voilà reine du surf, toi maintenant ? lui demanda l'Autruche. Viens donc faire trempette avec moi, ça va te revigorer.

– Tu y mets un pied, et j'attends ta réaction.

Elles descendirent sur la plage, laissant Ladygold et Patrice en tête à tête.

– Enfin seuls ! lui dit-elle, on en parle, ou non ?

– Mais de quoi, ma chère, de Ryan ? De Souris ? De nos projets ?

– Ne faites pas l'imbécile, je veux parler de Jérôme, le pharmacien, j'ai bien vu votre trouble quand je vous l'ai présenté, ne dites pas le contraire.

– Mais… qu'est-ce que vous voulez savoir exactement ?

– Il vous plaît, non ?

– Vous voilà bien curieuse tout à coup. Ça se voyait tant que ça ?

– Moi, je l'ai vu !

– Alors, oui, j'avoue. Pour tout vous dire, ce Jérôme m'a tout de suite reluqué d'une drôle de manière et, pour nous, il y a des regards qui ne trompent pas. Et puis sa façon de me parler, de sous-entendre qu'il en savait beaucoup sur moi... ça m'a troublé, en effet, et j'ai subitement eu l'impression... Enfin, il a dû jouer à me draguer, vous savez il y a beaucoup d'hétéros qui adorent allumer les gays, ça les flatte et ça les amuse. Et puis la plupart s'imaginent qu'on les trouve à notre goût, ce qui est totalement faux ! Tout ça n'est pas très grave, n'en parlons plus.

– Mais si, parlons-en, au contraire, parce que, moi, je l'ai toujours trouvé très ambigu.

– Ah oui ? Vous aussi, tiens, tiens.

– Vous savez, je l'ai beaucoup côtoyé quand il a racheté ma pharmacie, et il y avait quelque chose en lui, je ne saurais dire quoi exactement, qui me faisait douter. Pour être tout à fait claire, j'ai pensé qu'il n'y avait rien de classique dans ses goûts, enfin... dans sa sexualité. Je fais partie de ces femmes qui sentent ce genre de truc. Mais ça ne me dérangeait en rien, rassurez-vous, seulement je préfère que les gens assument. C'est pourquoi, dès que je l'ai vu s'afficher avec Botoxia, je me suis dit qu'il avait trouvé une femme témoin. Je ne crois en rien à la sincérité de leur couple, ils ne vivent jamais ensemble, ils ne font que se montrer pour s'afficher à deux et quand on la voit, Botoxia ne dit jamais « nous », mais toujours « je », c'est curieux, avouez-le ?

– Alors, vous croyez que c'est un assemblage bidon ?

– Tout à fait, et je me demande même si Botoxia aime les hommes ?

– Vous pensez qu'elle est lesbienne ?

– Non, enfin je n'ai jamais entendu qui que ce soit le sous-entendre. En fait, je crois qu'elle n'aime qu'elle, elle est si... pommadée, si attentive à son image, si tournée vers elle-même !

– Là nous sommes dans le portrait de Dorian Gray !

– Exactement, bravo pour la comparaison !

– Et lui, alors, vous l'imaginez en gay, genre honteux ? À son âge et de nos jours, ça serait un peu ridicule.

– Nous ne sommes pas à Paris, il y a encore beaucoup de dissimulation en province, il doit faire attention à son statut, n'oubliez pas qu'il tient la pharmacie principale. Je sais ce que peuvent provoquer les commérages et les clans, on ne peut pas y échapper quand on est disons « en vue ». Quand j'ai perdu mon mari et qu'il y a eu ce drame avec mon fils, ce qui a finalement provoqué son départ, ça cancanait jusque devant l'officine. J'en ai beaucoup souffert.

– C'est un fait qu'il y a encore beaucoup d'homos qui restent « dans le placard », comme disent les Américains. Ils sont plus à plaindre qu'à blâmer, quand on est adulte, la peur du qu'en-dira-t-on c'est un peu puéril. Finalement, il suffirait de demander à Poulet, lui doit tout savoir, qui en est et qui n'en est pas.

– Vous êtes naïf, il irait le lui répéter dans la seconde, trop content de le mettre mal à l'aise si ça s'avérait faux !

– Finalement, on s'en fout et je n'ai aucune envie de me planter !

– Oui, je suis d'accord, sauf si il vous plaît vraiment !

– Pour être tout à fait franc, c'est sans doute cette « ambiguïté » qui m'attire, alors disons que je suis prêt à me remettre au tennis avec lui, nous verrons bien… ça peut être amusant, excitant ou scabreux.

– Vous me raconterez tout, promis ?

– Vous vous prenez pour Madame de Merteuil ? Là nous tombons carrément dans *Les liaisons dangereuses* !

– Pourquoi pas ? Ce serait sulfureux ! Mais ça finirait beaucoup trop mal, pour nous deux.

– Je n'aurais jamais imaginé que nous puissions avoir ce genre de conversation.

– Attention, voilà nos deux naïades qui remontent, elles n'ont même pas les pieds mouillés.

Confortablement installés dans des pliants, sur la digue de la plage des Basques, ils assistèrent à toute la compétition sans rien y comprendre. Patrice avait bien réussi à emprunter des jumelles, mais il s'avérait impossible de suivre Ryan quand il chevauchait l'une de ces énormes vagues, ça allait trop vite. Ladygold, dès qu'elle entendait son nom au micro, se raidissait, fière et tremblante, pour se laisser retomber une minute après, avouant qu'elle n'avait rien vu. S'était-il redressé trop tôt sur sa planche ou avait-il disparu dans la vague comme il le fallait ? Et en fin de compte, qu'est-ce qu'il fallait faire exactement ? Comment reconnaître le meilleur ? Quand le speaker annonça que Ryan avait fait gagner son équipe, les trois femmes se levèrent d'un bon en criant et en applaudissant.

– Mesdames, on dirait de vraies pom-pom girls ! les félicita Patrice, on n'entend que vous.

Ladygold descendit rapidement sur la plage, et ils se sentirent obligés de la suivre, Patrice était chargé de prendre des photos. Quand les officiels et les journalistes présents virent arriver ces trois femmes d'un âge certain, ils les laissèrent encadrer Ryan pour la remise de la coupe.

– *Grand'Ma and friends*, cria Ryan à toute l'assemblée.

– Hourah ! Bravo ! Vive les mamies ! cria la foule, surprise et amusée.

Ladygold, ne pouvant pas atteindre ses joues, embrassait les mains de son Ryan pendant que les deux autres, au milieu du reste de l'équipe australienne, prenaient des poses, comme des mannequins des années 50. Patrice mitraillait tout le groupe, y compris la petite meute de journalistes locaux qui, eux aussi, tenaient à immortaliser cette scène touchante, ce n'était pas tous les jours que des grand-mères jouaient les fans de surf !

Ryan entraîna ensuite Ladygold vers le camion qui leur servait de vestiaire, il avait un cadeau pour elle. Elle ouvrit le paquet avec émotion, se demandant fébrilement ce qu'il pouvait contenir.

– C'est une tablette dans laquelle je t'ai rentrée cinq cents photos, lui dit-il avec tendresse, tu mets le bout de ton doigt comme ça et tu les glisses l'une après l'autre pour les faire toutes défiler. Tu vois, c'est facile. J'ai commencé par le mariage de mes parents, leur photo devant leur première boutique de sport et ensuite il y a les photos de ma naissance, et puis à tous les âges, mes premiers pas, ma première bicyclette, mes premiers rollers, mes débuts en skate, en planche à voile et puis enfin le surf, les compètes, les coupes, il y a toute ma vie sur les dix-huit années, même *all my girls friends* !

Elle ne pouvait plus parler, elle sanglotait en le regardant et en serrant sur son cœur ce cadeau si magnifique qu'il allait lui faire rattraper toutes ces années de silence entre son fils et elle.

– Quelle merveilleuse idée, lui dit-elle au bout d'un moment, tu ne peux réaliser le bonheur que tu m'apportes, promets-moi de revenir me voir dès que tu pourras, je t'enverrai un billet d'avion.

Il éclata de rire et l'embrassa à nouveau :

– Mais, Grand'Ma, je gagne déjà très bien ma vie, tu sais, j'ai des sponsors très généreux, je peux me payer tous les billets d'avion que je veux. Mais pourquoi toi, tu ne viendrais pas nous voir un jour ? *Why not ?*

– C'est un très long voyage et j'ai peur d'être un peu trop âgée pour l'entreprendre, mais comme on dit, « qui vivra, verra » !

Ryan demanda alors à Patrice de les photographier tous les deux avec sa propre tablette. Mais il dut malheureusement décliner l'invitation à dîner, il ne pouvait pas, un soir de victoire, laisser tomber l'équipe et, en plus, ils devaient tous se lever tôt pour partir en Espagne où ils avaient une autre compétition le surlendemain.

La séparation fut plus qu'émouvante et pendant le dîner, Ladygold, encore larmoyante, leur fit défiler toutes les photos de la cette partie de sa vie qui lui avait échappé.

Le lendemain

Avant de quitter la région, ils s'arrêtèrent pour acheter tous les journaux locaux. Dans la plupart, la photo se trouvait en page des sports, et si l'un d'eux avait titré « Les mamies surfeuses ! », un autre avait légendé « Il n'y a pas d'âge pour être groupies ! ».

– Quelle horreur ! s'écria Rancunia, nous faisons affreusement vieilles sur ce papier journal.

– C'est en noir et blanc, chérie, tu sais bien que ça force les traits ! lui répondit l'Autruche. Comme ça, c'est mieux, personne ne nous reconnaîtra. Mais ceux qui ont pris ces clichés sont photographes comme moi je suis danseuse du ventre !

Ladygold, sans faire de commentaire, replia tous ces journaux et les rangea soigneusement dans son sac. Elle semblait toujours perdue dans ses pensées, qui allaient du bonheur intense qu'elle venait de vivre au chagrin de cette séparation, ne sachant pas quand elle reverrait son adorable Ryan.

Ils reprirent donc la route en silence. Personne, cette fois, n'osant brancher la radio.

Rancunia finit par sommeiller, Patrice faisait des réussites sur sa tablette et l'Autruche avait mit ses oreillettes, en évitant cette fois de chanter à haute voix ce qu'elle écoutait. Elle en était au troisième couplet et souriait béatement.

– Allez, ne fais pas ta timide, lui dit tout à coup Ladygold en lui arrachant une oreillette, si tu crois que je ne sais pas ce que tu écoutes, vas-y, fais-nous rire !

Elle s'exécuta sans se faire prier :

« Je me fais farcir la mottelette
Je me fais couvrir le rigondin
Je me fais gonfler la mouflette
Je me fais donner le picotin »

Évidemment ça détendit l'atmosphère, Rancunia se réveilla en soupirant, Ladygold retrouva son sourire et Patrice se félicita à nouveau de son choix, cette chanson allait faire un malheur !

Au bout de deux heures, il fallut s'arrêter, comme à l'allée. Et quand ils revinrent tous les quatre près du minibus, José leur avait préparé une surprise. Il avait sorti la glacière, qui cette fois servit de table basse, pour y déposer un gâteau basque et une bouteille de cidre espagnol. Ladygold pinça à temps l'Autruche, pour l'empêcher de faire un quelconque commentaire, et ils ne purent que remercier José de cette surprenante et très touchante attention.

La fin du voyage fut très calme, la thalasso et les dernières émotions de ce petit séjour les avaient abattus.

– On a quasiment fait le tour de France sur ces foutus vélos qui n'avançaient pas, quelle horreur, j'ai mal partout ! gémit Rancunia avant de se rendormir.

Quand ils arrivèrent au Patio, elle fila se coucher, Ladygold s'isola avec Lilybeth dans son salon, chacune voulant montrer à l'autre ses propres photos, l'Autruche courut téléphoner à son André, elle avait besoin de lui pour répéter, José entraîna Harold dans le garage pour lui montrer le tronc à rafistoler, et Patrice se retrouva seul avec Souris.

– Comment vous sentez-vous ?

– Beaucoup mieux, mais j'ai dû retourner au commissariat pour l'exercice du portrait-robot, heureusement Gervaise est venue avec moi, elle avait vu le gamin qui rôdait devant la maison, la veille au soir. Ils vont les coincer très vite, paraît-il, il y a d'autres plaintes de femmes à qui ils ont fait le même plan, et tout se recoupe. Je sais que j'ai été conne mais, que voulez-vous, dès qu'il m'a touchée, ça a été comme un détonateur, j'ai eu envie de lui. Le manque, sans doute ? Ou l'envie trop effrénée d'avoir enfin une liaison ? Bref me voilà bien avancée, vous m'aviez promis de me sortir, il va falloir vous exécuter ! Et si nous nous mettions tous les deux au golf ? Il y a des tas de messieurs très bien qui viennent jouer, qu'en pensez-vous ?

– C'est un peu gros. Si la plupart viennent jouer sans leur femme, c'est que ça peut être, aussi, un lieu de drague. Une aventure sans lendemain vous tente encore ?

– Non, ça j'ai donné, j'en ai marre ! Je veux un fiancé, un vrai, un solide, un honnête, je n'ai que 62 ans, merde ! Ça doit bien exister quelque part, ce dont je rêve ? Si Internet foire aussi, qu'est-ce qu'il reste ?

– Le destin ! Je vous l'ai déjà dit, arrêtez de chercher, il y en a un qui va vous tomber dessus au moment où vous vous y attendrez le moins !

– Je ne vous savais pas extralucide, c'est combien la consulte ?

– Dites-moi, pour changer de conversation, vous aimez Botoxia ?

– Oui, enfin… elle est un peu trop sucrée pour moi, mais quel est le rapport ?

– Si nous allions dîner un soir chez votre « Bisous-Bisous » avec elle et son Jérôme, ça vous dirait ?

– Moi, vous savez, du moment qu'on me sort, je suis toujours partante !

– Il faudrait que la proposition vienne de vous.

– Pas de problème, je peux passer à la pharmacie, j'adore aller bavasser avec Jérôme.

– Alors c'est vous qui lui aviez parlé de moi ?

– Peut-être, je ne sais plus, un homme admis au Patio, tout le monde en a parlé ! Mais qu'est-ce que vous mijotez exactement, une partie à quatre, espèce de vieux dégoûtant ?

– Ne rêvez pas trop, grosse goulue ! Et surtout restez discrète, je vous le dirai plus tard.

Les jours suivants

Harold et José furent très fiers de leur montrer le tronc restauré. On ne pouvait imaginer que c'était un rebut d'un obscur grenier sacerdotal. Ils l'installèrent dans le jardin, sous un arbre, juste à côté de la porte en fer. Avec son inscription « Pour la sauvegarde du Patio », il était impossible de le rater. En l'admirant, ils se dirent que c'était impensable de ne pas le baptiser, comme un bateau qu'on lance à la mer. Après tout, il devait marquer leur changement de vie, c'est tout du moins ce qu'ils en espéraient. Patrice alla discrètement chercher une bouteille de champagne :

– C'est mon idée, c'est moi qui régale !

Elles l'applaudirent et l'embrassèrent, mais quand il fit semblant de vouloir la casser sur le tronc, elles se mirent à hurler.

– Ah non ! s'écria l'Autruche, quel gâchis ! Chacun n'aura qu'à le toucher avec une goutte et ça suffira !

Ce fut Harold qui prit les photos du baptême. Comble de l'ironie, ils y glissèrent tous un billet de cinq euros, en signe de « mise à l'eau », ou de « porte-bonheur », comme le suggéra Ladygold en croisant les doigts.

En se délectant de ce petit verre de champagne, qui rappelait à certaines une époque hélas révolue, chacun se remémora alors ce qu'il aurait à faire, à l'avenir, pour essayer de remplir ce foutu tronc.

Rancunia soupirait en imaginant la bande de gourdes à qui il faudrait apprendre à tenir une aiguille.

Souris pensa à tous ces gentils messieurs qu'elle allait pouvoir brancher sur le Net pour de croustillantes opportunités. Il y en aurait peut-être un avec qui elle pourrait faire un bout de chemin, on ne sait jamais ?

L'Autruche, dans sa tête, répétait inlassablement ses couplets grivois, elle entendait déjà les applaudissements et rêvait de rappels.

Ladygold se voyait en Madone des beurettes, arrivant à faire tomber les foulards.

Patrice s'énumérait toutes les activités qu'il pourrait conseiller à tous ces retraités vulgairement écartés de la vie active, pour leur redonner un semblant de joie de vivre.

Et José se demandait combien de « blondes » le Tilouc allait lui envoyer pour ses cours de sévillana.

Lilybeth , elle, essayait, en vain, de choisir ce qui pourrait être déménagé de l'incroyable capharnaüm de son salon. Harold se contentait de sourire gentiment devant l'attachement viscéral qu'elle portait à sa royale collection.

Et les jours passèrent.

Ladygold prit quotidiennement des nouvelles du pauvre Paulo, que Nonette arrivait, soi-disant, à garder en vie en lui tenant la main pendant des heures à l'hôpital. Elle fut, en revanche, ravie de recevoir un premier sms adorable de son Ryan. L'un s'éteignait comme une bougie et l'autre dansait avec les vagues. Ce sentiment d'être prise au piège entre la vie et la fin de vie la faisait constamment frissonner d'émotion.

Patrice échangea quelques mails avec Charlotte. Les pluies avaient cessé, Grenouillette semblait avoir du mal à supporter la chaleur, mais tenait néanmoins à courir les dispensaires pour aider le peu de bonnes sœurs qui restaient. Il n'y avait toujours pas de médecin ni d'hôpital aux alentours. Sinon, tout allait pour le mieux, c'était l'Afrique et son folklore et elle aimait toujours ça !

Rancunia accepta finalement d'aller rencontrer la mercière pour lui remettre un petit panneau qui officialiserait l'ouverture de son atelier de couture.

L'Autruche, s'étant fait un turban serré pour supporter le casque, monta, pour la première fois, sur la moto d'André. Il l'emmena visiter le conservatoire de musique où il officiait et elle rentra grisée, mais c'était surtout d'avoir pu s'accrocher à sa taille. Il avait hurlé de rire en l'écoutant égrener ses couplets, c'était bon signe.

Souris, elle, avait filé discrètement se renseigner pour une initiation au club de golf. En espérant qu'elle l'amortirait, elle s'était déjà acheté une tenue adéquate , polo jaune poussin et pantalon blanc, ses couleurs fétiches.

Lilybeth, incapable de jeter quoi que ce soit, restait inlassablement assise dans son salon, toujours perplexe sur son prochain déménagement, tandis qu'Harold partait, seul, superviser le peu de travaux qu'il y avait à faire dans leur nouvelle maison.

José, lui, avait enfin recommencé à faire le marché, un carnet à la main, notant et comparant désormais tous les prix, puisqu'il avait dû changer de fournisseurs, crise oblige !

Curieusement, Patty la milliardaire et Chloé la jeune journaliste arrivèrent au Patio le même jour et à la même heure.

L'une, traînant sa roulante depuis la gare, l'autre descendant de sa somptueuse Mercedes aux vitres fumées.

Chloé s'arrêta net, à quelques mètres, quand elle vit un chauffeur en ouvrir respectueusement la portière. En apercevant les escarpins à semelles rouges qui en sortaient, signature reconnaissable entre toutes de la marque la plus chère qui soit, elle se demanda qui était la femme sophistiquée qui pouvait les porter. Plutôt petite, très élégante, dans une tenue visiblement de prix elle aussi, cette femme blonde, dont elle ne voyait que le petit chignon serré dans la nuque, attendit que le chauffeur vienne sonner pour elle à la porte du patio. Chloé vit Gervaise ouvrir la porte et préféra attendre quelques minutes, observant la voiture partie se garer à quelques mètres. Elle était immatriculée en Suisse.

Quand elle se décida à sonner à son tour, ce fut José qui vint lui ouvrir. Il l'accueillit chaleureusement et regretta de ne pas être venu la chercher à la gare, mais elle n'avait pas spécifié son heure d'arrivée. Il la conduisit directement à la suite réservée aux invités, en lui expliquant que toute la maison était en réunion dans le salon de Madame, sauf la señora Lilybeth qui était toute seule dans le sien. Elle trouva tout ça étrange, déposa sa petite valise et redescendit.

– Ah, ma petite fille, quelle joie de vous revoir ! lui lança Lilybeth, ravie. Merci, merci, vous savez que votre article a eu beaucoup de succès en Angleterre aussi ? Il y avait des photographes à notre deuxième noce, là-bas. Et puis, après la remise de décoration de mon Harold, j'ai été présentée à la reine, quelle journée ! Je suis persuadée que Sa Majesté avait lu votre article, elle aussi ! Asseyez-vous, je vais vous montrer toutes les photos.

– Je suis vraiment ravie pour vous, je veux bien regarder toutes vos photos souvenirs, mais dites-moi d'abord une chose, qui est cette femme très élégante qui vient d'arriver au Patio ?

– Vous l'avez vue ? Pas moi, c'est dommage. C'est une Suissesse, paraît-il pleine aux as, qui vient poser sa candidature. Elles en auraient bien besoin, les pauvres, parce qu'après mon départ, il y aura toujours trois suites vides ! Je n'ai pas voulu assister à cet entretien parce que ma voix ne compte plus, je vais déménager bientôt. À ce propos, je ne sais que faire de toute cette collection, tout ne rentrera pas dans notre prochaine maison, quel déchirement !

– Vous n'avez qu'à mettre en vente ce dont vous ne voulez plus sur eBay. Je suis convaincue qu'il y aura des amateurs.

– Ah bon ? C'est quoi ce machin ? C'est sur cet Internet ? Mais comment fait-on ?

– Oui, c'est un site marchand entre particuliers. Vous détaillez vos lots en y mettant des photos, c'est plus vendeur, avec une valeur estimée, et vous attendez l'offre la plus intéressante. Les enchères peuvent monter très haut. Quand vous aurez dealé avec un acheteur, il faut se mettre d'accord pour lui faire parvenir le lot. C'est simple comme bonjour, et ça marche du feu de Dieu !

– Je vais en parler à Harold, mais ça me paraît quand même compliqué !

– Je vous aiderai, si vous voulez, mais le mieux ce serait de proposer l'ensemble. Une telle série d'objets, de journaux et d'ouvrages consacrés à la reine, ça devrait partir très vite auprès d'autres collectionneurs. Il faudra juste spécifier que c'est à enlever et à régler sur place, on ne peut pas expédier tout ça. À mon avis, vous devriez commencer par choisir ce que vous voulez garder absolument, après on fera un inventaire du reste.

– Mon problème, c'est que j'aimerais tout conserver ! Mais c'est impossible, hélas, et Harold n'est pas d'accord. Ce sont pourtant des souvenirs de toute une vie, et je ne suis pas encore morte.

– Mais vous venez de vous marier, c'est merveilleux, et quand on se marie, on tourne forcément une page, c'est une nouvelle vie qui commence, ce qui compte c'est l'avenir, non ?

– Vous avez raison de me faire la morale, ma petite fille, et dire que c'est moi, l'ancêtre, qui me conduis comme une enfant gâtée et qui fais un caprice ! On devient de plus en plus têtu quand on vieillit. Je vais tout raconter à Harold, il vous doit une fière chandelle ! En attendant, venez voir mes belles photos avec Sa Majesté, elle n'est pas grande, mais elle a des yeux magnifiques, sa sœur Margaret en avait des violets, comme Elisabeth Taylor, c'étaient de très belles princesses, vous savez !

Au même moment

Patrice lui avait immédiatement trouvé une ressemblance avec Eva Peron. Peut-être à cause de la coiffure à l'identique. Mais la pasionaria était morte jeune, pâle et sans rides, tandis qu'elle avait un visage grisâtre et fripé, comme ravagé par le soleil. La seule chose qu'elle semblait avoir modifié était ses lèvres, et malheureusement le résultat était catastrophique, elle avait dû arrêter les piqûres regonflantes trop tôt. Il remarqua aussi qu'elle avait les mains et les doigts déformés par l'arthrose. Ça ne l'empêchait pas de porter plusieurs bagues qui devaient, chacune, valoir une petite fortune, comme son collier et ses boucles d'oreilles. Pour le reste, c'était un petit gabarit mais fait au moule. Elle ne devait pas avoir plus de soixante-dix, soixante-douze ans. Si elle avait plus, se dit-il, elle était étonnante. Mais si elle avait moins, c'était une ruine avant l'heure.

Ladygold, en bonne maîtresse de maison, lui avait fait servir un café et avait commencé par faire les présentations. Et puis elle s'était lancée dans l'histoire du Patio et de sa transformation en lieu de cohabitation pour femmes seules et divorcées. Rancunia avait alors enchaîné avec les quelques règles en vigueur, mais quand elle aborda le problème des hommes, qu'on ne pouvait inviter que trois jours, la femme l'interrompit :

– Et pour ce Monsieur, vous avez donc fait une exception ?

– Oui, en effet… balbutia Ladygold.

– Si vous le permettez, je peux répondre moi-même à cette question, intervint Patrice. C'est très simple, chère Madame, j'ai posé ma candidature, comme vous aujourd'hui, et j'ai été admis à l'unanimité parce qu'il ne peut y avoir aucune ambiguïté, je suis gay !

– Ah ? Ça a, au moins, le courage d'être franc !

– J'espère que vous n'avez rien contre ?

– Non, non, pas du tout, j'ai eu des amis gays, jadis, ils étaient tous joyeux.

– Eh bien voilà, vous avez tout dit, disons que je suis très joyeux, moi aussi !

– On peut toutes témoigner, intervint l'Autruche, il est très très joyeux !

– Je dirais même plus, ajouta Souris hilare, il est gay comme un pinson !

Ils avaient tous envie de rire, mais cette femme gardait tout son sérieux.

– Mais combien y a-t-il de suites ? Et combien de colocataires cherchez-vous ?

– Nous avons dix suites, dont une reste réservée aux invités, lui répondit Ladygold, nous sommes six pour le moment, mais l'une de nous est en voyage. Et notre doyenne, qui vient juste de se remarier, va déménager dans quelques jours.

– Oui, j'ai lu son histoire dans l'article, c'est amusant. Si je compte bien, il vous manque donc trois… disons « partenaires » ?

– Vous comptez parfaitement, nous sommes d'ailleurs en pleine sélection des postulantes, l'article sur notre style de vie, que vous-même avez lu, a généré pas mal de candidatures.

– Et comment vous y prenez-vous ?

– On vote ! répondit l'Autruche, d'une voix un peu trop forte.

– Et il faut décrocher l'unanimité pour être admise ! ajouta Souris, toujours hilare.

– Et je suppose que vous êtes très sélectives ?

– Nous l'avons toujours été, répondit Rancunia, nous ne pouvons pas nous tromper.

– Et alors ? Que dois-je faire pour risquer un tel choix ?

– Vous présenter à nous, sans fioritures, enchaîna Ladygold, en essayant de nous convaincre de la sincérité de votre candidature.

– En un mot, il faut nous séduire, ajouta Rancunia.

– Ce qui n'est pas de la tarte ! persifla l'Autruche.

– Et après, vous devrez subir l'assaut de nos questions, c'est la règle, conclut Souris.

– Et vous, Monsieur, vous avez donc passé toutes ces épreuves avec succès ?

– Mais tout à fait, je me suis vendu à elles comme la septième merveille du monde, à vous de vous vendre comme un joyau !

– Eh bien, pourquoi pas ? Je m'appelle Patricia, mais pour tout le monde je suis Patty, la veuve de Miran Sasovian. Il avait trente-trois ans de plus que moi, et il est mort il y a quinze ans. Mais il vaut mieux que je commence par le début, ça sera plus clair. Je suis née ici, à Nîmes, d'une famille très simple et sans le sou. À 16 ans, mes parents m'ont placée comme apprentie dans un salon de coiffure à Avignon. J'ai passé les épingles, fait les shampoings, lavé le sol et compté les serviettes pendant un an. Et puis une gentille cliente m'a proposé de me faire engager chez son coiffeur à Saint-Tropez, pour une saison. Je n'ai pas hésité longtemps, pour moi c'était un rêve même si ce n'était pas pour la vie ! J'ai vite appris et progressé, les femmes m'aimaient bien et les coiffures n'étaient pas très compliquées, elles voulaient toutes ressembler à Bardot. J'ai été engagée et j'ai commencé à très bien gagner ma vie. À l'époque, surtout là-bas, les pourboires étaient royaux. Je sortais tous les soirs, c'était la fête et ça me plaisait. J'ai perdu ma virginité sur une plage, il était joli garçon et ça me suffisait, mais je n'en garde pas un souvenir éblouissant, il fallait bien que ça m'arrive, c'est tout. Bien sûr, j'ai eu d'autres aventures par la suite, mais c'était comme si je n'éprouvais rien, ni envie ni plaisir. Un hiver, le salon étant en travaux, nous nous sommes installés à Megève pour trois mois, et j'étais bien contente de découvrir enfin la montagne. C'est là que j'ai vu Miran pour la première fois, mais pour moi c'était un vieux beau, plein de fric, je n'ai pas fait très attention à lui, je lui ai fait un shampoing et je lui ai coupé trois cheveux, c'est tout. Mais ce qu'il m'a glissé dans la poche correspondait à presque un mois de salaire ! J'ai voulu le lui rendre, pensant que c'était une erreur, mais il m'a souri et m'a simplement dit que je le méritais ! Comment oublier ce geste ? La saison suivante, de retour à Saint-Tropez, je l'ai vu arriver avec toute une bande au salon et il a exigé que ce soit moi qui m'occupe de lui. J'avais 22 ans, j'étais devenue assez mignonne pour coiffer en minishort, c'était la mode et j'avoue que j'aimais montrer mes jambes ! Il n'arrêtait pas de me regarder, j'étais affreusement gênée parce qu'il était arrivé avec de grandes filles superbes qui nous épiaient. Il m'a dit qu'il adorait mon petit cul et, évidemment, ça m'a fait rire, il a ajouté qu'il adorait mon rire, et là, curieusement, ça m'a fait rougir, alors il a continué en me disant qu'il adorait aussi ma timidité. Ça a duré comme ça un bon moment, il a ensuite adoré mes yeux, mes cheveux, mes mains, je ne pouvais plus l'arrêter. Et il a conclu devant tout le monde, à la caisse, que c'était surtout mon petit cul qui le faisait bander ! Vous voyez que je me livre à vous sans retenue, je ne suis pas du tout celle que vous croyez !

– Continuez, c'est très intéressant, lui dit gentiment Ladygold.

– Quelle est l'idiote qui n'aurait pas été troublée ? J'ai finalement accepté de dîner avec lui, où était le mal ? J'avais peur qu'il me saute dessus, je n'étais pas très à l'aise, mais il s'est très bien conduit, continuant néanmoins à me faire une cour insensée ! Je n'avais jamais rien entendu de pareil, ses mots, ses phrases, ses compliments, tout ça était nouveau pour moi, pauvre petite coiffeuse sans bagage ni éducation. Je ne voudrais pas jouer à la nunuche de service pour vous émouvoir, mais il faut que vous compreniez que tout cela était ahurissant pour moi, je n'étais vraiment pas de son monde ! Nous avons fini par dîner ensemble tous les soirs. Il se montrait tellement gentil et élégant que j'ai commencé à le regarder différemment. Ce n'était pas un bel homme, loin de là, mais il avait un charme fou et c'était un tel puits de culture que j'étais passionnée par tout ce qu'il me racontait et m'apprenait. Bref, j'ai fini par céder. C'était un Arménien, fou du cul et monté comme un âne, malheureusement. N'empêche que j'ai connu mon premier vrai orgasme avec lui, et dès le lendemain il m'a demandé de l'épouser. Quand j'ai annoncé ça au salon, personne n'a voulu me croire, mais il est venu me chercher avec une gerbe de fleurs et a demandé au patron de me laisser partir du jour au lendemain. Il a accepté, en vérité poussé par tous les coiffeurs, gays comme des pinsons, eux aussi, parce que ça allait faire de la pub au salon. Un vrai conte de fées, vous pensez ! Je n'ai pas prévenu ma famille, je ne les voyais plus depuis longtemps, il y avait trop de décalage, ils ne savaient même pas où était Saint-Tropez. Nous nous sommes mariés, entre deux témoins, à Genève où il résidait officiellement. Et j'habite toujours dans ce même appartement. Voilà comment a commencé ma vie, voulez-vous entendre la suite ou préférez-vous que je continue… demain, par exemple ?

– Merde alors ! dit l'Autruche, c'est dommage qu'on n'ait plus de champagne, un destin comme le vôtre mériterait des bulles !

– C'est passionnant, mais Chloé doit être arrivée et il faut que j'aille l'accueillir, pardonnez-moi, dit Patrice, en se levant.

Ladygold, un peu surprise, bredouilla que si, en effet, elle pouvait continuer son récit le lendemain, à la même heure, ce serait parfait. Elle lui proposa néanmoins de visiter le Patio avant de partir.

Elles traversèrent les salons les uns après les autres, lui présentèrent Lilybeth, toujours pensive dans son fauteuil, et finirent par la salle à manger et l'office où se tenait José avec Gervaise et Maguelonne, les deux femmes de chambre. Ne trouvant aucune trace de Patrice et Chloé, qui avaient curieusement disparu, elles finirent la visite par la loggia qui surplombait les deux jardins.

– Ah, c'est magnifique ! s'exclama-t-elle, je comprends mieux comment vous avez pu réunir ces deux maisons. De ce côté, où il y a le joli Patio, c'était quoi avant ?

– C'est toute l'histoire que je vous ai brièvement racontée, mon fils avait voulu racheter cette partie-là pour en faire une maison d'hôtes, et le malheur a voulu qu'il parte au bout du monde sur un coup de tête, j'ai fini les travaux, après beaucoup de problèmes. C'était un carrossier qui était là avant, c'était innommable, et nous avons découvert les arches du Patio en cassant tout !

Elle détourna bizarrement la tête et descendit l'escalier. Elles la suivirent pour la raccompagner jusqu'à la porte du jardin, finalement fascinées par ce petit bout de femme devenue plus simple et sympathique dès qu'elle avait commencé à leur raconter sa drôle de vie.

– Bravo, c'est très réussi, vous avez deux belles maisons ! leur dit-elle, sans un sourire, en les quittant. Je vous remercie de votre accueil, je reviendrai demain à la même heure.

Ce départ, et ce ton sec, les surprirent toutes les quatre. Décidément, elle avait eu raison de les prévenir, elle n'était sûrement pas celle qu'elles croyaient.

Pendant ce temps-là

Patrice avait retrouvé Chloé chez Lilybeth et il l'avait très vite entraînée dans sa chambre. Il voulait lui parler discrètement.

– Pourriez-vous me trouver rapidement sur Internet le plus de renseignements possibles sur Miran Sasovian ?

– Une bio ou des photos ?

– Tout ce que vous trouverez, je veux vérifier quelque chose.

– Mon ordi est dans ma chambre, donnez-moi votre portable, mais je ne pourrai rien imprimer ici, il faudrait se raccorder à l'une des imprimantes de Souris si le Wifi est branché, vous êtes en réseau ici ?

– Je n'en sais fichtre rien, je suis assez nul en informatique, mais ce n'est pas grave, je vais prendre des notes.

– Je peux vous mettre ce que vous voulez en signet.

– Vous me parlez chinois !

Elle rit, tout en s'activant sur le clavier, et il admira la maîtrise avec laquelle elle surfait sur le Net, c'était bien une question de génération, cette dextérité.

Il y en avait des pages et des pages, cet homme avait eu une vie hors du commun. Visiblement, il avait été tout aussi célèbre en play-boy international dans sa jeunesse qu'en diamantaire, toute sa vie, et qu'en collectionneur d'œuvres d'art sur la fin. Ils finirent par trouver une bio détaillée qui donnait sa date de naissance et celle de sa mort, à un âge canonique. Patrice fit un rapide calcul en se remémorant ce que la Patty avait dit au sujet de leur différence d'âge, elle avait donc 72 ans, il ne s'était pas trompé. Elle était, en fait, sa seconde femme, et ils étaient restés mariés pendant 35 ans, c'était donc bien elle la veuve et il n'y avait aucune trace de descendance ! Chloé parcourut ensuite une banque d'images et ils découvrirent pas mal de vieilles photos du couple. On voyait parfaitement l'évolution de la petite coiffeuse, devenue peu à peu une femme élégante, habillée comme une reine, à divers galas de charité, aussi bien à Paris qu'à New York ou à Londres. Elle apparaissait même, couverte de diamants, dansant avec un Miran déjà âgé au Bal de la Rose, à Monaco. Les deux dernières photos, plus récentes, la montraient, elle, discutant avec une célèbre milliardaire texane, au premier rang des collections de couture de Dior et Chanel. L'histoire était donc vraie !

– Je vais appeler une de mes copines qui bosse pour un magazine people, lui dit Chloé, elle pourra peut être m'en dire plus sur cette Patty Sasovian.

C'est à ce moment-là que l'on frappa à la porte. Ladygold et ses acolytes voulaient absolument savoir ce qu'ils trafiquaient, cachés dans cette chambre. Elles embrassèrent Chloé, sincèrement ravies de la revoir, après tout elles lui devaient beaucoup, mais se demandaient, en fait, pour quelle vraie raison Patrice l'avait invitée.

– Patrice, vous m'avez mise dans l'embarras, dit Ladygold, vous lever si vite et vous sauver, je ne savais plus quoi lui dire.

– Mais pardonnez-moi, c'est elle qui a proposé de faire une pause, et je voulais absolument aller vérifier certaines choses !

Grâce à Chloé, j'ai trouvé ce que je cherchais, toute son histoire est vraie, mais vous ne m'empêcherez pas de penser qu'il y a un loup quelque part !

– Qu'est-ce que vous voulez dire ?

– Je ne sais pas encore, mais je reste persuadé qu'elle ment sur un truc ! Que cette femme milliardaire, qui peut absolument tout se payer, veuille venir vivre ici avec nous en colocation, il y a vraiment quelque chose qui cloche ! Chloé, soyez gentille de faire défiler toutes les photos que nous venons de trouver, que nos chères amies réalisent enfin à qui elles ont affaire. Regardez bien, voilà votre prochaine petite camarade de jeux, avouez que ce n'est pas triste !

Elles en furent tellement sidérées qu'elles tombèrent toutes sur le lit, la bouche ouverte.

– En tout cas, chapeau ! s'écria l'Autruche, elle a bien mené sa barque, la petite coiffeuse.

– Moi, je la trouve courageuse de nous avoir franchement raconté ses débuts. Mais le vernis craque de temps en temps, elle change parfois carrément de langage, ajouta Souris.

– Oui, c'est tout à son honneur de s'être livrée à nous, poursuivit Rancunia, mais je pense comme Patrice, elle ne nous dit pas tout. Et pourquoi veut-elle venir ici, c'est vrai que c'est un peu louche !

– Attendons de connaître la suite, dit calmement Ladygold, avouez que pour un « quart d'heure-confesse » comme le dirait Charlotte, c'était du vécu ! Moi, je ne sais pas pourquoi, mais elle me touche cette femme. Mais vous, Patrice, vous ne semblez pas l'aimer ?

– Non, je ne peux pas vraiment dire ça, mais, ne riez surtout pas, c'est une question d'ondes ! Il y a réellement quelque chose en elle qui me perturbe, qui me gêne, d'ailleurs je suis persuadé qu'elle a senti que je restais sur mes gardes, elle est, à mon avis, extrêmement perspicace. Que vous dire de plus, méfions-nous, c'est tout !

– Il a cent fois raison, ajouta Rancunia.

– Et vous, alors, ma petite Chloé, enchaîna Ladygold, comment allez-vous ?

– Super ! J'ai bossé comme une dingue pour vous !

– Pour nous ?

– Oui, répondit Patrice, il faut que je vous avoue avoir commandé un gros travail à Chloé. C'est pour ça qu'elle est là aujourd'hui et j'ai trouvé plus sympathique de l'inviter pour trois jours, elle va se reposer un peu parmi nous.

– Mais de quel travail s'agit-il ? La pauvre, vous avez dû l'ennuyer !

– Je vous ai branchées sur le Net ! répondit Chloé, toute joyeuse. Un site sur le Patio Secret et un blog au nom de votre association « Ni vieilles ni moches », vous allez voir, c'est génial !

– Mais oui, Mesdames, un peu de modernité ne nous fera pas de mal ! ajouta Patrice. Ne faites pas ces têtes-là, on dirait que vous avez vu la quéquette du diable !

Elles furent bien obligées d'en rire mais restèrent perplexes, à l'exception de Souris qui avait tout saisi et qui leur proposa d'aller tout visionner sur ses ordinateurs :

– Il faut un écran plus grand, pour que ces pauvres vieilles comprennent !

Au moment où ils allaient entrer dans le salon de Souris, José vint les avertir qu'un chauffeur venait de livrer six caisses de champagne, et il tendit une enveloppe à Ladygold. Elle en sortit une carte épaisse, bordée d'un filet or, et lut à haute voix :

– Vous avez raison, mon histoire mérite des bulles ! Et c'est signé P.

Ils se regardèrent, médusés.

– Bizarre, vous avez dit bizarre ? dit Patrice, en imitant la voix de Louis Jouvet.

– Non, au contraire, je trouve ce geste très élégant, lui répondit Ladygold.

– C'est grâce à moi en tout cas, elle n'est pas sourde la Patty ! ajouta l'Autruche.

– Elle ne lésine pas, elle veut déjà nous en foutre plein la vue ? demanda Souris.

– Non, elle veut simplement nous acheter ! conclut Rancunia.

– De quoi vous plaignez-vous, pauvres folles ? s'écria Lilybeth en s'approchant, vous pleuriez comme des Madeleine d'être condamnées au cidre et voilà que, par miracle, le champagne va de nouveau couler à flots ! Moi, je suis ravie parce que j'avais un peu honte de me siroter mon bourbon pendant que vous grimaciez comme des Normandes devant un cidre éventé !

Ils éclatèrent de rire, comme d'habitude, et passèrent la porte de chez Souris en file indienne.

L'Autruche fit cependant un rapide demi-tour pour demander à José de mettre quelques bouteilles au frais.

Dans la soirée

La présentation de Chloé avait été éblouissante. Passée la page d'accueil du site, qui s'ouvrait sur de magnifiques photos du jardin, le Patio était raconté, page après page, comme un havre de paix idyllique où il faisait bon vivre. On avait plus l'impression de visiter un cinq étoiles luxe qu'une charmante gentilhommière ouverte à la colocation entre femmes seules, veuves ou divorcées.

– Moralité, leur dit Patrice, ça donne forcément envie d'y accourir pour prendre sa retraite !

– C'est formidable, lui répondit Ladygold, mais qui va aller voir ça ? Pas les jeunes ?

– Il peut être répertorié sous plusieurs mots clés, enchaîna Chloé, colocation, résidences pour femmes seules, retraite… et même retraite de luxe ! Vous savez, les seniors sont désormais accros à Internet, il suffit de pianoter, de chercher, et tout s'entrecoupe. Cette population est une cible de choix sur la toile, on se l'arrache quasiment pour toute une multitude d'offres.

– Ils ont raison, intervint Souris, vous ne vous intéressez pas assez à tout ce chambardement, il faut vivre avec son temps, mes chéries !

– Je déteste tout ça, décréta Rancunia, je n'y comprends rien ! Et toi tu ferais mieux de ne pas nous narguer avec ton Internet, tu vois ce que je veux dire ?

– Mais vous avez bien vu le nombre de réactions qu'a provoquées mon article, leur dit Chloé, et pourtant la presse papier s'effrite, on vend nettement moins hélas ! Sur le Net, il n'y a aucune limite, aucune frontière…

– Moi, il me faut du papier, j'aime tourner les pages ! s'écria l'Autruche

– Ça n'empêche pas l'achat d'un magazine, lui répondit Patrice, au contraire. Mais prenez l'exemple de Souris, 62 printemps, charmante veuve avec quelques moyens, branchée informatique. Si aujourd'hui elle se mettait à chercher où aller vivre sur ces vieux jours, d'une manière agréable, je ne parle pas évidemment des tristes et banales maisons de retraite, où irait-elle chercher une adresse ? Pas dans son mensuel, qui ce mois-ci lui parle de tout autre chose, mais sur Internet évidemment ! Et en cherchant un peu, elle tomberait forcément sur le site du Patio Secret ! C'est aussi simple que ça.

– Mais nous n'avons que trois suites vacantes, lui répondit Ladygold, et si je vous écoute, nous serions tout à coup submergées de demandes ?

– Il faudra trier, c'est ce que nous faisons en ce moment, mais je vous rappelle qu'on ne croule pas sous les élues, malgré tout le courrier, il va bien falloir élargir la prospection pour en trouver, ne serait-ce que trois !

– Et le coût de tout ce machin ? demanda Rancunia, parce que, jusqu'à présent nous nous sommes cooptées par relations, ça ne nous a pas coûté un sou !

– L'investissement, c'est mon affaire, et j'ai fait un deal avec Chloé, lui répondit Patrice.

– Alors, d'un côté, vous nous faites turbiner comme des pauvresses pour renflouer les comptes, et de l'autre vous nous vendez comme des truffes hors de prix sur un marché à ciel ouvert ? lui lança l'Autruche, avouez que vous y allez un peu fort !

– Je fais en sorte de faire avancer le Patio, dans la notoriété comme dans la modernité ! Maintenant, si vous ne voulez rien faire, libre à vous, mais vous risquez de tricoter longtemps en attendant qu'une de vos vieilles copines hérite suffisamment de son vieux mari pour venir vous aider à acheter ne serait ce qu'une bouteille de champagne !

– Stop ! Joker ! s'écria Ladygold. Vous n'allez pas vous chamailler devant cette petite qui a fait tout ce beau travail ! Je suis d'accord pour les laisser faire, nous verrons bien ce que ça donne.

– Et l'autre truc, ce blog, il sert à quoi ? demanda Rancunia

– Le site peut aussi renvoyer sur le blog, répondit doucement Chloé, c'est un forum de discussion avec n'importe qui. Et là on peut vous poser des questions, c'est interactif, vous pouvez répondre et l'alimenter d'infos en permanence, pour le faire vivre.

– Je propose de m'en occuper moi-même, au début, intervint Souris, si par la suite vous y trouvez un quelconque intérêt, je vous passerai la main.

– Tu sais très bien qu'on sait à peine se servir d'un ordinateur ! s'écria Rancunia.

– Il n'est jamais trop tard pour apprendre, lui répondit très calmement Patrice.

– Stop ! s'écria à nouveau Ladygold, arrêtons là cette discussion. Laissons toute cette technologique opérer, nous verrons bien le résultat. Merci à Patrice, à Chloé et à Souris de leur aide. Je propose que nous allions boire une petite coupe pour nous détendre, puisqu'une bienfaitrice a eu l'élégance de nous approvisionner.

– Puis-je encore vous dire quelque chose ? demanda poliment Chloé. Il faut que vous sachiez que Lilybeth s'est confiée à moi, alors je lui ai proposé mon aide.

– Qu'est-ce qu'elle veut, la doyenne, se brancher elle aussi sur un site de rencontres ? demanda Rancunia, caustique.

– Non ! Elle ne sait pas comment s'y prendre avec toute sa collection sur la reine, elle ne peut pas tout emporter. Harold a déjà fait livrer un lit pour lui, ils vont pouvoir partir vivre pendant quelques jours dans leur nouvelle maison, pour évaluer la place restante. Mais j'ai bien compris que lui, avait l'air très sceptique. Ça la rend malade, alors je lui ai proposé de mettre une annonce sur eBay, je suis persuadé qu'on peut tout vendre d'un coup.

– Mais c'est quoi encore, ce truc ?

– C'est un site vendeur au plus offrant, on peut y inscrire tout ce qu'on veut.

– Moi, j'ai bien peur que le Patrice nous y mette en vente un de ces jours, et sûrement l'une après l'autre ! trancha l'Autruche.

– Vous, vous me remercierez bientôt de vous avoir déjà vendue comme chanteuse ! Je parie n'importe quoi que vous viendrez me demander pardon à genoux, après votre premier récital !

– Ne vous prenez pas les pieds dans le tapis, mon cher Patrice, pour l'instant vous jouez au petit maquereau échappé d'une supérette de banlieue !

– Et vous, ne loupez pas une marche, la Miss, vous n'êtes toujours qu'au ras du bitume, une vieille beuglante à la criée, sous la halle aux poissons !

Il y eut un silence pesant pendant quelques secondes, puis les deux éclatèrent de rire. Soulagés, ils filèrent tous vers la cuisine où le champagne devait être déjà frais.

Patrice, en sortant le dernier, se pencha à l'oreille de Ladygold :

– Alors, ce dernier petit échange, ça vous a fait penser à quoi ?

– À du pur San-Antonio, on aurait dit un extrait de *La vieille qui marchait dans la mer* !

– Bravo, vous me bluffez !

– Vous aussi, vous me bluffez, mais pas pour la même raison !

Ordinateur Chloé
Note n°1

Elles n'ont pas changé ! Elles me font hurler de rire à chaque instant. C'est mon troisième séjour au Patio et j'avoue que j'y m'installe comme dans un cocon de bonheur absolu. Je crois sincèrement qu'avant toute autre chose, elles ont la faculté d'oublier leur âge. Entre Souris, qui doit bien avoir 62 ans depuis un an et Lilybeth qui a 82 ans pour l'éternité, les autres occultent totalement les années. Si l'Autruche ne cesse d'affirmer qu'elle n'a pas encore 70 ans, l'une d'elles m'a pourtant confié qu'elle les avait depuis un moment, avec la TVA en sus ! Quant à Rancunia et Ladygold, mystère, on ne saura jamais laquelle des deux glissera vers les 80 printemps la première. Mais ce qui est fascinant, c'est qu'au bout d'une heure parmi elles, j'oublie à mon tour toutes les différences de générations et de siècle qui devraient nous séparer. Je me retrouve au milieu de bonnes copines, aussi facétieuses et joyeuses que mordantes et caustiques. Elles ont toutes gardé une vivacité, une insolence et une liberté qui pourraient être plus qu'exaspérantes pour nous, les suivantes. Bien au contraire, moi, elles me rassurent et me confirment que le modèle, ce sont elles, ces dingues de grands-mères qui se sont libérées de tout, et non pas nos mères, finalement plus coincées et tellement rigides. Il y a des baby-boomeuses qui ont dû étouffer leurs filles, ça fait quand même toute une génération de névrosées ! Ouf, nous, on y a échappé !

Après le succès de mon article, me voici la spécialiste des mamies déjantées, on ne me parle que de ça, et j'ai deux papiers en commande sur les femmes seniors. Le premier sur les secrets de leur forme étonnante, avec toutes les opportunités et innovations qui s'offrent à elles avec la « silver économie », qui fait référence au pouvoir d'achat de ces cheveux « gris », même si, entre nous, ils ne sont plus de cette couleur depuis un moment. Et le second, bien évidemment, sur leur appétit sexuel qui reste solide, malgré les ans, et qui, finalement, n'est plus un tabou. On vient de réaliser que la maladie d'Alzheimer désinhibait totalement, adieu les conventions bourgeoises qui dictaient ce qui est le bien et le mal, les malades se lâchent dans leur maisons spécialisées et le personnel médical doit faire face à des situations embarrassantes, surtout au moment des visites des proches.

Quand j'ai annoncé tous ces projets à Patrice, il m'a chuchoté à l'oreille que Souris s'était tapé tout de go un mec de 54 ans qu'elle avait connu sur un site, et que l'Autruche en pinçait sérieusement pour un musicien d'au moins quinze ans de moins qu'elle. Après la douce Lilybeth qui s'est levé son Anglais de dix ans de moins, le Patio me semble être dans la norme : 50% des pensionnaires ont encore le feu aux fesses, et dans la tendance, ce sont toutes des cougars ! Je suis pas mal tombée pour mes enquêtes.

Ladygold, bien au contraire, a, paraît-il, succombé au « trip grand-mère », elle vient de faire connaissance d'un petit-fils de dix-huit ans et ça la ravit autant que ça l'émeut. Rancunia, elle, reste accro à son aigreur, elle n'a pas encore digéré d'avoir été larguée il y a cent ans. Elle n'est pas seule dans ce cas-là, il y en a qui ne s'en remettent jamais. Quant à Grenouillette, autre cas, elle est, paraît-il, libérée d'un poids mais reste fidèle à ses convictions religieuses en se prenant pour sœur Theresa, quelque part en Afrique. Je n'ai pas encore osé parler de sa vie privée avec Patrice, mais ça ne saurait tarder, nous devenons de plus en plus complices, bien qu'il ait exactement l'âge de mon père. Je crois que je vais le cuisiner pour aborder la vie amoureuse des gays retraités, ça pourrait être un troisième sujet d'article ?

Des phénomènes comme ça sous la main, ce n'est pas donné à tout le monde, quand j'ai dit que je croyais au destin, qui m'a curieusement envoyé au Patio, je ne me suis pas gourée. J'adore !

Le lendemain matin

Deux femmes, visiblement mère et fille, vinrent sonner de bonne heure au Patio pour se renseigner sur l'atelier de couture. La mercière avait bien fait son boulot de rabatteuse. Rancunia, après avoir bougonné un moment, les reçut finalement dans son salon. Il s'agissait de couper des robes de grossesse pour la gamine qui attendait des jumeaux et paniquait à l'idée d'être transformée en montgolfière. Estimant qu'on ne trouvait dans les boutiques que des modèles affreux, elle voulait absolument choisir ses propres tissus, mais ni elle ni sa mère ne savaient comment s'y prendre. Rancunia fut, curieusement, d'une amabilité renversante, leur donnant la bonne longueur de métrage à acheter, leur assurant qu'elles allaient bien s'amuser toutes les trois et osant leur montrer, dans la foulée, le fameux tronc. La fille trouva l'idée géniale, et le rendez-vous fut pris.

Quand elle annonça la nouvelle, en revenant dans la cuisine, très fière d'être la première à inaugurer le système, tout le monde l'applaudit. Patrice ouvrit les deux mains en silence, pour bien montrer que son idée n'était pas si bête, et elle lui tira la langue pour toute réponse. Elle demanda ensuite à José d'aller lui ressortir sa machine à coudre qui devait être au fond du garage, sous une housse, il fallait vite vérifier si elle marchait encore, sinon tout était foutu.

Quelques minutes plus tard, ce fut au tour de Ladygold d'être contactée par son jeune étudiant marocain, sa mère et ses tantes avaient accepté de venir la rencontrer.

Chloé, qui semblait stupéfaite, demanda discrètement à Patrice de lui expliquer ce qui se passait. Elle tomba des nues, mais évita, poliment, d'en rire.

Souris coinça alors Patrice d'un air inquiet, ni l'un ni l'autre n'avaient encore commencé une quelconque prospection :

– Nous, ce sont des retraités que nous devons trouver tous les deux, j'ai pensé qu'il n'y aurait pas mieux qu'une pharmacie pour ça, je vais aller voir Jérôme, il pourra peut-être jouer les rabatteur, lui aussi ?

Il toussota et Ladygold, qui avait tout entendu, avala son thé de travers.

– Je ne suis pas sûr que ce soit une bonne idée, lui répondit-il à voix basse, il faut encore réfléchir.

Mais quand José leur annonça que le Tilouc allait débarquer dès le lendemain avec ses blondes pour un premier cours de sévillana, ils se sentirent un peu ridicules d'être très à la traîne sur le programme.

L'Autruche les acheva en leur annonçant qu'elle avait commencé à répéter sa chanson avec André, il fallait en choisir d'autres assez vite. Son premier récital était dans dix jours !

Patrice prit Souris à part :

– Finalement ce serait mieux que vous alliez trouver Jérôme pour lui parler, d'abord, de notre dîner à quatre ; quant aux retraités à nous trouver, nous verrons bien si ça peut venir sur le tapis, en fin de soirée.

– Comme vous voudrez, c'est vous le chef, mais maintenant le temps presse, nous allons avoir l'air de deux gros nuls, surtout vous !

– Et par Bridgette, la sœur de l'Autruche, il doit bien y avoir la clientèle que nous cherchons dans son club de bridge ?

– Si vous voulez que toute la ville soit au courant dans les trois minutes, c'est en effet le meilleur moyen.

– Oublions.

Chloé n'en croyait pas ses oreilles, allaient-ils, réellement, faire tous la quête dans un tronc ? C'était hallucinant !

À 15 heures précises, le chauffeur de Patty Sasovian sonna. Elle avait, évidemment, changé de tenue, restant néanmoins tout aussi élégante que la veille. Ils s'installèrent tous chez Ladygold, la remercièrent chaleureusement pour le champagne, et dès que José eut fini de servir le café, elle reprit son récit :

– Le lendemain de ce mariage express et plutôt confidentiel, Miran m'a traînée chez un notaire pour me faire signer plusieurs contrats. Autant vous dire que je n'ai rien lu, me contentant de tout parapher et gribouiller sans broncher. Que pouvais-je comprendre à tous ces termes juridiques ? Objectivement, il avait tout et j'arrivais nue comme un ver, mon bon sens me disait que je ne risquais absolument rien. En réalité, j'étais bel et bien en train de me vendre et, en conséquence, je perdais toute espèce de liberté. C'était même pire, mais je ne l'ai réalisé que beaucoup plus tard, en devenant sa chose, j'étais devenue sa prisonnière. Ça semble un cliché, mais je vous assure que c'est ce qui m'est arrivé. Bref, il m'a très vite organisé tous les rendez-vous utiles à ma reconversion, je devais devenir une vraie femme du monde, et donc gommer mon passé de petite coiffeuse, en un minimum de temps. Il m'envoya chez deux ou trois grands couturiers où, à sa demande, les vendeuses devaient m'expliquer ce que je pouvais ou ne pouvais pas porter à chaque occasion. Tout était si codé dans cet univers de l'argent que je prenais des notes comme une gamine. Heureusement, j'apprenais vite et ça le bluffait. Il a voulu changer ma couleur de cheveux et j'ai dû faire des dizaines d'essais de nouvelle coiffure avec les plus grands. Je n'ai plus varié depuis. Il m'a couverte de cadeaux et de bijoux mais, à l'époque, je n'avais aucune idée de la valeur de ce que je portais. Pour moi, tout était beau, certes, mais si on m'avait donné le prix réel de telle ou telle pièce de joaillerie, je me serais sans doute évanouie. Quand on n'a que des jeans, on a forcément ses chouchous, moi je ne portais plus que de la couture, j'ai eu bien vite mes préférés parmi les modèles de robes et de tailleurs. À ce niveau-là, on ne se pose plus la question du prix, vous n'avez plus que ça dans votre dressing. Et je ne vous parle pas des chaussures. C'est là où est le décalage ! Il faut vous avouer un détail incroyable, les pantalons m'étaient interdits par contrat !

Ils s'esclaffèrent et en profitèrent pour resservir du café. Elle but sa tasse d'un trait et poursuivit :

– Quand il estima que tout semblait parfait, nous pûmes enfin sortir et voyager. Les premiers temps furent passionnants, je ne me posais pas de question, je le suivais aveuglément, il m'avait, d'ailleurs, demandé de tout observer et de ne lui poser des questions qu'en tête à tête. Il évoluait dans un milieu où j'ai vite réalisé que, curieusement, les femmes ne bougeaient pas de la même façon. Était-ce dû à l'argent, à ce quelles portaient, aux bijoux, à l'éducation, au snobisme ? Je n'arrivais pas à comprendre, d'autant plus que parmi ces femmes, dites « du monde », il y avait quelques anciennes call-girls ! C'était de notoriété publique, et mes copains au salon, qui en avaient coiffé plus d'une, le racontaient avec force détails à qui voulait l'entendre. Si cette attitude m'intriguait au début, j'ai fini par vite devenir comme elles. Tout a changé chez moi, inconsciemment je me suis mise à parler, à m'habiller, à marcher et même à rire comme elles ! Il y a une certaine façon de bouger, de s'asseoir, de saisir ses couverts, de lever un verre, dans un certain milieu, qui pourrait s'apparenter à une espèce de code vital. Vous en faites partie, ou non, vous venez de débarquer ou c'est dans vos gènes depuis huit générations. L'argent finit par mélanger tous les genres. Dans ces soirées mondaines, ou ces pseudo-galas de charité, vous pouvez vous retrouver en train de danser avec un vieil aristocrate sans le sou, un gigolo notoire, un affreux nouveau riche, un politicien en mal de financement ou un vrai milliardaire, comme Miran. On apprend vite à reconnaître ceux qui se cachent derrière un masque et, comme tous les autres, on joue dans sa tête à « qui est qui, qui fait quoi, qui a combien ». Moi, l'ex-petite coiffeuse venant de nulle part, je suis assez rapidement devenue imbattable à ce petit jeu et, croyez-moi, ça a beaucoup aidé mon mari, pour ses affaires. Là encore, je l'ai bluffé. Les années passant, mon gros problème, dans ces foutus contrats, c'est qu'il m'était rigoureusement interdit d'avoir une quelconque relation avec un autre homme, sous peine de bannissement immédiat. Pas besoin de vous spécifier que cette clause supprimait toute idée d'indemnités ! Nue j'étais arrivée, nue je repartirais, au cas où ! Pendant toutes ces années, j'ai dû fuir tous les hommes comme la peste, sachant très bien que j'étais surveillée en permanence. Ça m'a donné une réputation de femme hautaine, visiblement amoureuse, fidèle et soumise. Mais mon mari avait beaucoup vieilli, nous n'avions plus que des rapports épisodiques, voire inexistants, alors, en étudiant de plus près les contrats, j'ai finalement trouvé une petite faille. Il était bien stipulé que toute relation extra-conjugale avec un homme me perdrait, mais en aucun cas avec une femme ! Je me suis donc souvent évadée avec une amie comédienne. Qui aurait osé suspecter quoi que ce soit ? Pas même les différents détectives privés, souvent chargés de me fliquer. Eh oui, j'avoue, je me suis envoyée en l'air en secret, pendant cinq ou six ans, avec une femme somptueuse ! Ça vous choque ?

Au même moment

À Angers, l'état de santé de Paulo s'était aggravé brusquement et il venait de rendre l'âme dans les bras de Nonette, entourée des siens. La pauvre était si bouleversée qu'elle laissa son entourage s'occuper des détails sordides qui allaient suivre. L'émotion lui avait fait oublier de prévenir immédiatement sa sœur.

En Afrique, Grenouillette, exténuée par la chaleur et par tout le bénévolat qu'elle dispensait sans compter, avait eu un sérieux malaise. Les bonnes sœurs, pensant à une crise de paludisme, lui donnèrent un traitement de cheval, qui ne fit qu'empirer les choses. Charlotte, soudain inquiète, chercha désespérément un médecin local dans tous les environs, mais il n'y en avait aucun à moins de deux heures de route. Heureusement, Radio Tam-Tam opérant très vite, on lui signala qu'il y avait un Français en vacances au Club Med, à seulement quelques kilomètres, qui s'était proposé de lui-même pour soigner un des jardiniers du golf, assommé par une balle perdue. Partant, comme une folle dans son 4x4, elle réussit, après bien des palabres avec les GO, à être autorisée à aller chercher cet homme sur le terrain de golf. Suivant tout le parcours en courant, elle finit par se retrouver, essoufflée, échevelée et en nage, face à un groupe de vacanciers en pleine compétition. Elle eut de la peine à reprendre son souffle pour leur demander s'il y avait bien un médecin parmi eux.

– Vous êtes souffrante ? lui demanda l'un des hommes en lui saisissant le poignet pour prendre son pouls.

– Pas moi, ma belle-sœur, et ces connes de bonnes sœurs lui ont sans doute donné des médicaments trop forts, il n'y a pas l'ombre d'un médecin ici, on peut clamser vite fait, quel scandale !

Les femmes, se croyant encore sur le green de Saint-Nom-la-Bretèche, la regardèrent outrées. Qui pouvait être cette folle, en eau et si mal fagotée, qui se permettait de venir les déranger au milieu de leur partie ? Et pourquoi l'avait-on laissée rentrer au Club ?

– Je suis en fait rhumatologue, lui dit gentiment l'homme qui prenait son pouls, mais je veux bien venir ausculter votre belle-sœur dès que vous aurez repris une respiration normale, il fait trop chaud pour courir comme vous l'avez fait. Attendez-moi à l'entrée du club, mais marchez lentement en respirant sans parler, il faut que j'aille récupérer ma trousse et mon stéthoscope. Pardon de vous abandonner en pleine partie, mes amis, mais le devoir m'appelle, à plus tard pour l'apéritif, au bar !

Elle reprit son souffle petit à petit, s'épongea le front, essaya de se recoiffer tant bien que mal et l'attendit au volant de sa voiture. Ce n'est que lorsqu'elle le vit arriver, sa petite trousse sous le bras, avec un sourire aussi éblouissant que rassurant, qu'elle ne put s'empêcher de jurer, comme chaque fois qu'elle était surprise :

– Putain bordel, mais il a un charme fou !

Au Patio, Chloé, abandonnée pour cause de réunion chez Ladygold, s'était installée chez Souris pour mettre le site en ligne. Elle n'en revenait toujours pas de cette histoire de quête. Il fallait que ça aille vraiment mal pour qu'elles en soient arrivées à cette extrémité. Qu'est-ce que ça allait leur rapporter ? Des clopinettes sans doute. Elle réfléchit un long moment, puis se brancha sur Internet pour trouver des sites, ou des blogs, très spécifiques à la région. Elle trouva un certain nombre de liens et envoya quelques mails à différentes associations de seniors. Patrice et Souris lui ayant finalement raconté ce qu'ils voulaient faire, chacun de son côté, elle cibla ses messages en se faisant passer dans un premier temps pour une veuve esseulée ayant, par chance, rencontré Souris pour lui expliquer comment s'inscrire sur des sites de rencontres. Dans un deuxième temps, elle était devenue un très récent retraité, paniqué par les démarches, qui avait heureusement rencontré Patrice pour l'aider à démêler les fils de tous ses tracas. Et tout ce « jobing » avait eu lieu, très gracieusement, au Patio Secret à Nîmes, où un groupe épatant de retraités ne demandait qu'à aider les autres, quelle aubaine ! En plus, le lieu était ravissant et l'on pouvait, si l'on voulait, y faire une petite dotation, même minime, pour sa réfection.

Tous ces messages partirent des trois ordinateurs de Souris.

Dans le salon de Ladygold

Le « ça vous choque ? » était resté sans réponse pendant quelques secondes, elles semblaient toutes pétrifiées. Alors Patrice fut le premier à lui répondre :

– Bien évidemment, moi pas du tout !

– Mais vous, Mesdames, certainement ?

– Moi, ça me fait rigoler, dit Souris, qui peut dire « Fontaine je ne boirai pas de ton eau » quand on meurt de soif ? Et puis, il ne faut pas mourir idiote. Finalement, pourquoi pas ?

– Moi qui suis coquine, enchaîna l'Autruche, je pense que se gougnoter ne doit pas procurer le même plaisir, et j'avoue que j'ai du mal à l'imaginer, mais en pleine pénurie, si ça vous titillait tant, après tout, ça vous regarde !

– Moi, je ne me permettrais pas de juger, j'ai toujours pensé qu'une fois adulte, chacun était libre de faire ce qu'il voulait de son corps. Mais bravo pour votre franchise, lui dit aimablement Ladygold.

– Et vous, Madame ?

– Moi, ça me révulse, avoua Rancunia de sa voix cassante, mais vous vous étiez déjà vendue, alors ça ou autre chose, ce n'est pas pire.

– Voulez-vous que j'interrompe mon récit ?

– Non, bien sûr que non, répondit Ladygold, je vous en prie, continuez.

– Miran est devenu un vieillard malade, acariâtre et de plus en plus tyrannique, mais il était trop tard pour me sauver. J'ai donc assumé mon triste rôle de maîtresse de maison parce que, n'aimant plus du tout sortir, il a fait défiler le monde à la maison. Le bal des pique-assiette c'était matin, midi et soir ! Et il continuait néanmoins à acheter et à vendre toutes sortes d'œuvres d'art, donnant ses ordres par téléphone et par fax. Et puis il finit par ne plus se lever, dirigeant ses affaires de son lit, avec une secrétaire à ses pieds. Il fallut ensuite installer un vrai service d'hôpital à domicile, avec infirmière de jour et de nuit. Il avait gardé toute sa tête et devenait méchant, capable de m'insulter devant tout le monde. Plus personne ne voulait venir le voir, et moi, il n'était plus question de m'évader, il me voulait à ses côtés, en permanence. Sa fin de vie a duré, comme ça, pendant trois longues années. Il est mort à 90 ans et moi je n'en avais que 57 ! Quelle délivrance, vous ne pouvez imaginer ! Je crois que j'avais fini par le détester autant que je l'avais aimé. Mais, curieusement, je n'ai pas su quoi faire de cette liberté retrouvée, je n'avais plus envie de rien, je ne savais pas où aller, j'étais vidée, anéantie, détruite. Avec le recul, je crois que c'est le regret de n'être pas partie qui m'a bouffée. J'ai eu le sentiment d'avoir tout raté, de m'être bêtement vendue pendant 35 ans, pour rien. J'ai fait une vraie dépression, et j'ai avalé des tonnes de pilules entre plusieurs cures de sommeil. Le pire, c'est que j'ai commencé à picoler sec, et uniquement au rosé ! Ça a eu le mérite de faire le vide autour de moi. Je me retrouvais toute seule, comme une conne, au milieu des tableaux et des objets de valeur, alors j'ai fait vendre tous ceux que je détestais, j'avais l'impression qu'ils me narguaient ! Le comique de l'histoire, c'est que plusieurs tableaux se sont révélés être des faux, il s'était fait gruger comme un débutant, lui le collectionneur mondialement reconnu ! Ça m'a fait tellement rire que je me suis sentie, tout à coup, beaucoup mieux. Moi aussi, après tout, j'étais une fausse perle ! Je me suis racheté des jeans et j'ai voyagé, en évitant évidemment tous les lieux où j'aurais pu croiser tout ce gratin rassis que je m'étais farci pendant tant d'années. J'ai adoré l'Asie, que j'ai parcourue dans tous les sens. Et je me suis posée pendant deux ans à Bali, où j'avais loué une jolie maison. Et puis j'ai failli m'acheter un bateau, mais, heureusement, au moment de signer, je me suis demandé ce que j'allais faire toute seule sur ce gros rafiot, me taper un des marins ? J'ai préféré faire des croisières, là au moins j'allais rencontrer des gens normaux.

Parce que les très riches, ceux que je fuyais, ne se mélangent pas comme ça, ils ont leurs propres yachts où ils n'invitent que ceux qui les intéressent, soit pour le sexe soit pour le business. Moi, j'étais ravie qu'on ne m'invite plus, et j'ai beaucoup apprécié mes nombreuses croisières autour du monde. Je faisais toutes les excursions, j'écoutais toutes les conférences, personne ne savait qui j'étais, juste une simple veuve parmi tant d'autres, sûrement un peu plus riche parce que j'avais toujours la meilleure cabine. Et puis, un jour, j'ai réalisé que ces gros bateaux n'étaient en fait que de simples hôtels flottants, où l'on retrouvait toujours les mêmes caricatures, un peu plus ordinaires à chaque fois. Alors j'en ai eu marre, comme de tout le reste. Je me suis retrouvée dans l'appartement de Genève et je me suis mise à lire comme une folle. Finalement, je n'ai fait que rattraper le temps perdu. Je m'éclipsais de temps en temps pour une petite escapade à Paris où j'allais faire quelques courses et fréquenter discrètement un célèbre bordel pour femmes. On vous accueille comme une reine, on vous sert une coupe de champagne dans un salon magnifique et on vous présente l'album du jour, comme un menu. Vous choisissez votre homme, sur photos, il y en a pour tous les goûts, et vous passez une heure ou deux avec lui dans une chambre agréable. C'est tarifé, ça n'engage à rien, et les pensionnaires sont triés sur le volet. Il m'est arrivé d'y aller plusieurs jours de suite et puis plus du tout pendant des mois. Je n'avais aucune envie d'avoir une liaison, je voulais vivre au gré de mes envies, c'est tout ! Un gigolo, ça devient vite collant, un pro du sexe, ça ne pose pas de question et ça vous remercie poliment !

– Merde alors ! s'écria Souris, je ne savais même pas que ça existait ce genre de truc, vous le saviez, vous les filles ?

Elles restaient silencieuses, la bouche ouverte, stupéfaites par ce qu'elles venaient d'entendre.

– Moi, j'en avais entendu parler par une copine, enchaîna Patrice, je trouve ça d'un excitant ! J'aimerais être petite souris pour m'y faufiler, juste pour reluquer.

– Nous sommes des connes, ajouta l'Autruche, des vraies cousines de province, on ne sait rien de tout ce monde interlope !

– J'avoue que je reste sans voix, poursuivit Ladygold, quelle vie, mon Dieu !

Rancunia ne fit aucun commentaire, mais son regard en disait long.

– Voilà, reprit Patty, vous connaissez à peu près toute ma vie, j'ai essayé d'être la plus franche possible et j'espère que vous n'êtes pas trop choqués ? Il me reste à vous expliquer pourquoi je suis là, devant vous, à essayer de vous convaincre de m'accueillir parmi vous. Ça tient en peu de mots : je m'emmerde à en mourir ! Quel ennui que cet immense appartement plein de souvenirs qui ne me font même pas plaisir ! Si vous saviez comme tout me pèse, il faudrait que je bazarde tout, que j'efface tout, mais où aller ?

Que faire de mon fric, pour qui, pour quoi ? Je n'ai personne à gâter, et personne ne pense à moi ! Alors, quand j'ai lu cet étonnant reportage sur votre façon de vivre, j'ai tout de suite été emballée par cette idée, je suis intimement persuadée que je pourrais être heureuse ici, avec vous tous. Mais si j'ai besoin de vous, j'estime pouvoir, moi aussi, vous apporter beaucoup. Je pense que, maintenant, vous devez avoir quelques questions à me poser ?

C'est à cet instant précis que José frappa à la porte en criant :

– *Señora, Señora*, vite, *el teléfono*.

Il rentra comme un fou et tendit l'appareil à Ladygold qui, après s'être excusée auprès de Patty, poussa un petit cri.

– Mon Dieu, c'est Nonette, Paulo est mort ! leur dit-elle en mettant sa main sur le téléphone.

Il y eut alors un petit mouvement de panique, et ils la laissèrent seule pour tenter de consoler sa sœur.

Comprenant aisément la situation, Patty leur proposa de revenir quand ils le voudraient, pour éventuellement répondre à toutes leurs questions, Ladygold avait ses coordonnées. Un peu perturbés, ils la remercièrent rapidement pour sa compréhension et elle disparut.

Un peu plus tard

– Chaque fois que j'apprends un décès, il y en a deux qui suivent, c'est affreux mais c'est comme ça, les morts vont toujours par trois ! leur annonça Ladygold.

– Ne parlez pas de malheur, répondit Patrice, la Grenouillette vient de tomber malade.

Elles poussèrent un cri de stupeur. Il leur fit alors lire, sur son portable, le mail alarmiste de Charlotte. Malgré la visite d'un rhumatologue en vacances au Club Med, et seul médecin présent dans la région, la pauvre avait toujours une forte fièvre. Il fallait attendre 48 heures avant d'envisager un éventuel rapatriement.

– Moi, après toutes ces nouvelles tragiques, il me faut un remontant ! déclara l'Autruche.

– Tu as raison, ma grande, lui répondit Souris, puisque nous avons encore du champagne de la Patty, il n'y a pas une minute à perdre, le cidre attendra.

– Moi, je ne boirai pas une goutte de ces bouteilles, ajouta Rancunia, cette femme n'est qu'une vulgaire pute !

– Là, je vous trouve un peu dure, lui répondit Patrice, moi j'ai été bluffé par sa franchise, en plus elle aurait pu se tirer vite fait, mais elle est restée jusqu'au bout, c'est tout à son honneur.

– C'est évident qu'elle l'a épousé pour son fric et elle n'est restée que pour ça, vous êtes bien naïf !

– Je ne suis pas de ton avis, intervint Ladygold, c'est une petite partie de rien, au début elle a certainement été éblouie par les paillettes, et ça se comprend, il y a toujours eu des contes de fées comme celui-là. Mais, sur la longueur, elle a bien assumé et aujourd'hui elle se retrouve totalement paumée, elle n'a visiblement personne et se retrouve comme à ses débuts, sans repères. Bien sûr il y a l'argent, mais je ne suis pas certaine qu'elle sache vraiment quoi en faire, elle nous l'a d'ailleurs avoué. Moi, je l'ai trouvée touchante.

– Je reste persuadée qu'elle ne nous a pas tout dit, il a quelque chose qui cloche, je le maintiens.

– Laissons tout ça de côté, s'il te plaît, nous en reparlerons plus tard. Buvons plutôt à ce pauvre Paulo, qui doit maintenant pédaler dans les cieux, et à notre Grenouillette, qui doit bien souffrir d'être malade si loin de nous.

José leur servit du champagne et Rancunia leva néanmoins son verre à la santé de leur amie.

– Mon problème, c'est qu'il faut que j'aille à Angers, poursuivit Ladygold, Nonette ne comprendrait pas que je sois pas à ses côtés dans cette épreuve. Et par la route, ça va prendre un temps fou. La cérémonie est prévue pour après-demain matin.

– J'ai une idée, intervint Chloé, partons en TGV demain, toutes les deux, en arrivant à Paris, je vous dépose en taxi gare Montparnasse, et vous reprenez un autre TGV dans la foulée, ça ne vous fera que 4 ou 5 heures de train en tout et c'est plus reposant qu'avec votre minibus.

– C'est épatant, vous avez entièrement raison ! Bravo et merci, ma petite fille, je vais envoyer José à la gare pour les billets.

– C'est inutile, je vais les prendre sur Internet et Souris va tout imprimer. Ça fait un moment qu'on ne va plus faire la queue dans les gares !

– J'oublie toujours cet Internet de malheur, c'est vrai que, parfois, ça a du bon, tenez, voilà ma carte de crédit.

– J'ai beaucoup travaillé pendant votre rendez-vous avec cette femme, et pardon Souris, mais je me suis servie de tous vos ordis pour lancer quelques pioches ! Si on allait jeter un coup d'œil ?

– Vous n'avez rien bougé dans mes documents, j'espère ? Allons-y vite, vous venez Patrice ?

– Tu veux que je t'accompagne à Angers ? demanda Rancunia.

– Non, tu es gentille, c'est une corvée plus qu'autre chose, et il faut que je parle à Nonette en tête à tête.

Le portable de l'Autruche sonna. En voyant qui l'appelait sur son écran, elle eut un léger frisson.

– Merde, dit-elle en raccrochant, tu avais raison, c'est l'hécatombe, Maman est morte !

– Oh ! Pauvre Opaline, c'est la maison de retraite qui vient de te prévenir ?

– Oui, elle s'est endormie sur un banc du jardin et quand ils ont voulu la réveiller, elle est doucement tombée sur le côté, c'était fini. Ça s'est passé il y a une heure. Redonnez-moi un peu de champagne, même si c'est une bénédiction, à son âge et dans son état, ça fout un choc.

Ladygold et Rancunia l'embrassèrent tendrement et demandèrent à José, qui venait discrètement de faire son signe de croix, d'aller chercher les autres.

– Que peut-on faire pour toi ?

– Rien, c'est gentil, il faut que je prévienne ma connasse de sœur, elle qui n'allait jamais la voir, ça va la démolir encore plus que moi ! Maman aurait eu 96 ans dans un mois, et cette saloperie d'Alzheimer en avait fait une pâquerette, alors c'est peut-être mieux ainsi, et s'endormir sur un banc, finalement c'est une belle fin.

Souris et Patrice arrivèrent en courant et l'embrassèrent à leur tour.

– Tu as déjà prévenu Bridgette ? demanda Souris.

– Non, je vais le faire, elle va devoir interrompre sa partie de bridge pour venir me chercher, ils nous attendent pour signer la paperasse. Allez, encore un verre pour me donner du courage, je suis une jeune orpheline maintenant !

– Dis donc, la Lady, enchaîna Rancunia, avec tes prévisions de malheur, j'espère que ça ne sera pas mon salaud de mari le prochain, parce que j'aimerais bien lui régler son compte avant qu'il ne trépasse !

Quand ils passèrent à table, deux heures plus tard, l'Autruche n'était toujours pas rentrée.

José en profita, tout en les servant, pour leur demander ce qu'il devait faire pour le lendemain. Fallait-il annuler le premier cours de sévillana, prévu à 17 h avec le Tilouc et ses blondes ?

– Pas question ! s'écria l'Autruche en arrivant à cet instant, « *The show must go on !* », et cette pauvre Opaline aurait adoré y assister ! Ne changez rien à rien, ce n'est pas le Patio qui est en deuil, c'est moi ! Et puis, même si c'est affreusement triste, je vous assure que c'est une délivrance. Si vous aviez vu ce petit bout de femme, si menue, si menue, alors qu'elle a été une superbe plante toute sa vie, ça vous donnerait presque envie de mourir jeune ! Je ne suis pas mécontente d'avoir vu cette salope de Bridgette s'effondrer en pleurs, ça lui fera les pieds, elle va être bouffée par le remords d'avoir été si monstrueuse avec Maman ! En revanche, à la maison de retraite, ils ont été formidables et tout est organisé grâce à eux, on a pu prévenir mes filles et mes petites-filles de la date des obsèques. Ça ne me fait plus que trois générations à gérer, c'est vrai que c'était lourd, une mère d'un côté et deux filles et deux petites-filles de l'autre ! Comme il y a une petite chapelle là-bas, j'y suis allée faire une prière et remercier le bon Dieu de l'avoir reprise comme ça, si doucement. J'en ai profité pour lui demander pardon de chanter des cochonneries, je lui ai récité, vite fait, un « Notre Père » et un « Je vous salue Marie » et je suis sûre qu'en sa grande bonté il m'a absoute ! Voilà, maintenant j'ai besoin d'un verre pour vous raconter autre chose de beaucoup plus gai ! Je n'avais aucune envie de rentrer avec ma sœur, elle m'exaspère au plus haut point, alors j'ai eu l'idée d'appeler André. Je me suis dit qu'il aurait peut-être enfin l'audace de faire un geste, dans une telle circonstance ! Il est arrivé en un quart d'heure et, tenez-vous bien, il m'a en effet prise dans ses bras pour me consoler ! J'ai même eu droit à des petites bises de réconfort, mais sur les joues, enfin c'est mieux que rien, et il faut un début à tout, quel chou ! N'empêche que ça m'a réconciliée avec la vie, dans ces cas-là, un peu de tendresse, il n'y a que ça de vrai ! Il vient de me déposer en moto, le casque ne m'a pas trop décoiffée ? Allez, buvons à nos chers disparus, dans le fond Opaline va peut-être tomber sur le Paulo là-haut, ils avaient sensiblement le même âge, non ?

Personne n'avait osé dire quoi que ce soit, mais ils avaient tous une sérieuse envie d'éclater de rire.

Le lendemain matin

Patrice s'était précipité sur son ordinateur pour voir si Charlotte lui avait envoyé des nouvelles. Il fut soulagé d'apprendre que la fièvre était retombée, d'après le rhumatologue ce n'était qu'un gros coup de chaud associé à la fatigue. Grenouillette n'était pas habituée à ce climat et elle s'était dépensée sans compter chez les sœurs, souvent sous un soleil écrasant. Pour plus de précaution il fallait qu'elle continue son traitement anti-paludéen, mais les doses avaient été réduites. Ce médecin était vraiment adorable, et plein de charme ! Charlotte allait le chercher au Club deux fois par jour parce qu'il tenait à venir voir Grenouillette aussi souvent que possible, et elle se demandait ce qu'elle allait pouvoir faire pour le remercier. Ouf !

Il était en train de transmettre ces nouvelles rassurantes aux autres quand Souris arriva en trombe dans la salle à manger. Elle venait de recevoir un coup de fil du gros bébé rugbyman pour l'inviter à venir le voir jouer à Montpellier, le soir même en nocturne. Son père serait là, lui aussi, et ça lui ferait plaisir de la revoir ! Cette idée l'enchantait et, à la vérité, l'excitait totalement, mais elle ne voulait surtout pas y aller seule et demanda donc à Patrice de l'y accompagner.

– Vous trouverez bien une petite place pour José, comme ça il pourrait vous y conduire, leur proposa gentiment Ladygold, je sais que Patrice n'aime pas prendre le volant la nuit.

L'Autruche fit son entrée avec de grosses lunettes noires.

– Putain bordel, comme dirait votre sœur Charlotte, je n'ai pas fermé l'œil de la nuit ! Toute mon enfance a défilé devant moi, et Opaline n'est pas près de me quitter ! On dirait que le cordon ombilical, tendu comme un élastique depuis toutes ces années, lâche tout à coup pour venir vous fouetter au sang, il y a des tas de trucs que j'avais oubliés et qui me sont revenus en pleine gueule ! À mon âge, me retrouver tout à coup en petite fille sur les genoux de ma mère, ça fout le bourdon ! Quelle épreuve de perdre ses parents quand on est déjà grand-mère !

– Pour te changer les idées, lui dit Ladygold, nous venons d'apprendre deux bonnes nouvelles, ça fait du bien après cette horrible journée d'hier.

– La Patty nous a encore envoyé du champagne ?

– Mais non, ne rêve pas, ma grande, lui répondit Souris. Notre Grenouillette va mieux, et ça c'est formidable, et par ailleurs je suis invitée ce soir à un match de rugby à Montpellier.

– Ils t'ont élue comme mascotte, ou c'est toi qui vas donner le coup d'envoi ?

– Mais non, gourdasse, c'est pour y revoir mon copain d'enfance !

– Ah oui, je vois, enfin l'enfance était déjà loin, c'est le premier qui t'a pelotée, non ? Il va vouloir remettre ça quand il verra que ta poitrine a triplé de volume ?

– Sale garce ! Tu dis ça parce que… Passons… Patrice va venir avec moi, je ne risque rien. Je pense que toi, en revanche, tu as un besoin urgent d'un grand bol de café.

– Alors tout le monde s'en va, aujourd'hui ? La Lady part pour Angers, et vous deux pour le match, mais qui va s'occuper de moi, vous ne voyez pas que je suis en miettes ?

– Ce sera moi la nounou du jour, lui répondit Rancunia, mais tu ne vas pas pleurnicher toute la journée, ta mère est beaucoup mieux là-haut, c'est toi-même qui nous l'as dit !

– C'est vrai, mais j'ai quand même du mal à m'y faire, le contrecoup, sans doute ? Passez-moi le café, c'est trop tôt pour le champagne.

– Autre bonne nouvelle, annonça Rancunia, ma machine à coudre marche très bien et mon premier rendez-vous avec mes deux élèves est pour demain, c'est confirmé !

– Et nous, nous avons aussi quelques demandes, ajouta Souris timidement.

– Chloé a fait un travail formidable, enchaîna Patrice pour faire diversion, on peut vous montrer le site, il est déjà en ligne.

– Nous verrons ça plus tard, répondit Ladygold, je dois aller faire mon bagage, mais c'est vrai que ce n'est pas très compliqué quand on ne doit prendre que du noir ! Vous pouvez me prêter votre petite valise roulante, Patrice, je la trouve épatante et la taille est parfaite.

– Elle est à vous, je vais aller vous la chercher.

En fin d'après midi

Le Tilouc arriva le premier. Et Patrice eut du mal à le reconnaître :

– Mais qu'est-ce que vous avez fait ? Où est votre houppette ?

– J'ai tout coupé, mes blondes en parlaient trop, elles devaient en être jalouses, et puis le brushing ou les rouleaux tous les matins c'était gonflant ! En plus, avec tous mes cours, je prends cinq ou six douches par jour, et il fallait éviter de la mouiller, sinon elle me retombait dans les yeux. Voilà, c'est mieux comme ça, la galère est finie ! Alors, et vous ? Votre installation ? À quand les abdos ? Et le tennis avec Jérôme ? Et ce fameux tronc, où est-il ?

– Merci, tout va bien, répondit-il un peu surpris par cet interrogatoire, mon déménagement n'est pas encore arrivé, les abdos devront attendre et je n'ai pas encore revu Jérôme ! Quant au tronc, il est derrière vous, on ne le voit qu'en sortant.

– C'est génial comme idée, mes blondes vont adorer, mais je préfère vous prévenir, il y aura surement des radines dans la troupe !

José arriva tout fier, sanglé dans sa tenue d'hidalgo, et le Tilouc en siffla d'admiration.

– Elles vont tomber raides en te voyant, mais tu es sûr de ne pas être trop boudiné là-dedans, c'est du vrai moulage à la louche, tu vas pouvoir danser ?

– *Si, si, no problemo* ! Lé Tilouc il veut touyour faire dé l'houmour, dit il en se tournant vers Patrice.

– Ça, j'avais compris !

Les blondes arrivèrent par petits groupes, et Patrice en compta dix ! La moyenne d'âge devait avoir oublié la cinquantaine. Certaines étaient, bizarrement, en survêtement, les plus jeunes avaient intelligemment mis une jupe longue et ample, et quelques autres s'étaient contentées de nouer des paréos sur leurs pantalons pour en simuler une. Ce fut un aimable brouhaha pendant un moment, puis José frappa dans ses mains et commença à leur expliquer le déroulement de la sévillana. Il arriva à capter leur attention et surtout à se faire comprendre, malgré son inénarrable accent. Il marqua le rythme de ses talons, fit claquer ses castagnettes vocales, leur montra les mouvements des bras, les différents pas, et finit par lancer la musique. Comme il les avait placées en ligne, il passait de l'une à l'autre pour rectifier le port de tête, la position du corps ou celle des bras, comme un vrai maître de ballet. Puis il se mit à danser seul devant tout le groupe, en leur demandant d'essayer de le copier, l'une après l'autre. Évidemment, le Tilouc, malgré ses grosses baskets et son short trop long et trop large, fut le meilleur à cet exercice.

Souris et l'Autruche s'étant jointes à Patrice, ils s'étaient sagement assis sur les dernières marches de l'escalier pour assister au cours, en silence. Littéralement fascinés par l'autorité de José, qui n'avait jamais été aussi directif avec eux, ils se prirent soudain au jeu et finirent par accompagner la musique en tapant dans leurs mains. Comme Gervaise descendait l'escalier avec du linge, l'Autruche lui demanda d'aller vite lui chercher sa jupe à volants, ça lui permettrait d'oublier son chagrin pour un moment, Souris trouvant l'idée géniale lui réclama aussi la sienne. Grâce aux attaches de velcro, il ne leur fallut que deux minutes pour être prêtes et aller rejoindre José. Ils firent alors, tous les trois, une brillante démonstration devant les blondes, aussi stupéfaites que leur coach. Mais l'impensable se produisit quand Patrice, sentant une présence derrière lui dans l'escalier, vit soudain arriver Rancunia qui, elle aussi, avait passé sa jupe espagnole. Elle prit Patrice par la main pour l'entraîner vers José et les deux autres, et ils dansèrent une sévillana endiablée tous les cinq ! Juste avant que leur danse ne s'achève, Lilybeth fit à son tour une entrée fracassante dans sa longue jupe à gros pois verts, venant se placer au milieu, comme la star du spectacle, juste devant José. Elle entra dans la danse avec un sourire plein de malice, pour bien montrer aux blondes qu'on pouvait toujours aimer la sévillana à plus de 80 ans ! Quand la musique cessa, ce fut un tonnerre d'applaudissements. José, aux anges, les remercia une main sur le cœur, serra Lilybeth dans ses bras et lança un clin d'œil plein d'humour vers Patrice.

La troupe du Tilouc trépignait d'envie d'en faire autant, tout du moins d'essayer. José remit donc la musique, et les professeurs d'un moment devinrent spectateurs. Le maître de ballet courait de l'une à l'autre, pour rectifier les positions des bras, des pieds et du port de tête.

Il y avait encore du boulot, mais tout le monde s'amusait, après tout c'était le but. La partie semblait gagnée, il suffisait d'attendre pour compter ce que le tronc allait ramasser.

Quand la leçon fut terminée, les deux troupes s'applaudirent mutuellement, et les blondes s'agglutinèrent autour de Lilybeth pour la féliciter, elles avaient lu l'article et surtout l'encadré sur son mariage anglais. Mais quand celle-ci tira sur les attaches en velcro pour se débarrasser en une seconde de sa jupe à volants, il y eut un cri d'étonnement, elles voulurent toutes voir comment elle était faite. Rancunia en profita, astucieusement, pour leur annoncer la création de son atelier-couture. Des jupes à fermeture velcro, comme les leurs, elle pouvait tout à fait leur apprendre à les coudre, leur dit-elle, d'une voix suave et plus qu'aimable. Toutes furent excitées par l'idée. Le Tilouc, ravi lui aussi, réalisait qu'il lui faudrait changer de tenue pour le prochain cours, la sienne l'avait gêné dans ses mouvements. Il affirma qu'il pourrait mieux bouger dans sa panoplie complète de coureur cycliste, c'était plus près du corps. Souris et Patrice filèrent se cacher pour éclater de rire. Tandis que Rancunia et l'Autruche étaient en train de se dire qu'il était dommage que Ladygold ait loupé ça, Lilybeth vint les rassurer, il ne fallait rien lui raconter et refaire rigoureusement la même mise en scène la prochaine fois, pour qu'elle en ait la surprise.

Tout le monde se sépara dans la bonne humeur, et, après avoir fixé la date de la deuxième leçon avec José, le Tilouc, pour donner l'exemple, fut le premier à glisser un billet dans le tronc. Certaines firent de même, d'autres y jetèrent quelques pièces, les deux dernières, en survêtement, se contentèrent d'un geste d'excuse pour bien montrer qu'elles n'avaient pas d'argent sur elles. José referma la porte et, en se retournant, découvrit toute la troupe du Patio attendant le moment crucial de l'ouverture du tronc. L'index sur les lèvres, Patrice leur conseilla de ne pas faire de bruit, il y avait encore des blondes en train de jacasser sur le trottoir, de l'autre côté du mur. Ils comptèrent le butin comme des gamins venant de casser leur tirelire, et, plutôt agréablement surpris, félicitèrent José d'avoir si bien inauguré le gagne-pain du Patio. Il les fit sourire quand il leur expliqua qu'il faudrait rajouter de la mousse au fond du tronc, parce que les pièces, en tombant, faisaient trop de bruit, ça pouvait gêner les radines. Rancunia le lui interdit, ils allaient au contraire pouvoir les démasquer grâce à ça ! Si le beurre commençait à fondre sur les épinards, il fallait éviter la regratterie !

Le soir même

À Paris, Chloé venait d'arriver chez elle. Elle avait adoré voyager avec la divine Ladygold, qui lui avait raconté toute l'émotion de sa première rencontre avec Ryan, son petit-fils, et son regret de ne pas l'avoir tenu dans ses bras, bébé. Ça avait été très touchant d'écouter cette découverte, sur le tard, du charmant statut de grand-mère.

Elles avaient eu la chance de trouver tout de suite un taxi, et comme le chauffeur était sympathique, il avait gentiment accepté d'attendre Chloé à la gare Montparnasse, pendant qu'elle accompagnerait Ladygold jusqu'à son train pour Angers. Tout s'était donc déroulé parfaitement, comme elle l'avait prévu. Elle alluma son ordinateur et découvrit, avec étonnement, qu'il y avait déjà une offre très intéressante sur l'annonce qu'elle avait mise sur eBay pour Lilybeth. Ça émanait d'un collectionneur anglais, c'était donc du sérieux.

En Afrique, Grenouillette allait beaucoup mieux, elle avait recommencé à s'alimenter et Charlotte la forçait à se lever deux fois par jour, aux heures les plus fraîches, pour faire quelques pas dans le jardin. Le charmant rhumatologue avait été formidable, mais ni l'une ni l'autre ne savaient comment lui demander si elles lui devaient quelque chose, c'était affreusement délicat. Deux jours avant son départ, il leur avoua, en regardant la vue sur la mer, qu'il serait bien resté une semaine de plus, mais, hélas, le Club était complet. Charlotte, sautant immédiatement sur l'occasion, lui proposa de venir s'installer chez elle pour la semaine, ce serait pour elles deux un moyen de le remercier pour toute son aide et ses nombreuses visites. Il n'hésita qu'un quart de seconde avant d'accepter, sous réserve toutefois que son billet puisse être repoussé. Alors Charlotte lui conseilla d'aller vérifier immédiatement, puisqu'ils étaient d'accord, il ne fallait pas tergiverser. Ils filèrent vers le 4x4 en échangeant un regard plein de connivence qui stupéfia Grenouillette :

– Putain bordel, se surprit-elle à jurer comme Charlotte, mais ces deux-là se plaisent !

À Montpellier, le stade était loin d'être plein. Ce n'était pas un match du Top 14. Ils trouvèrent effectivement deux billets d'invitation au guichet et achetèrent une troisième place pour José. S'il n'était pas juste à côté d'eux, ils se retrouvèrent néanmoins dans la même tribune. Souris était excessivement nerveuse à l'idée de revoir son ancien flirt, tournant la tête de tous côtés, se demandant où il pouvait être placé. C'est alors qu'ils entendirent, derrière eux, une voix de stentor avec un fort accent du Sud-Ouest :

– Mais la voilà, la petite A-de-line, bonsoir ma belle, tu me remets, ou pas du tout ? Attention à ce que tu vas dire, parce que moi, je t'ai tout de suite reconnue, et pourtant y'a belle lurette qu'on ne s'est vus, bien plus de quarante ans, non ?

– Bonsoir, Benoît, bien sûr que je te reconnais, triple andouille, tu as peut être un peu forci, mais pour le reste tu es le même !

– Ça fait tout drôle, hein ? C'est ton mari, ce monsieur ?

– Non, pas du tout, c'est un ami, je te présente Patrice, et Patrice, voilà Benoît, un vieil ami d'enfance.

– Ça fait trois secondes qu'on se retrouve, après toutes ces années, et elle me traite déjà de vieux ! Vous savez, Monsieur, c'était une terreur, dans le temps, cette A-de-line, elle m'en a fait voir de toutes les couleurs ! Un jour j'en ai pleuré, vous ne me croyez pas ? Il faut dire que j'en pinçais pour elle, et elle, il lui fallait tous les gars à ses pieds. Tu m'as fait souffrir, cruelle A-de-line, mais je suis bien content de te revoir, tu es en forme, dis-moi ?

– Si je vous laissais évoquer tous les deux vos souvenirs de jeunesse ? leur demanda Patrice, je vois que José me fait des signes, il est à côté de Poulet, je vais aller les rejoindre, tenez, prenez ma place, Benoît, vous serez plus près d'elle.

– Merci beaucoup, maintenant que j'ai remis la main sur elle, je ne vais plus la lâcher ! Dans une heure, vous verrez, elle sera folle de moi !

– Tu es toujours aussi vantard ? J'ai rencontré ton fils, alors où est ta femme ?

– Elle est morte, je suis veuf, et toi ?

– Moi aussi, je suis veuve !

– On va pouvoir se consoler l'un l'autre alors ?

Souris gloussa comme une ado.

Patrice rejoignit José, craignant néanmoins que Poulet ne lui fasse ses quatre bises, bien claquantes, au milieu du public. Ce n'était pas vraiment le lieu pour ce genre de démonstration. Ils n'échangèrent, heureusement, qu'une poignée de main virile, mais Poulet s'étant levé poliment, Patrice eut la surprise de découvrir, cachés derrière lui, le Tilouc et Jérôme, le pharmacien.

– Après la sévillana, je ne vous imaginais pas aussi amateur de rugby, lui dit le Tilouc, un brin caustique.

– En tout cas, je préfère nettement ça au foot, mais je ne fais qu'accompagner mon amie la Souris, elle vient de rencontrer un ami d'enfance, je les ai laissés à leurs souvenirs. Et vous ? Vous êtes tous de fidèles supporters, à ce que je vois ?

– Oui, on vient soutenir nos copains quand il le faut ! Quant à cette « rencontre », comme vous dites, elle était en fait très programmée, dit Poulet en souriant de toutes ses dents éclatantes, mon copain m'a raconté la coïncidence à la fin de ma soirée. Mais quand un peu plus tard il a réalisé que c'était d'elle dont son père parlait tout le temps, avec des trémolos dans la voix, comme son premier amour à jamais disparu, il a finalement tout organisé pour que son père la revoie. C'est pas beau ça ? On va peut-être sortir les mandolines !

– Eh bien alors, croisons les doigts pour que ça redémarre ! lui répondit Patrice, moi je le lui souhaite en tout cas.

– Moi aussi, ajouta Jérôme, c'est une gentille fille que j'apprécie beaucoup, elle vient souvent bavarder avec moi à la pharmacie. Elle m'enchante, elle a eu des jobs de mec mais c'est une vraie midinette, en fait.

– Oui et non, elle est loin d'être totalement naïve, répondit Patrice, moi je dirais plutôt que c'est une grande amoureuse qui n'a pas encore retrouvé son prince charmant.

– Bravo, vous au moins, vous savez enjoliver les choses !

Profitant du chahut que provoqua l'entrée des équipes sur le terrain, Patrice se pencha alors vers lui pour lui parler plus discrètement :

– Nous projetions d'ailleurs, Souris et moi, d'organiser un dîner avec votre femme et vous, chez Damien, le bistrot qu'elle veut me faire connaître, ça vous dit ?

– Avec joie, quand vous voudrez, mais je tiens à vous préciser deux choses. Premièrement Marie-Élise qu'elles appellent toutes Botoxia, nous le savons très bien, n'est pas ma femme, mais simplement une amie très chère. Je pense que vous le saviez déjà, vos compagnes au Patio sont loin d'être discrètes… Et deuxièmement, il faudra vous préparer à subir les léchouilles de Damien, qu'elles ont très justement baptisé « Bisous-Bisous », à part ça le bistrot est bon et sympathique. Voilà, vous savez tout, ou presque !

Le sifflet marquant le coup d'envoi retentit et sauva Patrice, qui ne savait quoi répondre.

Le match ne fut pas captivant, mais ils crièrent tous à perdre haleine dès que leur copain touchait le ballon. Poulet, en tant qu'ancien joueur de l'équipe, était le plus déchaîné, hurlant ses conseils ou sifflant avec force à tout essai raté. Juste avant la mi-temps, l'équipe de Nîmes marqua des points et ce fut une explosion de joie, Poulet embrassa le Tilouc et José, et Jérôme prit soudain Patrice dans ses bras. Ce n'était qu'une coutume, très habituelle parmi les supporters trop enthousiastes, ces accolades viriles n'avaient d'ailleurs rien d'équivoque, les joueurs, sur la pelouse, s'embrassaient aussi à qui mieux mieux. Patrice ressentit pourtant un véritable trouble dans l'étreinte de Jérôme. Pour lui, c'était maintenant certain, si cet homme cachait son jeu en permanence, ce soir ses petites tapes dans le dos n'avaient rien à voir avec le match !

– Regardez ! cria Poulet, le succès du fils arrange bien le père, il l'a enlacée et il ne la lâche plus, le gros dégueulasse !

Ils tournèrent tous la tête en même temps et virent une Souris, béate, folle de bonheur sous les baisers du Benoît.

– Elle ne se débat pas beaucoup, on dirait même qu'elle en redemande, elle ne serait pas un peu gourmande ? demanda le Tilouc.

– Si mucho, la señora Chouris, elle aime tout, lé dulce autant qué los pimientos ! répondit José.

Le pauvre ne comprit pas vraiment pourquoi ils le regardèrent tous en souriant.

L'équipe de Nîmes gagna finalement le match et la joie fut à la hauteur de l'événement parmi les supporters. Les embrassades redoublèrent et Patrice, cette fois, fut bien obligé d'accepter les bises de Poulet. Avec José et le Tilouc, ce fut plus protocolaire, ils se contentèrent d'une accolade comme celle que l'on pouvait s'échanger après la sévillana. Quand il fut face à Jérôme, qui s'était borné à taper dans les mains des autres, ils se regardèrent, tous les deux un peu hésitants puis, pris par la folie ambiante et les effusions qui les entouraient, ils tombèrent dans les bras l'un de l'autre en criant, très hypocritement, « Bravo Nîmes » ! La virilité qui régnait dans les stades était sauve.

À la sortie, au milieu des chants, des klaxons et des cornes de brume qui célébraient la victoire, il y eut comme un petit flottement. Benoît invita Souris à se joindre à la fête de la fameuse troisième mi-temps avec son fils et l'équipe. Elle semblait perdue, sur un petit nuage, alors Patrice la poussa à accepter. Poulet et le Tilouc, qui étaient pourtant venus dans la voiture de Jérôme, voulaient eux aussi aller arroser ça. Quand il vit le regard de José, qui brûlait d'envie de les suivre, Patrice lui fit jurer sur la Madone de ne pas boire, pour ramener tout le monde sain et sauf. Il se retourna alors vers Jérôme, pour savoir ce que, lui, voulait faire. En agitant ses clés de voiture, celui-ci lui répondit en souriant :

– Nous sommes les deux aînés, ce soir, il est temps d'aller coucher les vieux !

Le lendemain matin

Lilybeth arriva dans la salle à manger dans sa robe de chambre à fleurs. Elle n'y trouva que Rancunia et l'Autruche, bavardant sagement devant leurs tasses de thé.

– Nous venons d'avoir la gentille Chloé au téléphone, leur dit-elle, très excitée. Elle a trouvé un acheteur pour ma collection sur son truc d'Internet ! Harold a tout de suite appelé, c'est un collectionneur anglais qui veut l'ensemble, et il est prêt à venir voir en avion ! D'un côté, je suis affreusement triste et de l'autre, *Am so happy*, parce que la somme qu'il propose va bien nous arranger.

– En avion ? s'étonna Rancunia, mais tu crois qu'il y a des vols entre Londres et Nîmes ?

– Il a juste demandé à Harold quel était l'aéroport le plus proche, moi j'ai timidement soufflé Garons et il a répondu qu'il rappellerait pour qu'on vienne le chercher.

– Si c'est un type qui a son propre coucou, tu devrais faire monter les prix ! lui conseilla l'Autruche.

– À moins que ce ne soit la reine elle-même qui veuille récupérer tous tes trésors ! ajouta Rancunia, caustique.

– Vilaine moqueuse ! Si c'est vrai, on arrosera ça au bourbon, ça sera bien fait pour toi !

– Mais où sont les autres ? demanda l'Autruche à José, qui venait de servir un thé à Lilybeth.

– La señora Chouris veut dormir encore, elle m'a juste demandé dou café dans uno thermos.

– Et Patrice, où est-il ?

– Euh… Yé crois… qu'il n'est pas rentré, yé frappé, mais y a personne !

– Quoi ? s'écria Rancunia, mais il lui est peut-être arrivé quelque chose ?

– Te fais pas de bile, enchaîna l'Autruche, ça y est, il a dû découcher, il fallait bien s'y attendre !

– Il est majeur et vacciné, laissez-le donc tranquille ! leur répondit Lilybeth en souriant, ce n'est ni votre mari ni votre fils, qu'est-ce que ça peut vous faire ?

– Mais José, vous étiez bien avec eux deux, hier soir ? insista Rancunia.

– Yé ramené la señora, mais por el señor, yé né sais rien !

– Mais c'est incroyable, où peut-il-être ?

– Il est là ! Bonjour Mesdames, lança Patrice en entrant. C'est gentil de vous inquiéter pour moi. José, je peux avoir un café ?

Il prit place autour de la table, en leur adressant un tel sourire, qui semblait bien dire « Vous ne saurez rien, espèces de vieilles ragoteuses ! » qu'elles n'osèrent pas lui poser la moindre question.

– Alors ? Quelles sont les nouvelles du jour ?

Lilybeth lui raconta toute l'histoire de son collectionneur mystère et de l'aéroport.

– Je vais tout de suite aller appeler Chloé, elle doit bien avoir un moyen de vérifier si c'est plausible.

Gervaise entra à ce moment-là pour prévenir Rancunia que deux personnes venaient d'arriver pour elle.

– Mes enfants, ça y est, l'atelier-couture va ouvrir ses portes, vous feriez bien de me souhaiter bonne chance !

– Alors merde ! lui répondit l'Autruche.

– Oui merde et re-merde ! enchaîna Patrice.

– Je dirais même plus : merde, merde, merde ! conclut Lilybeth en riant comme une gamine.

– Je ne vous dis pas merci, vous n'êtes que de pauvres cloches fêlées, et elle sortit en haussant les épaules.

– Moi, je vais aller appeler André, leur confia l'Autruche, ça me changera les idées de répéter avec lui.

– Mais si vous êtes trop triste pour chanter, on peut tout à fait annuler la date de votre récital.

– Non, au contraire, si vous saviez comme je regrette que ma mère ne voie pas ce que j'arrive à faire devant un public ! Je l'avais tellement saoulée avec mes rêves de scène quand j'étais gamine.

– Elle te verra de là-haut, lui répondit doucement Lilybeth, et elle sera fière de toi, c'est certain.

– Tu es gentille, c'est ce qu'il faut se dire, de là où ils sont, finalement ils voient tout.

Ils la regardèrent sortir en se demandant si elle n'était pas en train de leur cacher une larme.

– Et vous ? J'espère que vous n'allez pas pleurer quand tous vos souvenirs partiront ?

– Non, lui répondit Lilybeth, moi ce n'est pas pareil, je ne suis plus seule, j'ai mon Harold et ça change tout !

Il l'embrassa tendrement et ils montèrent l'escalier bras dessus bras dessous, pour regagner chacun leur chambre.

Le jour suivant

Le Patio sans Ladygold, ce n'était plus la même chose, et tous le ressentaient. Elle était l'âme de cette maison, le lien essentiel qui reliait tous les fils invisibles de cette harmonie, aussi fragile que bienfaitrice.

Alors quand elle revint, ils l'entourèrent et la fêtèrent comme une troupe de sales gamins privés de leur tendre et nourricière Mama.

– Mais arrêtez de me lécher la pomme comme ça, je ne suis partie que trois jours ! Je vous ai manqué à ce point ?

– Eh bien oui ! lui répondit Rancunia, tu es contente ?

– Tu es un peu notre Bonne Mère, nous avons toujours besoin de toi, lui dit tout doucement Lilybeth.

– Je te remercie, mais jusqu'à ton départ, ma petite vieille, c'est encore toi la doyenne !

– Et après ce sera toi, ouf ! lui dit l'Autruche.

– Eh bien… pas si sûr ! Car j'ai un scoop à vous annoncer, asseyez-vous tous.

Ils obéirent sagement et, curieusement, se turent. Quand elle leur parlait sur ce ton, c'était toujours important.

– Seriez-vous d'accord pour que Nonette revienne parmi nous ? Attention, vous devez voter, réfléchissez bien, même si c'est ma sœur, je ne peux rien décider toute seule, il faudra l'unanimité comme d'habitude.

– Mais le Patio, c'est elle qui t'a donné l'idée de le créer, lui répondit Rancunia, alors pour moi, c'est une évidence, elle sera toujours la bienvenue. Nous lui devons beaucoup, en fait c'est un peu notre présidente d'honneur !

– Notre Reine Mère ! ajouta Lilybeth avec humour, je lui rends le titre de doyenne avec joie, mais je regrette de partir, je l'adore, alors je viendrai souvent la voir.

– Mais tu n'as pas peur qu'à son âge… demanda Souris

– Elle va avoir 92 ans et elle plus fraîche que nous toutes ! Elle a une santé de fer et avalerait des clous, je ne sais pas si c'était pour compenser son chagrin mais rien ne lui fait peur, ni la charcuterie, ni le chocolat, ni les verres de vin, et en plus sa tête fonctionne à plein régime. Nous avons beaucoup parlé, toutes les deux, et elle m'a littéralement fascinée. Son Paulo, elle ne regrette pas une seconde de l'avoir épousé, même si leur union n'a duré que 90 jours ! « Si tu avais eu, comme moi, le regret, toute ta vie, d'un fruit défendu, m'a-t-elle dit, tu n'aurais pas hésité à le cueillir quand il se serait présenté à toi. » Les parents avaient empêché le mariage mais, pour elle, les années n'ont pas compté, seul l'interdit l'a frustrée. C'est l'apanage de l'âge, le pouvoir de décision, et surtout l'idée de tirer la langue à nos parents, qui l'ont poussée à vouloir aller jusqu'au bout. Mais elle ne voulait pas heurter ses enfants ni choquer ses petits-enfants. Ça équivalait, encore, à devoir demander la permission. Heureusement ils lui ont intelligemment laissé carte blanche, et elle leur en est profondément reconnaissante. On en revient toujours à la même question, celle que nous nous posons nous-mêmes, faut-il vraiment un jour, lorsqu'on vieillit, accepter de devenir l'enfant de ses enfants ? C'est un peu pour ça qu'elle est prête à revenir parmi nous, elle ne veut pas dépendre d'eux, devenir une charge. Se dire tous les jours, ils font ça ou pas ça à cause de moi, ils ne veulent pas me laisser seule, ils ont peur que je sois malade, bref tout ce que des parents se disent quand ils viennent d'avoir un enfant. En 48 heures, j'ai vu ce que ces problèmes de dépendance provoquaient, une grand-mère âgée dans une famille on en prend soin, certes, mais l'on soupire à tout bout de champ ! Elle m'a bien fait rire quand elle m'a raconté que son gendre, qui marche avec une canne, lui, ne pouvait pas s'empêcher de lui dire, chaque fois qu'il la voyait : « Alors, elle va bien, la Mammy ? » Elle, dans sa tête, lui répondait invariablement : « Oui et elle t'emmerde la Mammy, pauvre con ! »

Nous avons oublié tous ces problèmes ici, quel bonheur d'être ensemble et de ne pas bêtifier sur l'âge, la vieillesse où je ne sais quoi encore ! Sachez que je vous aime.

– Nous aussi, on t'aime ! s'écrièrent en même temps Souris et l'Autruche.

Rancunia et Lilybeth se levèrent pour l'embrasser et Patrice attendit son tour pour la prendre dans ses bras.

– Je suis très impatient de connaître votre Nonette, lui dit-il à l'oreille, mais il ne faudra pas me faire des scènes de jalousie si je vous trompe avec elle !

– C'est ma sœur aînée, avec elle je veux bien partager.

– Si nous sommes tous d'accord, il ne restera plus que deux chambres vacantes, elle va arriver quand ? demanda l'Autruche, parce que, je vous le rappelle, nous avons toujours la Patty sur le grill !

– Elle attend mon feu vert, elle voulait être certaine que personne ne s'y opposerait, il suffit qu'elle commande son déménagement et tous ses meubles reprendront leurs places. Pour Patty, il faut que je la rappelle, nous nous devons de la revoir, après tout c'est moi qui ai interrompu l'entretien à cause de Paulo.

– Moi, je ne suis pas pressée de le reprendre, lui dit sèchement Rancunia.

– Bon, maintenant il faut que je vous avoue quelque chose, enchaîna l'Autruche. On a enterré Maman hier et je ne vous ai rien dit parce que je ne voulais pas que vous veniez. Un enterrement c'est déjà éprouvant, alors ceux des autres c'est carrément l'horreur, j'ai toujours trouvé ça mille fois plus pénible à se farcir. Je n'avais d'ailleurs prévenu personne, alors ne m'en faites pas un fromage, c'est mieux comme ça. J'ai pleuré un bon coup, ma conne de sœur encore plus, mes filles très peu, et mes petites-filles, qui l'avaient très peu connue, pas du tout. Voilà, c'est fini, on n'en parle plus, si ce n'est que cette idiote de Bridgette avait, elle, rameuté tout son club de bridge, je ne vous raconte pas le ramassis de vieilles croûtes qui nous ont regardées chialer, c'était insupportable ! Et, évidemment, il y avait cette saoulante de Radio-Cancans qui m'a poursuivie, comme si c'était le moment ! Elle m'a débité tout son laïus de condoléances et a carrément enchaîné sur les dîners de veuves. Et quand allons-nous nous voir, et patati et patata, bref je lui ai cloué le bec en lui répondant que la fontaine à champagne était tarie, que c'était la crise et que ce genre de dîner, il fallait oublier pour un moment. Le message a dû passer vite fait à l'ensemble de la bande. Et merde, après tout !

– Tu aurais pu quand même nous prévenir, lui répondit Souris, si nous formons plus qu'une famille, comme vient de te l'expliquer Ladygold, c'est aussi pour nous soutenir dans ces moments difficiles.

– Écoute, ma chérie, pour être tout à fait franche, je ne voulais surtout pas que vous soyez là ! Vous représentez le Patio, et, pour moi, la vie au Patio se doit de rester dans la joie et le bonheur, pas dans le sinistre et le drame, tu peux comprendre ? S'il te plaît, oublions, et parlons plutôt de nos projets. Il me manque des chansons, vous deviez m'en donner d'autres. Comment a marché l'atelier-couture ? Quand allez-vous, avec Patrice, commencer à recevoir des retraités ? Le prochain cours de sévillana est demain, il faut raconter à notre Lady la première pioche du tronc, et toi ? Ton ancien jules, comment était-il ? Qu'est-ce que vous vous êtes raconté ? Il t'a un peu tripoté ? Voilà, ça c'est la vie au Patio, la vie que nous aimons, laissons tout le reste de côté. « Putain bordel » comme dirait Charlotte, après toutes mes larmes, j'ai envie de rigoler, et si nous nous tapions une petite coupe, il en reste des bouteilles de la Patty ?

Ladygold se mit à l'applaudir et tous suivirent son exemple :

– Bravo, ma grande, tu réagis comme il le faut, lui dit-elle, nous t'aimons !

– Bon, alors si tout le monde aime tout le monde, avec qui pourrai-je échanger quelques perfidies ? leur demanda Lilybeth, pleine de malice comme à son habitude.

Ils racontèrent la danse des blondes, les radines en survêtement, le pseudo-magot dans le tronc, puis Rancunia, à son tour, détailla son premier cours de coupe et ses rendez-vous déjà programmés avec quelques blondasses pour les jupes espagnoles. On en arriva à Souris et au match de rugby, Ladygold, sidérée par tout ce qu'elle avait raté en si peu de temps, voulait tout savoir.

– Il s'appelle Benoît, ça, ça n'a pas changé, leur confessa Souris, en revanche son tour de taille, lui, a beaucoup évolué ! Mais, comme me l'a aimablement rappelé, cette garce d'Autruche, ma poitrine aussi s'est étoffée. Notre flirt remonte à plus de 45 ans, et entre les slows, sur du Paul Anka, on dansait le rock, alors… comme on dit, « on ne peut pas être et avoir été. » Bref, je l'ai trouvé plutôt charmant, nettement moins beauf que dans mon souvenir. Et il est veuf ! Ce qui ne veut pas forcément dire qu'il est libre, mais c'est déjà un bon point, enfin c'est ce qu'il prétend. Il a eu une grosse affaire de cuir, ceintures, blousons, etc, comme il y en avait pas mal dans le Sud-Ouest il y a un certain temps. Et il vient de la vendre, alors il réfléchit à ce qu'il va pouvoir faire de sa retraite, ce sera un client pour vous Patrice, moi je ne lui montrerai certainement pas comment se brancher sur les sites de rencontres ! D'ailleurs, quand vous le verrez, merci de rester tous discrets sur le sujet, je ne tiens pas du tout à ce qu'il soit au courant de mes conneries. Nous sommes sortis avec les garçons pour fêter la victoire de l'équipe locale, c'était sympa, on a picolé, on a chanté et on a vaguement flirtaillé, mais rassurez-vous, rien de bien méchant, imaginez-vous que j'avais José comme chaperon !

– Ah ça, c'est trop drôle, voilà encore une nouvelle partie de son job qu'il a dû découvrir, je parie que ça l'a l'enchanté. Mais Patrice t'avait laissée tomber ?

– Je me suis fait discret, je suis rentré de mon côté.

– Alors tu vas le revoir, ton Benoît ?

– Oui, enfin on doit se rappeler, il est descendu chez son fils. Je ne sais pas quand il compte repartir. Nous verrons bien, je reste zen, pour une fois.

– Et notre Grenouillette ? Vous avez des nouvelles ?

– Oui, ça va beaucoup, beaucoup mieux. Elle joue les chaperons, elle aussi ! Elle m'a envoyé un mail pour me tenir au courant. Figurez-vous que Charlotte a eu un coup de cœur pour le rhumatologue qui était venu gentiment ausculter la malade. Il a fini par venir deux fois par jour, elle a trouvé ça bizarre parce qu'en réalité, elle n'avait plus de fièvre. Et quand il a parlé d'éventuellement prolonger son séjour, Charlotte a paraît-il sauté sur l'occasion pour l'inviter à demeure. Il est toujours là et ça roucoule ! La Grenouillette ne va pas tarder à rentrer parce qu'elle se sent un peu de trop. Quant à moi, après ce scoop, « putain-bordel, je suis sur le cul ! »

– Destin, volonté, hasard. Je ne vous le répéterai jamais assez, c'est magnifique ! conclut Ladygold, enchantée par toutes ces nouvelles.

Harold frappa doucement à la porte avant d'entrer :

– *Sorry to disturb you*, *but* le collectionneur vient de m'appeler, il se posera dans trois heures *at* Garons-Airport avec son propre jet, il faut aller le chercher, *is it possible* ?

– Qu'est-ce que c'est que cette histoire, encore ?

– C'est grâce à Chloé et à son Internet, lui répondit Lilybeth, c'est un Anglais qui veut acheter toute ma collection.

– Alors là, pardon, mais « putain-bordel, moi aussi je suis sur le cul ! »

Plus tard

Ils avaient préféré laisser Lilybeth et Harold partir seuls avec José. Ils attendaient tous leur retour en essayant de s'occuper, pour ne pas avoir l'air d'un comité d'accueil officiel.

Ce que Patrice redoutait arriva plus tôt que prévu. Ladygold l'entraîna sous un prétexte quelconque dans son salon.

– Alors vilain cachotier, on ne me raconte pas tout ?

– Ça n'a pas traîné, les joyeuses commères du Patio ont déjà sévi ! Qu'est-ce que vous voulez que je vous dise ?

– Ne me dites que ce que vous voulez bien m'avouer, le reste ne me regarde pas, au fond. Je pensais pourtant être devenue votre confidente ?

– Alors jurez sur la tête de votre petit-fils que ça restera entre nous !

– Je vous remercie de la confiance, ça fait plaisir ! Je le jure, et dites-vous bien que ce n'est pas de la curiosité malsaine, je ne souhaite que votre bonheur ici. Si vous voulez découcher, c'est votre affaire, le Patio n'est pas une prison, que je sache !

– Je pense que ça va beaucoup vous amuser, c'est bien la première fois que ça m'arrivait, et il fallu que j'attende l'âge de la retraite pour le vivre, il m'a fait le coup de la panne !

– Quoi ? dit-elle en éclatant de rire, tout en se laissant tomber dans son fauteuil.

– Tous les autres voulaient aller fêter la victoire de l'équipe, moi je n'étais pas très chaud, lui non plus, alors il m'a proposé de me raccompagner.

– Mais qu'est-ce qu'il fichait là ?

– Il était avec Poulet et le Tilouc, je pense qu'ils sont tous supporters de l'équipe. Enfin je n'en sais rien, est-ce le hasard ou savait-il que j'allais assister au match ?

– José bavarde beaucoup trop.

– Toujours est-il que je me suis retrouvé à minuit dans sa voiture. Nos accolades, lors du match, ne m'avaient pas laissé de doute. Ce type est frustré, il n'ose pas s'assumer tel qu'il est dans la vie de tous les jours, mais croyez-moi, ça le démange.

– Et alors ?

– Il a voulu prendre de l'essence en sortant de l'autoroute, il prétendait que son réservoir était à sec, mais à cette heure la station qu'il connaissait était fermée. Moi, ça me faisait rigoler parce que je voyais bien la jauge et nous aurions pu faire encore quelques kilomètres. Je me suis demandé ce qu'il allait faire, eh bien, chose curieuse, juste à quelques mètres de la station fermée, il y avait un hôtel genre Ibis ou Formule 1 !

– Incroyable ! Le coup de la panne devant l'hôtel, on se croirait dans un mauvais film, non ?

– C'est bien ce que j'ai pensé, mais qu'est-ce que je pouvais faire ?

– Et alors ?

– Alors j'ai éclaté de rire, deux sexagénaires jouant à se cacher, comme des ados, la situation était plus que comique. Nous avons donc pris une chambre, vidé quelques bouteilles du minibar, bavardé un moment, et c'est moi qui ai éteint la lumière, je le sentais tellement coincé et peu sûr de lui !

– Et alors ?

– Alors vous n'en saurez pas plus ! Mon seul regret…

– Ah oui ?

– C'est que vous n'ayez pas vu les tronches de nos petites copines quand je suis rentré le lendemain matin !

– Merde alors ! En plus, le film qui devenait croustillant passe à l'écran noir total, tout ça est d'un frustrant ! Moralité, il en est ?

– Évidemment, et c'est bien vous qui me l'aviez dit, il ne peut pas s'afficher ou fréquenter qui que ce soit en ville, il a trop peur des ragots. Votre analyse était la bonne, vous avez l'œil, « Miss Marple » ! Mais surtout, ne racontez rien de tout ça à quiconque, il tient à son secret et c'est son droit.

– À moi de vous faire rire, vous savez comment je l'ai su vraiment ? Eh bien, c'est ma sœur, la Nonette, qui devait bien avoir 85 ans à l'époque, qui m'a dit un jour sur un ton badin, en sortant de la pharmacie : « Le Jérôme, comme deux et deux font quatre, il est de la jaquette flottante ! » Je l'avais toujours trouvé un peu bizarre, mais, en fait, ça ne m'avait jamais effleurée plus que ça !

C'est Souris qui vint les prévenir que le minibus venait d'arriver, elle avait fait le guet. Ils se retrouvèrent tous dans le jardin, faisant semblant de parler plantes. Lilybeth fit les présentations et l'Anglais, qui parlait assez bien le français, les félicita tout de suite pour la magnificence du jardin. C'était un Anglais type, joues bien roses, chevelure grisonnante et foisonnante, la soixantaine passée, avec une certaine élégance, en blazer et cravate club mais avec un jean et de superbes chaussures lustrées. Il ne portait qu'une sorte d'attaché-case, un peu épais, comme ceux des pilotes. Il se présenta et leur expliqua, en parlant toujours très lentement pour ne pas faire de faute de français, que c'était grâce aux tabloïds, qui avaient relaté l'histoire du mariage et sommairement évoqué la passion de Lilybeth, qu'il avait fait rechercher et trouver l'article complet sur la vie au Patio. Il avait alors bêtement hésité à entrer en contact. Ce n'est que plus tard, en voyant l'annonce de la vente sur eBay, qu'il avait fait le rapprochement avec la collection de Lilybeth, ce genre de lot ne courait pas les rues. Lui-même était un passionné de la royauté, rien ne lui échappait, et s'il collectionnait lui aussi tous les objets et ouvrages qui s'y rapportaient c'était pour en décorer les nombreux salons de ses hôtels à travers l'Angleterre. La clientèle adorait ça.

Ils laissèrent Lilybeth et Harold aller lui faire visiter le salon-musée, et s'installèrent dans les chaises longues puisqu'il faisait encore beau.

– Pas mal le mec, dit tout de suite Souris.

– Et si il a des hôtels et un avion personnel, je dirais même plus, pas mal du tout ! ajouta l'Autruche.

– Tenez-vous, bande de greluches, ne faites pas louper la vente ! leur ordonna Rancunia.

– D'ailleurs, vous êtes fiancées toutes les deux maintenant, alors soyez sages, on ne louche pas sur le gentleman, ajouta Patrice en ricanant.

– Mes enfants vous m'enchantez, leur dit Ladygold, on dirait que vous avez tous quinze ans !

Lilybeth réapparut la première, la larme à l'œil.

– *It's horrible* ! leur dit-elle en prenant son mouchoir.

– Quoi ? Il ne veut plus acheter ?

– Non, il veut tout, même les meubles ! Mon salon tout entier !

– Eh bien, c'est inespéré, tu devrais être contente ?

– Non, c'est comme si on allait m'arracher la peau !

– Tu t'installes, alors fais comme les jeunes mariées, balance ton fouillis de jeune fille, fais table rase et cours chez Ikea, ça ira beaucoup mieux dans cette maison moderne.

– Mais…

– Ne fais pas ta mémé chiante, là tu fais ton âge ! lui cria l'Autruche.

– Oh ! Tu crois ? répondit-elle, ébranlée, alors vous pensez tous que je devrais accepter ?

– Vends !

Elle les regarda en silence, se moucha et repartit voir l'acheteur en leur criant par-dessus son épaule :

– C'est Nonette qui a raison, la vie n'est jamais finie !

Les hésitations de Lilybeth devant chaque objet avaient retardé l'Anglais. Quand il réapparut, il s'isola sur un banc pour passer plusieurs coups de fil.

– Mon plan de vol est dépassé, je ne pourrai redécoller que demain matin à 7h, connaissez-vous un bon hôtel dans le quartier ?

– Mais *my dear*, nous avons toujours une suite prête pour les invités, lui répondit tout de suite Ladygold, *welcome in the Patio* !

– C'est très gentil, *thanks*, heureusement que j'ai un petit change *in my pilot-case*. Nous allons avoir le temps de parler, qui va pouvoir me raconter toute votre organisation ?

D'un regard échangé avec Ladygold, Rancunia comprit qu'il lui fallait courir en cuisine pour improviser un dîner avec José. Souris et l'Autruche filèrent chacune dans leur chambre pour se changer et, sans doute, se refaire une beauté. Harold essayait de consoler sa femme, et Patrice préféra tenir compagnie à Ladygold qui commença à raconter toute l'histoire de leur cohabitation.

Il fut passionné par le récit, répétant plusieurs fois « *It's interesting, it's so interesting* ».

Lilybeth, à qui Harold avait dévoilé le montant exact de la transaction, était devenue soudain raisonnable. Elle arriva, suivie de Gervaise et son plateau, pour offrir un bourbon à son très généreux acheteur. Très surpris qu'elle n'aime que ça, il lui promit de lui en envoyer une caisse de sa propre marque. Leurs amours passèrent au beau fixe et elle en devint mielleuse :

– David, *it's so nice* de vous avoir rencontré, je suis heureuse que tous mes chers trésors tombent en si bonnes mains !

Il s'isola à nouveau pour passer d'autres coups de fil et, quand il revint vers eux, il leur confirma la date du déménagement, un camion allait venir tout exprès d'Angleterre. Il prit alors Harold à part pour lui donner les détails du règlement par virement. Après un court passage dans sa chambre, il félicita Ladygold pour la décoration, s'excusa de ne pouvoir se changer pour dîner et coupa enfin son téléphone. Un vrai gentleman.

Le dîner fut animé, Souris et l'Autruche rivalisèrent d'amabilité et de questions. Il sembla s'en amuser, leur confirma qu'il était marié et père de trois enfants, et parvint néanmoins à toujours relancer la conversation vers les autres. Poliment, il commença par faire parler Lilybeth, lui demandant comment elle avait eu l'idée de cette ahurissante collection, puis il se tourna vers Ladygold pour qu'elle lui énumère les règles en cours au Patio. Il s'adressa ensuite à Rancunia pour qu'elle lui explique comment elle était arrivée là. Puis il posa la même question à l'Autruche et enfin à Souris. Ils en étaient au dessert, la fameuse compote de Rancunia, quand il s'excusa de poursuivre en anglais, c'était plus facile pour faire raconter à Harold sa carrière d'horloger de la famille royale.

Patrice profita de ce moment pour demander, avec humour, des nouvelles d'André et de Benoît, les deux fiancés des deux méchantes sœurs de Cendrillon. Elles lui tirèrent la langue en même temps, ce qui ne pouvait échapper au David.

– Et vous, Monsieur, qui semblez plein d'humour, qu'est-ce qui vous a poussé à venir vivre au milieu de ces charmantes ladies ?

– J'ai tout de suite été jaloux de leur joie de vivre, ma vie se perdait dans un couloir sinistre, alors je n'ai pas hésité une seconde, je suis tombé amoureux de tout le lot !

– Et nous l'avons adopté à l'unanimité, spécifia Ladygold.

– Mais alors… ?

– Alors pas de soucis, je commence à avoir l'habitude de susciter la curiosité, c'est pourtant simple : *I am gay, Sir, so no problem* !

Il éclata de rire et tourna son regard autour de la table, mais, visiblement ravies de cette réponse, elles lui souriaient toutes en silence, Harold y compris.

– Bravo, dit-il à Patrice, ça a le mérite d'être clair ! *I really love your* maison et l'ambiance qui règne ici, parmi vous tous, c'est une jolie idée *and a wonderful story*. Je viens d'avoir une idée, si vous le permettez, j'aimerais revenir, pourquoi pas le jour du déménagement, pour vous présenter ma sœur. Elle a seulement 60 ans et vient de perdre, hélas, son mari. Elle s'ennuie et ne supporte plus le climat de notre Angleterre. S'il y a une possibilité, je suis sûre qu'elle aimerait beaucoup venir vivre ici, elle parle français et adore le Midi de la France, *and* avec vous tous, *I'am sure she will be happy*. Mais si vous êtes d'accord, évidemment !

– *Why not* ? lui répondit Ladygold, mais il faudra qu'elle soit acceptée à l'unanimité, nous ne pouvons faire d'exception, vous le comprenez ?

– *Oh yes* ! Vous permettez que je vous prenne en photo ?

Il ralluma son iPhone et ils se serrèrent tous les uns contre les autres pour poser, en lui souriant à pleine dents.

– Pour votre sœur, enchaîna Patrice, vous pouvez lui dire que nous avons un site depuis quelques jours, c'est la jeune journaliste qui a écrit l'article qui l'a réalisé pour nous et c'est elle, également, qui a eu l'idée de proposer la collection de Lilybeth sur eBay.

– Cette petite devient notre mascotte, que de joies grâce à elle ! précisa Ladygold.

– Donnez-moi son adresse mail, je vais la remercier et comme je dois faire une brochure en français sur mes hôtels, peut-être que ça l'intéressera ?

– Ce serait formidable, *we love her* ! ajouta Lilybeth.

Harold enchaîna en anglais pour lui demander s'ils devaient emballer les objets, il y avait aussi le problème de la collection de magazines. Mais David le rassura, les déménageurs se chargeraient de tout, c'était prévu.

Ils se retrouvèrent tous dans le salon de Lilybeth après le dîner et José proposa du café, des tisanes ou des digestifs. David prit encore quelques photos et promit à Lilybeth de les inviter dans un de ses hôtels. Elle lui sauta au cou et ils montèrent tous se coucher, après avoir chargé José de lui servir un thé à l'aube et de le raccompagner à l'aéroport. Il ne fut pas question d'adieux, puisqu'il devait revenir.

Le lendemain

Ladygold avait trouvé un mot de remerciement, en bonne et due forme, sur la table de salle à manger. Il passa de main en main, et tout le monde s'accorda pour reconnaître que ce David était « *so charming* ».

Patrice avait appelé Chloé, avec Lilybeth à ses côtés, pour la remercier. D'autant plus que ses « pioches » lancées sur les différents blogs et sites de seniors de la région avaient, elles aussi, donné de bons résultats. Il y avait plusieurs pistes intéressantes et ils s'empressèrent, avec Souris, de rappeler tout ce beau monde.

L'Autruche s'enferma dans son salon avec André, ils devaient faire un choix parmi d'autres chansons. Ladygold, ayant son premier rendez-vous avec les parentes de l'étudiant marocain, demanda gentiment à Harold, Patrice et José d'éviter de se montrer, il valait mieux leur cacher les hommes pour les mettre en confiance. Quant à Rancunia, elle avait intelligemment programmé un cours de coupe avec des blondes, deux heures avant la nouvelle séance de sévillana.

Bref, le programme du Patio était enclenché, chacun s'attelant à sa mission, et l'après-midi fut si surchargé qu'on aurait dit une ruche. Le timing fut parfaitement respecté, les Beurettes remercièrent Ladygold de sa première leçon et de ses précieux conseils par quelques youyous folkloriques. Elles s'acquittèrent toutes d'un petit don dans le tronc et se sauvèrent juste avant l'arrivée du Tilouc, cette fois moulé à souhait dans sa tenue jaune fluo de coureur cycliste, casquette comprise. On avait évité le choc culturel.

Les blondes réapparurent toutes, sans exception, les survêtements ayant cette fois laissé la place à quelques jupes faussement gitanes, et José put reprendre avec joie son rôle de maître de ballet.

Installée sur un petit banc de teck pour assister à la leçon, Ladygold tomba des nues quand elle découvrit l'originalité de la mise en scène et l'ordre d'apparition dans la danse de toute la troupe du Patio. L'arrivée sur la fin de Lilybeth en vedette absolue, vampant José, lui fit perdre tout contrôle, elle plongea dans un tel fou rire qu'elle faillit s'en étrangler. Ce fut alors aux blondes de s'inspirer des profs, et le Tilouc fit un malheur en imitant les déhanchés de José, on avait rarement vu un coureur cycliste, en tenue de compétition, prendre des poses de matador. Celle qui devait être sa principale groupie s'empressa de le mitrailler béatement avec son téléphone. Au final, les deux troupes s'applaudir mutuellement et, grâce au velcro, les jupes à volants de ses amies tombèrent une à une aux pieds de Ladygold. Son fou rire repartit de plus belle et il fut, cette fois, largement partagé.

Ils attendirent que tout le monde soit parti pour se précipiter sur le tronc. La recette du jour, entre les Beurettes, les pseudo-couturières et les blondes, n'était pas encore à la hauteur de leurs efforts.

– Ne vous faites pas de soucis, on va pouvoir bientôt se commander du champagne de nouveau, s'écria l'Autruche, parce que mon récital va faire grimper le chiffre d'affaires, vous verrez !

José en profita pour leur annoncer que le bouche-à-oreille avait, en effet, ameuté pas mal de monde, il allait être forcé de retourner voir son ami curé pour lui emprunter les vieux bancs qu'il avait vus entassés dans le grenier de l'église. Sinon, comment faire asseoir tout ce public ?

– Alléluia ! Notre bien-aimée sœur Autruche de la miséricorde va pouvoir chanter dans ses meubles, s'écria Souris, heureusement que Grenouillette n'est pas là pour voir ça !

– Espèce de vieille taupe jalouse ! Toi, c'est plutôt sœur Souris de la perpétuelle connerie !

– Joker, mes sœurs ! intervint Ladygold en riant, vous savez bien que la mère supérieure a interdit les grossièretés !

– Et pourquoi aurait-elle le droit, elle, de dire « putain-bordel » à tout bout de champ ? lui demanda vertement l'Autruche.

– Parce que c'est la divine Charlotte qui lui a passé ce tic et qu'elle trouve ça très chic !

Le dîner à quatre chez Damien était prévu le soir même. Jérôme passa les prendre en premier, Botoxia n'étant pas encore prête. Souris leva les yeux au ciel, la soirée ne s'annonçait pas simple avec cette mijaurée.

« Bisous-Bisous » fut fidèle à sa réputation, il les cribla de bises, de compliments et de remerciements, les installa à leur table et leur offrit un verre. Jérôme préféra leur spécifier tout de suite que c'était lui qui avait refusé une table ronde, il pensait que les femmes seraient plus confortablement assises, côte à côte, sur une banquette. Elles le remercièrent pour cette charmante attention, et Patrice comprit immédiatement le pourquoi du comment, quand il sentit la cuisse de Jérôme très nettement appuyée sur la sienne. Il eut le sourire aux lèvres en pensant au nombre de couples mariés qui devaient vivre le même genre de comédie, les femmes n'y voyant souvent que du feu. Mais, à la réflexion, il se dit que le contraire pouvait tout à fait exister, les hommes ne pouvant imaginer leurs femmes se caresser sous la table. Eux formaient deux faux couples ce soir, et personne dans la salle ne pouvait réellement savoir quelle farce était en train de se jouer, les apparences sont trop souvent trompeuses.

Souris, agacée de le voir perdu dans ses pensées, attaqua Jérôme d'emblée sur leur recherche commune de retraités.

– Mais qu'allez-vous en faire, grand Dieu ? demanda Botoxia, sidérée.

– On va les aider, Patrice pour leurs problèmes juridiques et fiscaux, et moi pour les brancher sur la toile, il y en a qui ne savent pas ce qu'Internet peut leur apporter !

– C'est une idée charmante et généreuse, enchaîna Jérôme, mais quel est votre intérêt dans tout ça ?

– Il n'y a pas de mal à faire le bien pour le bien, lui répondit Patrice, ça peut être grisant parfois. Mais je suis persuadé que vous adorez faire plaisir, vous aussi ?

Jérôme, qui n'était pas tout à fait à l'aise, prit ça pour un sous-entendu :

– C'est tout ce que j'aime, dans la vie comme dans mon métier, vous êtes très perspicace, mon cher Patrice.

– Et vous aussi, je suppose ? demanda Patrice à Botoxia.

– Moi, pour être franche, tout le bien que je peux faire, je le monnaie ! Ceux qui paient sont toujours reconnaissants, les autres sont souvent ingrats.

– Alors, pour être tout à fait francs nous aussi, si nous n'allons pas faire payer, au sens strict du terme, nous allons en fait « échanger ». Je te donne ça et tu me donnes ça.

– C'est du vulgaire troc ?

– Et pourquoi pas ?

– Échanger contre quoi ? s'étonna Jérôme.

– Contre la sauvegarde du Patio, répondit Souris très sérieusement.

Après leur avoir fait jurer une totale discrétion, ils leur racontèrent toute l'histoire dans les moindres détails, et les deux autres s'en amusèrent allègrement.

Jérôme semblait intrigué.

– Mais qui a eu cette idée saugrenue ?

– Lui ! répondit Souris en montrant Patrice du doigt.

– En plus, il fallait bien trouver une idée pour nous occuper, se justifia Patrice, on ne peut pas danser la sévillana tous les jours, nos articulations risqueraient de se mettre en grève !

Jérôme le regarda avec un petit sourire en coin et lui posa alors une main caressante sur l'épaule. Ça pouvait se justifier pour le féliciter, mais il la laissa une minute de trop et ce geste ambigu ne put échapper à Souris. Croisant son regard étonné, Jérôme se mit à la questionner sur cet ami qu'il avait aperçu l'autre soir au rugby. Ce ne fut que pour faire diversion que Souris se mit à raconter l'histoire de leurs retrouvailles, elle craignait que Botoxia n'ait remarqué, elle aussi, le geste très explicite de Jérôme. Mais celle-ci s'était visiblement mise à boire et semblait ne plus prêter attention qu'à son verre.

– Merde alors ! se dit Souris, ça m'a tout l'air d'être une vraie pochtronne, la Botoxia, quand je vais raconter ça aux copines, elles vont freiner sur les piqûres rajeunissantes, sinon l'autre risque de les louper et elles vont toutes se retrouver un jour avec d'affreuses lèvres de canard ! Ouf, j'ai eu cent fois raison de ne rien faire, moi je me trouve très bien comme je suis !

Elle profita du moment où Jérôme demandait un café au serveur pour faire un signe du regard à Patrice. Un peu trop accaparé par le frottement de la cuisse de son voisin – ça faisait si longtemps qu'on ne lui avait plus envoyé ce genre de petit signe et il trouvait ça finalement délicieux –, il n'avait pas du tout remarqué l'état dans lequel se trouvait désormais Botoxia.

– Je crois que notre amie est un peu fatiguée, dit-il à Jérôme, je vais demander l'addition.

– Non, elle est pour moi !

– Certainement pas, qui a eu l'idée de ce dîner ?

– C'est vous, vous n'avez décidément que de bonnes idées, il me semble ! Alors, merci infiniment. Je crois que je vais devoir raccompagner Marie-Élise en premier, si vous le permettez.

Quand il les déposa, plus tard, devant le Patio, il sortit de sa voiture pour embrasser Souris et, sans vraiment s'en rendre compte, ce qui les surprit tous les deux, il embrassa également Patrice pour le remercier à nouveau du dîner.

– Excusez Marie-Élise, la pauvre est affreusement fatiguée ces temps-ci, le moindre verre la grise.

Apres avoir refermé la porte en fer derrière eux, Patrice se retourna et dut faire face à une Souris, les deux mains sur les hanches :

– Vous me prenez vraiment pour une conne, espèce de triple salaud ! Si vous croyez que je n'ai pas vu votre petit manège ! J'ai eu l'impression de tenir la chandelle, heureusement que la Botoxia était bourrée, je pense qu'elle n'y a vu que du feu.

– Chut ! ma petite Souris, je vais vous demander de répéter scrupuleusement après moi : « Je n'ai rien vu, rien entendu, rien compris ! » Allez-y, répétez !

– Vous êtes dingue, j'ai tout vu, tout entendu et tout compris !

– Bon, alors moi, je vais raconter à votre Benoît votre partie de jambes en l'air avec l'affreux Coq Hardi !

– Vous me faites chanter ?

– Tout à fait, c'est de bonne guerre.

Elle éclata de rire et répéta, ânonnant comme une gamine :

– J'ai rien vu, rien entendu, rien compris !

– Bon, et maintenant au lit, avec chacun ses rêves ! Le prochain dîner à quatre, on pourra remplacer la Botoxia par Benoît, lui dit-il avant de l'embrasser.

– Chiche ! Gros pervers diabolique que j'adore !

Ordinateur Chloé,
Note n°2

Quand je disais que c'était le destin qui m'avait envoyée au Patio Secret, je ne me gourais pas !

Après tout un enchevêtrement de circonstances, plutôt ahurissantes, me voilà avec une proposition venant d'Angleterre ! Le type qui va acheter toute la collection de la petite Lilybeth m'a envoyé un mail de remerciement pour avoir eu la bonne idée de l'avoir mise en vente sur eBay, et il en a profité pour me féliciter pour le site. C'était déjà hyper élégant de sa part mais, à la suite de ma réponse pour le remercier à mon tour, il m'a branchée directement avec son fils Clive, avec qui il dirige leur chaîne d'hôtels cinq étoiles à travers le pays. Après deux ou trois échanges, on s'est finalement donné rendez-vous sur Skype, c'était plus simple de se voir. Je sais que les images ne sont pas terribles, mais le Clive en question m'a l'air vachement mignon ! Il parle très bien français, alors ça a été plus facile parce qu'en anglais, mon accent parisien le faisait beaucoup rire. Tu as fait quoi comme études, et bla-bla-bla, moi je suis diplômé d'Oxford, mais j'ai eu la chance d'avoir un père qui m'a tout de suite engagé, bref, très cool le beau Clive. On a fini par se parler presque tous les jours et il m'a demandé de l'aider à écrire une brochure en français, destinée aux agences de voyage de luxe. J'ai bien évidemment accepté, mais il me reste encore deux enquêtes à rendre, je ne pourrai donc attaquer son problème que dans deux ou trois semaines. Ça ne l'a pas refroidi, au contraire, mais il préférerait que l'on se rencontre avant. Tu réponds quoi à ce genre d'invite ? Tu fais ta coincée ou tu fonces ? Le problème, c'est que le boulot me plaît, mais j'ai peur que le garçon me plaise aussi, je ne peux quand même pas tout mélanger ! Comme il m'a sentie un peu hésitante, il m'a fait une drôle de proposition. Son père doit retourner dans quelques jours à Nîmes pour vérifier le déménagement de la collection Lilybeth, il a un avion à lui et sera accompagné de sa sœur, qu'il veut présenter à Ladygold et sa bande. Alors déjà, le truc de l'avion perso, ça m'a fait flipper, ou ils sont vraiment richissimes ou c'est du bluff ? Il a fini par me dire qu'il pourrait monter lui aussi dans ce zinc et en profiter pour venir me chercher, en passant au Bourget qui n'est réservé qu'aux vols privés. Là, franchement, c'est difficile à avaler, on est où, dans *James Bond* ? Il m'a vue rigoler sur l'écran, et ça a dû lui plaire. Le lendemain, il m'a conseillé d'appeler Lilybeth, elle avait vu l'avion et pourrait tout me confirmer si je ne le croyais pas. C'est vrai qu'elle ne m'avait pas raconté ce détail d'importance, sans doute trop perturbée par le départ de son trésor. J'ai hésité et puis j'ai téléphoné. Elle a ameuté toute la bande, elles ont branché le haut-parleur et quand j'ai raconté mes rendez-vous sur Skype avec Clive, elles se sont toutes mises à applaudir, comme à leur habitude. En plus, il y avait Patrice et Harold avec elles, parce que je les ai entendus crier « Bravo » tous les deux. J'avais l'impression d'avoir une bonne dizaine d'anges gardiens qui me poussaient à dire oui !

– Vas-y ma petite fille ! N'hésite pas ! Fonce ! Nous sommes ravis. On est tous avec toi. Il est beau ce Clive ? S'il te plaît, c'est épatant ! Tu as notre bénédiction.

Ils parlaient tous en même temps, c'était génial. Comment résister à cette bande de joyeux drilles qui m'ont prise en affection ?

J'ai quand même attendu qu'il me rappelle, ce qu'il a fait dès le lendemain, et j'ai dit OK !

Et maintenant, comme d'hab, je meurs de trouille, pas de monter dans un jet privé, ça sera pourtant la première fois, mais de rencontrer ce Clive.

Quoi qu'il arrive, je le dois à ces formidables bonnes femmes que j'adore et dont la jeunesse et l'ouverture d'esprit me bluffent à chaque instant. Je ne me le répéterai jamais assez, il faudrait vraiment que j'arrive à vieillir comme elles.

Mais je dois avouer que le Patrice m'enchante, lui aussi. Après tout, c'est lui qui m'a chargée de faire leur site. Nous devons être tous les deux dans la main du destin, nous étions arrivés au Patio le même jour, ça doit être un signe ?

Le jour des déménagements

Rancunia s'était chargé de prévenir la mairie et la police. Trois camions arrivant au Patio le même jour, ça présageait un peu de désordre dans le quartier. On se serait crus une veille de feria quand la voirie déboula en force pour poser quelques barrières. David leur ayant confirmé le jour de l'enlèvement du salon de Lilybeth, Patrice s'était débrouillé pour que ses meubles, arrivant de Paris, soient livrés en même temps, ça ne ferait qu'un seul chambardement dans la maison. Mais Nonette, sans le savoir, annonça la livraison de tout son mobilier dans la même journée. Tout ce va-et-vient promettait d'être un peu folklorique. Ils réalisèrent alors que l'arrivée des trois Anglais avec Chloé allait provoquer un souci supplémentaire, il fallait bien prévoir un déjeuner pour tout le monde, et avec toutes ces allées et venues, ça risquait de tourner au vrai casse-tête. Patrice se proposa de gérer les entrées et les sorties de meubles avec Harold. Souris se désigna comme gardienne des clés, avec tous ces gros bras qui allaient déambuler dans la maison, il valait mieux tout fermer, les salons comme les chambres non concernés par tout ce désordre. L'Autruche voulut s'occuper des boissons, mais ce n'était pas très compliqué, il ne restait que du rosé. Ladygold et Rancunia se creusaient la tête pour trouver une idée de menu, simple et pratique, ils allaient quand même se retrouver à onze ! Ce fut José qui trouva la solution. Profitant de cette journée particulière d'enlèvements et de livraisons, il avait demandé à Poulet d'emprunter sa camionnette pour aller chercher les bancs à l'église, le récital de l'Autruche étant le lendemain. Il suffisait de lui commander trois ou quatre poulets, déjà cuits à la rôtisserie, ils pourraient tout à fait arriver chauds, au milieu des bancs du curé, dans la camionnette. Lors de son passage dans les Halles, il pourrait en profiter pour acheter de la salade et quelques pélardons, et comme il était très copain avec le boulanger, il allait lui demander de leur faire des crêpes que l'on servirait avec les bonnes confitures maison de Maguelonne, la femme de chambre. Il ne restait plus qu'une sauce de salade à faire et c'était la señora Rancounia qui faisait la meilleure ! Il débita toutes ces idées à la vitesse de l'éclair, mélangeant allègrement un français approximatif et l'espagnol, mais tout le monde le comprit, pour une fois. Ils l'applaudirent chaleureusement, Ladygold se leva pour l'embrasser et c'est tout rougissant, et fier, qu'il fit crépiter ses castagnettes vocales en guise de remerciement.

Lilybeth lui glissa alors quelques billets dans la poche :

– Ce déjeuner est pour moi, après tout ce sont mes acheteurs qui arrivent !

– Tu as raison, Majesté, lui dit l'Autruche, avec tout ce que tu vas toucher, tu peux largement régaler tes pauvres vieilles copines qui, après le cidre normand, en sont maintenant au petit rosé de Provence ! Et dire qu'après la Patty Sasovian, nous allons encore recevoir des milliardaires, on dirait qu'il n'y a que nous dans la dèche !

– Mais chérie, la crise est derrière nous, le Patio sera renfloué dès demain puisqu'après ton récital le tronc va déborder, c'est toi même qui nous l'as affirmé, lui répondit Souris, mordante.

– Il reste deux bouteilles de champagne de la Patty, intervint Patrice, je les avais cachées pour une occasion quelconque, il n'y a qu'à les ouvrir pour l'apéritif.

– Deux bouteilles pour onze, c'est un peu chiche ! répondit l'Autruche, Rancunia va pouvoir me prêter son dé à coudre !

– Les Anglais, Harold et moi n'aimons que le bourbon, alors, ne te fais pas de souci, tu l'auras ta coupette ! lui répondit Lilybeth soudain furieuse, puisque ça te manque tellement, tenez José, prenez encore ce billet et rapportez une bouteille à Madame, sans ses bulles elle se sent pauvre !

Il y eut, pendant quelques secondes, un silence pesant, c'était la première fois qu'elle se mettait en colère.

– Mes chéries, joker ! s'écria Ladygold, vous n'allez quand même pas vous engueuler pour du champagne, ce serait grotesque.

Lilybeth éclata en sanglots et Harold la prit dans ses bras.

– Maintenant ça suffit ! intervint Patrice, la pauvre est bouleversée à l'idée de voir ses souvenirs s'envoler et vous, vous êtes attristée par le départ de votre mère et vous tremblez de trouille pour demain, alors arrêtez de jouer les divas, on s'en fout d'avoir du champagne ou non, vous n'avez rien compris, on peut tous s'en payer si l'on veut, nous ne sommes pas dans la dèche, comme vous dites, c'est le Patio qui doit faire attention, c'est tout ! Il y a des moments où l'on se croirait dans une cour de récré, vous n'êtes plus des gamines pourtant, allez, faites-vous une bise et qu'on en finisse, merde alors !

Rancunia se mit à l'applaudir, Ladygold et Souris en firent de même. L'Autruche écarta Harold pour prendre à son tour Lilybeth dans ses bras :

– Pardonne-moi, ma pauvre vieille, il a raison, je suis une vraie conne.

– Une triple conne ! ajouta Lilybeth dans un sanglot.

Elles s'embrassèrent en riant et Lagygold poussa un ouf de soulagement.

– Je déteste ces conflits, dit Rancunia en levant les yeux au ciel.

Souris s'approcha de Patrice pour lui parler plus discrètement :

– Quelle joie d'avoir un gros jules autoritaire à la maison, j'en tremble encore !

– Vous, arrêtez vos conneries sinon j'appelle le Benoît vite fait, j'ai de la matière pour le faire fuir !

Elle ouvrit la bouche, stupéfaite, cherchant en vain quoi lui répondre.

Heureusement, le téléphone du Patio sonna, les Anglais avaient bien récupéré Chloé et repartaient du Bourget, leur arrivée à Garons était prévue dans un peu plus d'une heure.

Patrice prit à nouveau les choses en main :

– Harold va venir avec moi, nous déposerons José aux Halles pour qu'il récupère la camionnette de Poulet, et nous filerons à l'aéroport. Si mon camion arrive le premier, voilà la liste de ce qu'il faut monter dans ma chambre, le reste ira dans mon salon.

– Mais vous allez conduire le minibus ? s'étonna Ladygold.

– Ce n'est pas un quinze tonnes, que je sache, j'ai mon permis depuis 42 ans, et je n'ai jamais eu le moindre accident, il n'y a que cette salope de Charlotte pour avoir peur avec moi !

– Mais, au fait, vous avez des nouvelles ?

– Non, elle doit être très accaparée par son rhumatologue. Quand elle est amoureuse, plus rien ne compte !

Tout son programme fut respecté si ce n'est que les camions venant de Paris et d'Angers arrivèrent en même temps, juste au moment où lui revenait de l'aéroport avec les Anglais. Il y eut, pendant quelques minutes, un léger vent de panique, et puis les choses se mirent en place, ce qui devait monter monta, et le reste fut déposé dans les deux salons. Patrice géra l'arrivée de ses valises, de ses cartons et de ses quelques meubles, et Harold se chargea de ceux de Nonette qui avait heureusement pris le soin de tout étiqueter, on ne pouvait pas se tromper.

Rancunia s'était éclipsée dans la cuisine pour faire sa sauce de salade, pendant que l'Autruche s'évertuait à ouvrir les bouteilles de rosé et que Souris mettait le couvert avec Gervaise. Maguelonne, elle, guettait l'arrivée de José, pour l'aider discrètement à décharger les poulets, les crêpes et le reste. Les bancs pourraient attendre.

Pendant ce temps-là, Ladygold, qui ne lâchait plus la main de Lilybeth de peur qu'elle craque à nouveau, avait préféré entraîner les invités au calme, dans son salon.

On aurait dit un ballet réglé comme du papier à musique.

Le déjeuner

Quand, enfin, ils se retrouvèrent tous dans le salon de Ladygold, Chloé, très en beauté et visiblement ravie de son voyage et de se retrouver à nouveau parmi eux, embrassa toute la petite bande. David put, alors, faire en bonne et due forme les présentations de sa sœur et de son fils. Carol, et sa petite soixantaine sexy, leur parut d'emblée charmante et très à l'aise. Elle souriait sans cesse et s'intéressait à chacun, posant toutes sortes de questions dans un français parfait, avec un délicieux petit accent :

– Alors, qui êtes-vous, vous ? Laissez-moi devinez, vous devez être…

Ladygold surveillait Rancunia d'un œil, redoutant toujours ses réactions négatives. Mais elle aussi semblait séduite par cette exquise Anglaise.

– Il paraît que je dois passer un véritable examen de passage si je veux venir vivre avec vous ?

– C'est la règle absolue, lui répondit Ladygold, vous ne pourrez pas y échapper, il faut nous convaincre de votre sincérité et surtout nous séduire à l'unanimité !

– Vous m'avez tous l'air très sympathiques les uns et les autres, mais je vais quand même trembler à l'idée de louper cet examen !

– Il faudra nous raconter votre vie, en détail, enchaîna Rancunia aimablement, et puis nous vous poserons toutes sortes de questions.

Le fait qu'elle intervienne tout de suite rassura Ladygold, elle n'était pas hostile, c'était déjà ça de gagné.

– Si ça ne vous ennuie pas, j'ai pensé que ce serait mieux de rester deux jours ici, pour mieux faire connaissance, enchaîna Carol, j'ai pris un petit sac de voyage, vous m'indiquerez un hôtel à proximité ?

– Non, nous ferons comme avec votre frère, il y a toujours une suite prête pour les invités, vous avez eu raison, soyez la bienvenue au Patio ! lui répondit Ladygold.

José et les femmes de chambre arrivèrent avec des plateaux. Il y avait du bourbon, du rosé et une seule bouteille de champagne. Les Anglais accompagnèrent dans leur choix Lilybeth et Harold, et David en profita pour leur annoncer qu'il avait apporté une caisse de sa production, elle était restée dans le coffre du minibus. Tous les autres firent exprès de demander du rosé et Chloé, sans rien savoir, les imita. L'Autruche se retrouva donc seule à boire du champagne et comprit le message :

– C'est ma came, leur dit-elle, sans mes bulles je ne suis rien, une vraie conne, capricieuse, lunatique et invivable !

– C'est comme une vieille voiture de collection. Pour éviter les ratés, il lui faut du super pétillant pour qu'elle démarre, la pauvre ! dit tout à coup Lilybeth avec sa malice coutumière.

Tout le monde éclata de rire, même l'Autruche, belle joueuse, qui lui lança un baiser pour toute réponse.

Patrice remarqua que Carol riait tout autant que les autres, c'était bien parti, elle était déjà rentrée dans le jeu.

Clive était superbe. Très élégant, en blazer et jean, comme son père. Il avait les cheveux longs, blond cendré, et un sourire éclatant, découvrant des dents d'une blancheur lumineuse. Chloé était visiblement sous le charme et lui la dévorait de ses yeux bleus qui, par instant, viraient au vert. Un petit coup de cœur avait bien eu lieu quand il l'avait accueillie au pied de l'avion. Ils avaient eu la surprise de se découvrir, tous les deux, beaucoup plus séduisants que sur les écrans de Skype. Il l'avait tout de suite embrassée, au lieu de lui tendre la main, et elle lui avait rendu ses deux bises, comme si c'était évident. Mais, une fois assis dans l'avion, chacun avec son ordinateur portable, ils se connectèrent immédiatement sur le projet de cette brochure en français, c'était du sérieux.

Ladygold, véritablement émue de la voir arriver avec ce beau garçon, avait pris la main de Chloé :

– Destin, volonté, hasard ! Tu t'en souviendras ?

– Oh oui ! Merci, je vous dois déjà beaucoup, lui avait-elle répondu en l'embrassant tendrement.

Le déjeuner fut très amusant, comme une réunion de famille quand elle peut être harmonieuse et chaleureuse. Tous étaient détendus et semblaient heureux de se voir. David était vraiment charmant, Carol avait un humour fou et Clive était brillant. C'est lui qui lança l'idée de monter l'équivalent du Patio Secret en Angleterre. Et David fut d'accord avec lui, il existait bien des résidences-seniors, comme partout, mais sans doute pas de « Cohabitation-Home » avec une organisation similaire, ce projet était à étudier sérieusement.

– Je vous l'avais bien dit, intervint Patrice en s'adressant à Ladygold, il fallait déposer le concept exact du Patio !

– Pas besoin de dépôt, moi, je vous l'achète votre idée ! lui répondit David.

– Attention, l'ex-directrice financière, c'est moi et je suis redoutable en négociations ! lui lança Souris.

– Mais pas de problème, votre prix sera le mien, c'est à vous de le fixer.

Ladygold, un peu gênée, le remercia de sa proposition et promit d'y réfléchir. Il lui était difficile, pour le moment, de quantifier ce que valait son « idée », ou plutôt celle de sa sœur Nonette puisque c'était elle qui la lui avait soufflée.

Carol sentit qu'il valait mieux changer de conversation, ce n'était vraiment pas le moment de parler business, elle les interrogea sur la vie quotidienne qu'ils partageaient :

– Qui fait quoi, en fait ?

Chacune lui raconta, à sa manière, mais toutes avec humour, ce qu'elle faisait pour la communauté. Quand on en arriva à Patrice, il fut très direct, comme toujours :

– Je suis le dernier arrivé, et après les avoir secouées sur la gestion du lieu, et organisé la parade, me voilà simple chien de berger ! Je n'ai que des biquettes à surveiller, il y a les dociles, les effrontées, les rebelles et les nigaudes, mais chaque jour elles changent de rôle, les dociles peuvent devenir complètement gourdes et les nigaudes peuvent se transformer en vraies terreurs, je vous assure que ce n'est pas de la tarte à gérer !

Après s'être extasiés sur les délicieuses crêpes aux confitures de José, ils retournèrent dans le salon de Ladygold pour le café. Et, quelques minutes plus tard, on vint leur annoncer l'arrivée du camion en provenance d'Angleterre. Lilybeth poussa un petit cri et serra la main d'Harold. Elle n'avait retiré que ses photos personnelles, devant Buckingham, sur le pont du Britannia, dans les jardins de Windsor et dans d'autres lieux symboliques de la royauté, mais tout le reste allait partir, les meubles, les objets, les tableaux, les livres et les magazines, c'était la passion de sa vie qui lui échappait. Comment la consoler ? Les trois Anglais l'entourèrent en lui assurant que toute sa collection serait mise en valeur, qu'il y aurait la mention de son nom dans chaque salon où elle serait disposée et qu'elle serait une invitée permanente pour venir admirer les décors ainsi reconstitués. À l'idée que son nom soit associé à tout ça, elle retrouva des couleurs et réalisa, enfin, qu'elle n'avait pas fait une si mauvaise affaire.

– C'est comme si tu vendais ta fameuse vieille voiture de collection, lui dit l'Autruche, tu vas pouvoir t'en payer une toute neuve, Majesté, elle consommera moins !

Elle encaissa le retour de la vanne en riant et conseilla à tout le monde d'aller surveiller les déménageurs, il ne fallait pas qu'ils cassent quoi que ce soit. Elle préférait rester à l'écart et reprendrait bien un bourbon, qui voulait l'accompagner ?

Quand tout fut chargé dans le camion, ils revinrent dans le salon et Carol demanda à quoi allaient servir tous les bancs que José était en train d'installer dans le Patio. Personne n'osa répondre, et l'Autruche sembla tout à coup paniquée. Patrice regarda Ladygold qui, elle non plus, ne savait pas quoi dire. Alors, il leur raconta toute la vérité. Le Patio traversait une passe difficile, il avait donc eu cette idée, un peu folle, de mettre tout le monde à contribution.

Quand son explication fut terminée, Carol, tout en essayant de garder son sérieux, s'étonna :

– Vous voulez dire que demain, ici, vous allez donner un récital de chansons pornos ?

– Non ! répondit l'Autruche, pas vraiment pornos, juste un peu grivoises, ce n'est pas pareil, c'est de l'humour certes un peu hot mais de l'humour, c'est tout !

– Mais il n'est pas question que je rate ça ! s'écria David, pourquoi nous ne restons pas un jour de plus ? Clive, ça te dit ? Et vous, Chloé, vous pouvez ?

Il y eut tout à coup un silence pesant pendant lequel tout le monde s'interrogea du regard.

Puis, Chloé et Clive firent signe qu'ils seraient d'accord, ils semblaient même ravis à l'idée de ne pas se quitter si vite. David, très excité par l'idée de rester, proposa de retenir très vite des chambres dans l'hôtel le plus proche, mais Ladygold refusa catégoriquement :

– Vous êtes nos invités, il y a trois suite libres, et la chambre de Grenouillette est disponible, elle aussi, elle ne verrait aucun inconvénient à ce que Chloé y passe une nuit, ce n'est donc pas un problème, c'est même très sympathique de votre part de vouloir rester, ça me touche beaucoup et notre vedette sera grisée de chanter devant vous, n'est-ce pas chérie ?

– Heureusement que vous ne comprendrez pas toutes les paroles, sinon je serais morte de honte !

– Mais moi, je n'ai pas de change ni de trousse de toilette, dit doucement Chloé, comment vais-je faire ?

– Ce n'est pas un problème, répondit Ladygold, Patrice va vous accompagner, tous les trois, chez son ami pharmacien, vous y trouverez des brosses à dents et tout ce que vous voudrez. (Patrice se retint de rire en entendant le sous-entendu et Souris lui fit un clin d'œil complice.) Pour le change rien de plus facile, vous déposerez tout ce que vous voulez laver ce soir devant vos portes, avec notre fée Gervaise, à qui je vais demander de rester tard, tout sera sec et repassé demain matin.

– J'adore votre façon de régler les problèmes, tout semble si facile avec vous, lui dit Clive, vous ne voulez pas venir travailler avec nous ?

– Il a raison, vous êtes géniale, on vous engage, ajouta David.

– Pas question ! s'écria Rancunia, elle est à nous et on y tient, on la garde.

– C'est vrai ! ajoutèrent Souris et l'Autruche, c'est notre Mama à tous.

Patrice s'approcha de Ladygold pour lui caresser la main, il avait bien vu qu'elle avait la larme à l'œil.

– Imaginez ce que je suis en train de vivre, leur dit tout à coup Chloé. On vient me chercher en jet privé, je déjeune avec vous tous, je vais dormir ici, sans problème comme vous dites, et on repartira demain après avoir écouté l'Autruche chanter des chansons cochonnes, et tout ça semble tout à coup si naturel ! Mais il n'y a qu'ici que ce genre de choses peut arriver, c'est magique, croyez-moi ! Je vous adore tous !

– Elle a raison, il y a quelque chose de magique ici, enchaîna Carol, vous voulez que je vous dise ? Je me sens tellement bien ici que je n'ai plus envie de vous quitter.

– Et si vous croyez que moi j'ai envie de partir, ajouta de sa petite voix Lilybeth, mais la règle est la règle, hélas, pas de couple à demeure.

– Merci à vous tous pour tous ces compliments, leur répondit Ladygold, j'en suis toute émue, mais pour être franche, je n'ai pas pensé à un autre problème, crucial celui-là, nous sommes onze et ça a l'air d'un gag, mais il n'y a rien à dîner !

– Alors je vous invite tous au restaurant, dit David, nous allons aller fêter ça dehors !

– Dad, lui cria Clive, il faudrait d'abord penser à changer notre plan de vol !

– Oh merde ! J'allais oublier ce détail.

Ils en sourirent tous les deux, comme si le jet était devant la porte et qu'il suffisait de rajouter une ou deux pièces dans un parcmètre.

Le lendemain matin

Carol était descendue, pour le petit déjeuner, dans un déshabillé rose saumon ravissant. Ladygold et Rancunia, toujours les premières levées, furent agréablement surprises de la voir agir si simplement.

– Les autres sont coincés dans leurs chambres en attendant leur linge, leur dit-elle en riant. Moi, au moins, j'avais prévu !

– Alors, puisque nous sommes toutes les trois, lui dit Rancunia, dites-nous pourquoi vous tenez tant à venir vivre ici ?

– C'est l'examen qui commence ?

– Non, pas encore, mais je m'étonne un peu qu'une femme, jeune et charmante comme vous, veuille venir cohabiter avec... disons, des seniors comme nous au lieu de vouloir revivre après votre deuil et pourquoi pas...

– Je vous arrête tout de suite. Je n'ai, premièrement, aucune envie de me remarier, deuxièmement je ne supporte plus le climat de l'Angleterre, je ne rêve que de chaleur et j'ai une passion pour le Midi de la France, ses couleurs, ses parfums, sa cuisine et la décontraction de son hospitalité ! Troisièmement, j'ai été mariée avec un homme plus âgé que moi, qui a huit frères et sœurs, tous très conservateurs comme lui ! Ils sont sur mon dos en permanence, soi-disant qu'ils ont juré à leur frère de veiller sur moi. Je ne peux strictement rien faire sans qu'ils le sachent, et il n'est pas question de rire ou même de sourire devant eux, je suis la belle-sœur-veuve et je dois tenir ce rang pour l'honneur de la famille ! C'est ça, le conservatisme britannique ! J'ai réfléchi à plein de solutions pour m'échapper, mais je ne me vois pas venir vivre seule à Avignon, Nice ou Menton ! Enfin, pour tout vous avouer, ayant toujours eu du personnel, je suis une piètre femme d'intérieur, je ne saurais pas gérer ne serait-ce qu'un petit studio, et à part deux œufs au plat je ne sais rien faire en cuisine. Je crois que vous savez tout ! Sachez seulement que c'est moi qui ai retrouvé, pour mon frère, ce fameux article sur votre style de vie, j'ai cru rêver en lisant ces lignes, je me suis tout de suite dit : « Voilà la solution, je vais aller vivre avec ces femmes formidables qui ont su créer, ensemble, un petit paradis au soleil ! » Et, depuis hier, je sais que j'ai eu raison ! Quant à mon âge, si je ne vais avoir que 61 ans, il me semble que Souris et Patrice n'ont, tous les deux, que quelques mois de plus que moi, alors où est le problème ?

Elles restèrent stupéfaites de tant de naturel et de franchise, son petit accent lui donnait un charme supplémentaire.

– Vous parlez parfaitement français, en tout cas, bravo ! la complimenta Ladygold.

– Dans ma belle famille, on ne devait parler que le français devant les domestiques pour qu'ils ne comprennent rien, ça vous donne une idée de l'ambiance !

– Je suis la râleuse du groupe, lui dit Rancunia, toujours à freiner des quatre fers, mais je vous avoue que vous m'enchantez, votre examen ne sera sans doute qu'une pure formalité.

– Chouette ! enchaîna Ladygold, je suis complètement d'accord, mais je pense que ce serait bien que Lilybeth soit votre marraine, elle sera ravie, pour sa dernière mission, de vous donner tous les détails financiers de notre vie en communauté. C'est moi qui vais le lui demander.

– Bonjour Mesdames, lança joyeusement Chloé en entrant, dans la robe de chambre en éponge de Grenouillette, je me suis permis de l'emprunter, elle est un peu trop large pour moi, mais Gervaise est toujours en train de repasser. Vous avez bien dormi ? Moi, j'ai eu un mal fou à m'endormir, je suis toujours tellement bluffée par tout ce qui se passe ici !

– Si Carol veut venir vivre avec nous, c'est encore grâce à toi, ma petite fille ! lui dit Ladygold, ton article l'a impressionnée.

– Ah, oui ? C'est dingue, je ne pensais vraiment pas que ça ferait un tel malheur, puisque le boulot que David et Clive me demandent, c'est aussi à cause de ce papier !

– Tu vois comme le destin tisse sa toile, toutes ces rencontres ne sont pas fortuites.

– Vous avez vu un film qui s'appelle *Six degrés de séparation* ? leur demanda Patrice en entrant à son tour.

– Pas du tout, s'étonna Ladygold, de quoi s'agit-il ?

– Des fils invisibles du destin, justement, qui font se rencontrer ceux qui y sont prédestinés ! Je vais vous offrir le DVD, vous ne vous en lasserez pas. Alors, Carol cette première nuit ?

– Un bonheur, comme tout le reste, j'ai l'impression de revivre.

– Exactement ce que j'ai pensé le premier matin, il faudra que je vous montre la suite que j'occupe, vous n'allez pas en revenir. J'ai pensé à un truc cette nuit, qu'est-ce qu'on va servir à tous ces gens qui vont venir écouter l'Autruche ?

– Mais rien ! Vous plaisantez, c'est à 18 h, une heure après, tout sera bouclé.

– À moins que vous ne vouliez vendre des esquimaux dans un petit panier accroché à votre cou ? ajouta l'Autruche.

– Une citronnade, ce n'est pas compliqué, et ça je saurai la faire ! proposa Carol.

– Parfait, vous avez raison, répondit Ladygold, on va demander à José d'aller acheter des citrons et des gobelets en plastique, je crains pour nos verres.

– Vous voilà engagée, chapeau, vous allez vite en besogne ! glissa gentiment Patrice à Carol.

– Mais avant il y a le déjeuner, intervint Rancunia, et heureusement que j'ai prévu une niçoise géante pour tout le monde !

– Chérie, tu es é-pa-tante ! lui répondit Ladygold.

– J'adore cette vie ici, dit doucement Chloé.

– Moi aussi, j'adore tout ! soupira Carol.

Le récital

Le Tilouc et ses blondes arrivèrent les premiers. Puis ce fut au tour de Poulet et de toute sa bande folklorique, au milieu de laquelle paradait le petit blondinet que l'Autruche avait poussé dans la piscine. Bridgette, la sœur de l'Autruche, était accompagnée de quelques bridgeuses de son club et suivie par Radio-Cancans et plusieurs spécimens de l'association « Dîner de veuves ». Stéphane, leur coiffeur, déboula avec la moitié du salon, et Jean-Loup qui, lui, coiffait l'Autruche, monta discrètement dans sa chambre pour lui donner un dernier coup de peigne. Brigitte, la pédicure, avait amené son mari, et Damien-Bisous-Bisous un de ses serveurs. Avant qu'il n'y ait plus de place, les Anglais et Chloé se serrèrent contre Lilybeth et Harold. Ladygold et Rancunia occupèrent l'un des deux derniers bancs aux côtés de Patrice et Jérôme, arrivé seul, Botoxia était souffrante. Souris, nerveuse, avait monopolisé les dernières places pour guetter l'arrivée de Benoît et son fils. D'un rapide coup d'œil, Patrice estima qu'il y avait presque 70 spectateurs, heureusement qu'il avait tous ces bancs, ils occupaient quasiment les deux jardins.

José, une fois encore mis à contribution, lança la musique de « Hello Dolly » pour annoncer le début du spectacle. Tout le monde applaudit et siffla, l'ambiance s'annonçait chaude ! André, tout en lin blanc comme à son habitude, apparut au premier étage sur la loggia qui surplombait l'ensemble, et s'écria d'une voix grave et claire, avant de prendre sa flûte :

– Ladies and Gentlemen, voici la divine Miss Autruche !

Elle attaqua par une chanson qu'ils eurent un peu de mal à reconnaître au début :

« Afin de nous ôtez nos complexes
Ô gué ô gué
On nous donne des cours sur le sexe
Ô gué ô gué… »

Et puis vint le refrain, que Poulet et tous ses copains entonnèrent avec elle :

« Tout, tout, tout,
Vous saurez tout sur le zizi,
Le vrai, le faux,
Le laid, le beau,
Le dur, le mou,
Le gros touffu,
Le p'tit joufflu ! »

Tout le monde tapait des mains et s'amusait, surtout les Anglais qui découvraient la chanson de Pierre Perret et que Harold et Lilybeth essayaient de leur traduire, en riant, quand ils ne saisissaient pas un mot. Grisée par cet accueil, la Miss poursuivit :

« J'en ai vu des impulsifs
Qui grimpaient dans les calcifs,

J'en ai vu des moins voraces
Tomber dans les godasses ! »

Et, sur ces mots, elle n'hésita pas à pointer du doigt le blondinet, ce qui fit hurler de rire toute la joyeuse bande de garçons.

Mais quand elle termina le couplet par :

« Y'a le zizi tout propre du blanchisseur
Qui amidonne la main de ma sœur ! »,

elle lança carrément un baiser à Bridgette, qui se raidit sur son banc tandis que ses vieilles bridgeuses se tordaient à ses côtés.

– Heureusement que Poulet m'a assuré de tout filmer, dit Patrice à ses voisines, parce que j'ai prêté ma tablette à José pour que lui filme le public, il y a une telle diversité, c'est trop drôle.

Tout le monde finit par chanter le refrain en chœur :

« Tout, tout, tout,
Vous saurez tout sur le zizi… »

Et ce fut un triomphe. Ladygold et Rancunia, stupéfaites, applaudissaient à tout rompre elles aussi. Jérôme, qui avait encore une fois profité de l'occasion pour pousser sa cuisse vers celle de Patrice, mit deux doigts dans sa bouche pour siffler de toutes ses forces, ce qui surprit tellement ses trois voisins qu'ils le regardèrent ébahis, il avait l'air de se lâcher, enfin.

C'est alors que l'Autruche, suivie par André et sa flûte, descendit lentement l'escalier en chantant le succès de Mistinguett :

« Oui, c'est moi, me voilà, j'me ramène…
On dit que j'ai la voix qui traîne,

En chantant mes rengaines,
C'est vrai !
On dit que j'ai de grandes quenottes,
Que je n'ai que trois notes,
C'est vrai !
On dit que j'ai de belles gambettes,
Mais j'serais pas Miss Autruche,
Si j'étais pas comme ça ! »

Les bridgeuses et les veuves, qui connaissaient évidemment ces paroles-là, s'en donnèrent à cœur joie, mais la bande de Poulet applaudit tout autant, ils s'étaient trouvé une nouvelle icône gay.

– Bonsoir public aimé ! s'écria-t-elle, merci pour vos encouragements, mais maintenant, passons aux choses sérieuses, que les oreilles chastes et les culs pincés se tirent et que les autres s'accrochent à leur banc, la Miss va vous faire chavirer, ça va être de plus en plus chaud !

Patrice se retourna pour voir si Souris avait récupéré son Benoît, et il fut ravi de voir qu'elle s'était coincée, toute joyeuse, entre son fils et lui. À leurs côtés, sur leur banc, il y avait maintenant un petit homme habillé de gris qui avait une croix à sa boutonnière.

– Merde, dit-il à ses voisines, c'est une catastrophe, José n'a pas dû vraiment comprendre ce qu'elle allait chanter, il a invité son copain curé !

– Vous avez raison, c'est épouvantable, en plus on ne peut pas le virer, c'est lui qui nous a prêté les bancs ! Qu'est-ce qu'on fait ?

– C'est délicat, attendons de voir ce qu'elle va chanter, et puis il faudra allez le voir pour s'excuser.

Mais ce qu'ils craignaient arriva plus vite que prévu, l'Autruche, hélas, avait repris son tour de chant :

« Le curé de Camaret a les couilles qui pendent,
Et quand il s'assoit dessus, elles lui rentrent dans le cul,
Il bande ! »

Tous les jeunes hurlaient de rire, et les Anglais en firent de même quand Lilybeth et Harold eurent fini leur traduction approximative. Mais Ladygold, Rancunia et leurs deux voisins blêmirent, n'osant pas se retourner pour voir quelle tête faisait le curé du quartier. Patrice se dévoua pour aller le trouver, et surtout le remercier pour les bancs.

– Pas de problème, il est adorable et il rigole, leur annonça-t-il à son retour, il m'a avoué l'avoir lui-même chantée pendant son service militaire, et paraît-il que ça se chuchote aussi au petit séminaire pour faire rougir les jeunes novices.

– Ces curés sont diaboliques ! persifla Rancunia.

– J'ai bien peur que ce qui va suivre le fasse s'évanouir, ajouta Ladygold.

L'Autruche, portée par les applaudissements, enchaîna avec le répertoire grivois de Colette Renard.

Elle chanta une ou deux chansons avant d'attaquer les fameuses « Nuits d'une demoiselle », qu'elle avait tant répétées depuis leur escapade à Hendaye. Les couplets défilèrent, provoquant un chahut indescriptible. Ceux qui riaient aux éclats empêchaient les autres d'écouter les paroles, il y eut un vrai conflit de générations, mais l'Autruche, imperturbable, poursuivait :

« Je me fais briquer le casse-noisettes,
Je me fais mamourer le bibelot,
Je me fais sabrer la sucette,
Je me fais reluire le berlingot »

Ladygold, inquiète, demanda à Patrice de se retourner pour voir si le curé était toujours là.

– Mais oui ! Il rigole et discute avec Souris et son Benoît.

– Maintenant, c'est sûr, on est tous excommuniés ! dit Rancunia ravie.

– Pour les Anglais, en revanche, il n'y a pas de problème, ils sont pliés en deux, pourtant je me demande comment nos deux tourtereaux arrivent à leur traduire tout ça ?

– J'ai imprimé les paroles, ils pourront les emporter, répondit Patrice, mais je doute qu'un dictionnaire contienne ce genre d'expressions. On arrive au dernier couplet, attention, ça va hurler sur les bancs !

«… Je me fais bricoler la cliquette,
Je me fais chatouiller le bijou !
Et vous me demanderez peut-être,
Ce que je fais le jour durant,
Oh ! Cela tient en peu de lettres,
Le jour, je baise, tout simplement ! »

Tout le public se leva d'un coup et ce fut du délire. Même les veuves et les bridgeuses, qui n'en revenaient pas de ce qu'elles venaient d'entendre et qui n'avaient sûrement pas tout compris, applaudissaient. La bande des jeunes gays monta sur les bancs et ils lancèrent tout ce qu'ils pouvaient vers l'Autruche. Lunettes de soleil, foulards, casquettes et mini-peluches, tout arriva à ses pieds alors qu'elle peinait à se relever de sa révérence. André lui prit la main et lui offrit un petit bouquet de roses et de lavande. Le couple de lesbiennes qui était à côté de Poulet lui jeta des œillets rouges, et comme José avait branché l'air de *Carmen*, celui qui fait l'ouverture des corridas, elle salua encore pendant de longues minutes, complètement grisée et emportée par ce succès, comme un matador à qui l'on vient d'attribuer les deux oreilles et la queue du taureau.

Ladygold, se levant elle aussi, profita de tout ce brouhaha pour, enfin, oser se retourner, elle fut soulagée de constater que le curé s'était enfui, le problème était de savoir à quel moment.

José et les femmes de chambre arrivèrent avec les brocs de citronnade. L'Autruche était très entourée et croulait sous les baisers. Le petit blondinet, pas rancunier, voulut faire un selfie avec elle et elle dut enchaîner les poses avec tous les petits jeunes, fascinés par cette divine bonne femme qui avait sans doute l'âge de leur grand-mère.

David, Clive et Chloé se pressèrent, eux aussi, pour aller l'embrasser et s'excusèrent auprès de Ladygold de devoir se sauver, il serait difficile de changer à nouveau le plan de vol. Ils avaient appelé un taxi pour ne pas déranger José qui était en plein service. Ils remercièrent très chaleureusement pour ce court mais très réjouissant séjour et se sauvèrent. Patrice remarqua qu'avant de franchir la porte, ils déposaient discrètement, tous les trois, un billet dans le tronc. C'était plutôt classe.

Ce fut au tour du Tilouc et de ses blondes de féliciter la vedette qui avait fini par s'asseoir, épuisée mais heureuse :

– Merci, merci, on se revoit très vite pour la sévillana, mais je compte aussi sur vous le mois prochain, je vais trouver d'autres chansons, c'est promis !

– Il faut garder « Les nuits » pour le final, lui conseilla le Tilouc, c'est sublimement fort, on vous la fera bisser !

Tout le monde défila devant elle avant de partir, et ce fut Lilybeth qui pensa à lui apporter à boire.

– Tiens, la Miss, il faut que tu reprennes des forces, ton numéro a été fantastique, je te prête mon petit thermos, c'est du thé glacé avec du soda, je crois que tu vas aimer.

Elle but deux gorgées et éclata de rire. Le champagne était frais et cette Lilybeth un amour !

– Mais comment as-tu fait ?

– Ce sont les Anglais qui en ont fait livrer une caisse ce matin, pour remercier de leur petit séjour. Ils ont beaucoup ri, même si je ne suis pas certaine que l'on ait bien su traduire toutes les cochonneries que tu as débitées.

Bridgette arriva devant sa sœur avec ses amies bridgeuses :

– Comment veux-tu que je te félicite ? C'est une honte à ton âge de chanter ce genre d'horreurs, c'est abominable !

– Eh bien, comme ça tu éviteras de revenir le mois prochain, parce que ça sera pire !

Poulet passa devant Bridgette, la bousculant presque, pour se mettre à genoux :

– La Miss, vous êtes une grande star, une diva, vous nous avez fait hurler de rire, c'était génial, tous mes copains vous adorent et nous reviendrons encore plus nombreux pour vous applaudir la prochaine fois !

Elle l'embrassa chaleureusement et tira la langue à sa sœur.

Devant la porte en fer, Ladygold et Rancunia saluèrent tout le monde, elles avaient l'impression d'être la mère et la tante de cette petite chanteuse qu'on venait féliciter.

Souris et Patrice, en grande conversation avec Jérôme et Benoît, surveillaient d'un œil le tronc. Mais, à leur grande surprise, tous les spectateurs, ou presque, y déposèrent leur « participation ».

Quand tout le monde fut enfin parti, ils applaudirent, à leur tour, leur Autruche qui, en guise de remerciement, les supplia de lui redonner un peu de champagne !

Enfin, l'ouverture du tronc fut une belle satisfaction, le système avait marché au-delà de leurs espérances. Très peu de pièces et beaucoup de billets de 5, de 10 et surtout de 20 euros ! La grosse surprise fut de découvrir les deux gros billets en livres anglaises de David et Clive. Carol poussa un « ouf » de soulagement, l'honneur de l'Angleterre était sauf.

– Vous voyez que je suis déjà une star internationale, leur dit l'Autruche d'une voix snob, je vous l'avais bien dit, et vous ne m'aviez pas crue, espèces de vieux croûtons, jaloux de mon talent, de ma jeunesse et de ma grande beauté !

Les jours suivants

Carol avait réussi haut la main son examen de passage. Son coup de foudre entre elle et le Patio avait été aussi rapide que celui qu'avait vécu Patrice quand il avait choisi de venir y vivre. Elle fut admise à l'unanimité, Nonette ayant aveuglément donné sa voix à Ladygold par téléphone, tandis que Grenouillette donnait la sienne à Patrice par mail. Charlotte s'affichant de plus en plus avec son rhumatologue, qui ne parlait plus de départ parce qu'en fait il venait de prendre sa retraite, elle profita du même message pour détailler tous les horaires de son voyage de retour 48 heures plus tard. Ladygold fit donc en sorte que le petit-fils de Nonette l'accompagne jusqu'à Paris et la dépose dans le même TGV que Grenouillette. Le calcul fut vite fait, avec cette décision de Nonette de rentrer au bercail et l'arrivée prochaine de Carol, il ne resterait plus qu'une suite de libre. On soupira allègrement, la crise du Patio semblait s'éloigner.

Avant son départ, l'exquise Anglaise eut droit à son baptême du feu huîtres et petit blanc sec au bar des Halles. Le cérémonial était toujours le même, celles qui sortaient de chez la manucure faisaient sécher leur vernis les mains en l'air et les doigts écartés, et la cosette du jour traînait le caddy des courses pendant que José, devant le bar, faisait glisser les huîtres dans un petit verre à vodka. Il les agrémentait selon les goûts de chacune, et parachevait le tout avec le petit poivrier en argent de Ladygold. Ça permettait à ces dames de les gober sans s'écailler le vernis. Carol, que tout ce protocole stupéfia, se plia à la coutume en hurlant de rire. Elle pensait surtout à la surprise de sa nombreuse belle-famille s'ils l'avaient vue, au milieu de cette foule hétéroclite, perchée sur un tabouret de bar, dans les Halles, un verre de blanc à la main en train de s'amuser comme une folle avec ses nouvelles vieilles copines, ils l'auraient reniée sur-le-champ.

Bridgette, la sœur de l'Autruche, arriva comme une furie et se mit, d'emblée, à critiquer le récital :

– Non seulement c'est scandaleux ce que tu oses chanter mais, en plus, c'est totalement illégal ! Vous faites payer ces pseudo-réunions, qui relèvent en fait de la pornographie, sans en déclarer le moindre bénéfice au fisc ! Attention, ça pourrait vous coûter très cher !

– Erreur, ma chère amie, lui répondit calmement Ladygold, nous ne faisons rien payer du tout, ce sont des invitations tout à fait privées, le tronc que vous avez vu, avec tes petites copines, n'est là que pour, éventuellement, solliciter l'aide de nos amis pour rafistoler ce pauvre Patio. Et comme ceux qui ont la gentillesse de venir nous voir adorent cet endroit, ils y glissent, ou non, une petite participation. Mais nous ne demandons rien, c'est leur choix après tout !

– Et toi, pauvre vieille folle, enchaîna l'Autruche, combien fais-tu payer un café ou une coupe de champagne à tes joueurs dans ton club ? Tu le déclares, ton petit débit de boissons clandestin ? Vieille rapia !

– Mais Bridgette chérie, intervint Souris, tu sais comme tout le monde que je connais très bien l'inspecteur des impôts ? J'ai la chance qu'il me trouve divine, et nous avons dîné, en tout bien tout honneur, plusieurs fois en tête à tête, ça a d'ailleurs bien fait jaser tes bridgeuses et les veuves que tu fréquentes assidûment ! Je vais, dès demain, lui téléphoner pour dîner à nouveau avec lui, après tout c'est un homme charmant et je ne manquerai pas de l'inviter au prochain récital de ta sœur, je suis persuadé que ça l'amusera beaucoup, lui, il est beaucoup moins coincé que toi, pauvre chérie !

Elle haussa les épaules et tourna les talons. Ces petits échanges aigres-doux n'avaient échappé à personne autour du bar, ça avait mis de l'ambiance, alors Patrice, qui se retenait pour ne pas éclater de rire, offrit une tournée de blanc sec à tout le monde. Carol battait des mains comme une enfant, le calvaire de sa solitude était définitivement terminé. Elle reprit un vol Nîmes-Londres le soir même, il fallait qu'elle aille préparer son exil et ça l'enchantait.

Le lendemain, comme il le lui avait promis, Patrice accompagna Rancunia voir une dernière fois son mari. Son état s'étant aggravé, il avait été transporté d'urgence à l'hôpital d'Avignon. Dans le minibus, elle chercha depuis combien de temps elle ne l'avait pas vu :

– Ça va me faire un choc, c'est évident, je me demande à quoi il peut ressembler maintenant ? Enfin, rassurez-vous, si c'est une affreuse corvée pour vous, et je vous en remercie, pour moi c'est un plaisir. Ce salaud m'a trop fait souffrir et je n'ai jamais pu contrôler ma rancune. Il m'a lâchement abandonnée pour s'enfuir avec ma meilleure amie, et mes deux traîtres d'enfants ont joué leur jeu ! Je n'ai pas encore digéré, il n'y a rien à faire, je ne peux pas.

Patrice connaissait déjà toute l'histoire, ça faisait bien la troisième fois qu'il l'entendait, mais il préféra l'écouter à nouveau en silence, la blessure de cette femme était toujours ouverte et, malheureusement, personne n'avait jamais trouvé les mots pour l'aider à la refermer.

Le mari était déjà dans un service de réanimation et on leur demanda s'ils étaient de la famille, avant de leur faire passer les blouses, les masques et les chaussons stériles.

– Je suis sa femme et Monsieur est mon frère, répondit-elle d'un ton assuré.

Ils entrèrent dans la chambre et découvrirent un vieillard entubé dans tous les sens. L'infirmière leur donna quelques minutes, pas plus.

– Rassurez-vous, mademoiselle, ce que j'ai à lui dire sera bref.

– Madame, pardonnez-moi, ce monsieur est quasiment dans le coma, je ne suis pas sûre qu'il vous entende.

– Mais si, voyons, tout le monde sait qu'il faut leur parler, au contraire, ils nous écoutent et ça les aide, soyez gentille de nous laisser.

Heureusement qu'elle sortit de la chambre car, à cette minute, Rancunia se déchaîna pour lancer toute une bordée d'injures les plus ordurières, qui laissèrent Patrice pantois. C'était affreusement gênant et il aurait donné cher pour pouvoir s'enfuir en courant.

– Allez, maintenant que j'ai vidé mon sac, tu peux aller rejoindre ta salope chérie en enfer, j'en ai plus rien à foutre, adieu, adieu, adieu !

Elle se retourna en soufflant et regarda Patrice dans les yeux :

– Je suis libérée, ça y est, je vais mieux ! Sortons et tirons-nous vite, la vie nous attend au dehors, ici tout est mort !

En lui rendant leurs blouses, elle remercia l'infirmière et la rassura, elle ne lui avait chuchoté que des mots doux et il les avait entendus, c'était certain. Pour la suite, ce serait ses enfants qui s'occuperaient de tout, elle avait trop de peine pour prendre les choses en main. L'infirmière la félicita pour son cran dans ces moments si douloureux, et ils sortirent rapidement.

Sur le parking, elle sauta pour la première fois au cou de Patrice, ce qui le sidéra au plus haut point, et monta dans le minibus le sourire aux lèvres, ce n'était déjà plus la même femme.

Le lendemain, pour oublier toute cette épreuve, Patrice alla se défouler sur un court de tennis avec Jérôme, et ne revint que trois heures plus tard.

Et ce fut le soir même que Nonette et Grenouillette descendirent du train. Le Patio, au complet, les attendait sur le quai avec deux petits bouquets de fleurs.

Le lendemain

Il y eut une joyeuse petite fête pour le retour de Nonette. Patrice, qui était le seul à ne pas la connaître, tomba immédiatement sous le charme. C'était une petite femme délicieuse, avec un teint étonnamment frais, des yeux magnifiques et pleins de malice, et une belle masse de cheveux blanc neige, avec une coupe au carré comme on en voyait plein les rues. Cette petite touche de modernité faisait totalement oublier son âge.

– Alors, c'est vous le phénomène qui s'est fait accepter à l'unanimité par toutes ces folles ? Mais moi, je n'étais pas là, il va falloir revoter ! Sauf si vous savez vous y prendre avec moi… Je vous préviens tout de suite, pas question de me traiter en mémé, même si je suis redevenue la doyenne haut la main ! Ne me parlez pas comme si j'étais gâteuse, ou sourde, ou débile, rien ne m'échappe, vous verrez. D'ailleurs, j'adore l'idée que l'on ait rajeuni les cadres ici, avec Souris, vous et cette petite Anglaise qui doit arriver, ça fait maintenant trois sexagénaires, on peut presque dire que le Patio est plein de jeunesse !

– Vous oubliez Grenouillette et l'Autruche, elles n'ont pas encore soixante-dix ans, que je sache ?

– Vous voyez, vous commencez mal, dites tout de suite que j'ai la mémoire qui flanche. Pour la première je suis d'accord, mais pour la seconde, excusez-moi, je connais sa vraie date de naissance. Elle adore tricher, c'est un peu ridicule, mais ça a le mérite de nous faire toutes rigoler dans son dos ! Là aussi, je vous préviens, j'adore rire, c'est le meilleur médicament qui soit, alors parfois je suis un peu vacharde, pas méchante, juste taquine, pour m'amuser un peu. À propos, c'est bien vous qui avez couché dans ma chambre ? Je me disais que ça sentait un peu la cocotte dans la salle de bains !

– J'ai en effet occupé votre suite lors de mon premier séjour, mais pour le mariage de Lilybeth, c'est ma sœur Charlotte qui était chez vous. Alors la cocotte, comme vous dites, n'est pas celle qu'on pense !

– Je plaisantais, gros nigaud, je ne pense pas que vous portiez de la tubéreuse ! Si j'ai encore l'ouïe fine, j'ai aussi un sacré nez.

Sa jeunesse d'esprit était surprenante, elle en était touchante. Quand Ladygold commença à lui raconter en détail tout ce qui venait de se passer au Patio, elle se mit à rire et à applaudir des deux mains. Cette habitude des applaudissements, qu'elles avaient toutes, venait donc d'elle :

– Ah ! mes enfants, il n'y vraiment qu'ici qu'on s'amuse autant ! Quel bonheur de me retrouver parmi vous, j'espère seulement que tous les petits nouveaux auront le même humour que nous, les anciennes.

– Ne me dites pas que José a emprunté les bancs de l'église et qu'il a invité le curé de la paroisse au récital cochon de l'Autruche ? demanda Grenouillette, soudain effarée. Je fais le catéchisme avec lui, qu'est-ce que je vais pouvoir lui dire ?

– Rassure-toi, je me suis excusé auprès de lui et je l'ai bien remercié pour les bancs, lui répondit Patrice.

– J'étais à côté de lui, enchaîna Souris, ce n'est qu'au troisième couplet des « Nuits d'une demoiselle » qu'il a craqué, il a prétexté des rendez-vous au confessionnal, mais, avant, je peux t'assurer qu'il a bien rigolé, comme nous tous, sois sans crainte.

– Donne-nous plutôt des nouvelles fraîches de Charlotte.

– Son rhumato la tient par le bout du nez ! Elle glousse et fait tout ce qu'il veut, comme un toutou, c'est incroyable, on ne la reconnaît plus, et elle est la première surprise, alors les « Putain-bordel, je suis sur le cul ! » fusent à tout bout de champ ! Si, au début, c'est moi qu'il venait soigner, à la fin je sentais vraiment que je dérangeais. Mais à part ça, c'est un homme adorable et il est libre, alors vous pouvez aisément imaginer la suite, dans le fond, c'est inespéré !

– C'est toujours surprenant de voir certaines fortes femmes devenir de vraies femmes-toutous dès qu'elles sont amoureuses, dit Ladygold.

– Comme il faut toujours qu'elle épouse, cette pauvre folle, on va avoir droit à un quatrième mariage, soupira Patrice.

– Oui, mais avec un rhumato c'est excellent pour nous tous ! ajouta Souris, contente d'elle.

Rancunia arriva tout à coup, à la fois blême et souriante :

– Mes chéris, buvons un coup, ça y est je suis veuve ! Ça fait trente-cinq ans que j'attendais ça, alors, s'il vous plaît, pas de mines déconfites, pas un mot, pas un regret, pas une larme, je suis libre et ça s'arrose.

Ils restèrent silencieux, un peu abasourdis sous le choc, seule Nonette osa un commentaire :

– Si toi, ça te rend joyeuse, alors nous le sommes forcément avec toi. Mais, bon sang, pourquoi faut-il que les hommes nous marquent à ce point ? On se voudrait toutes indépendantes et c'est tout le contraire qui arrive, nous sommes finalement très dépendantes de ces bonshommes qui peuvent nous rendre la vie si belle ou si dure. Allons, buvons au tien et au mien, qui ne nous ont pas laissé les mêmes souvenirs.

– Mais alors, il n'y a plus que moi qui ne sois pas veuve ! s'écria l'Autruche, j'ai encore un de mes maris en vie !

Ils en riaient encore, leurs verres de champagne à la main, quand le téléphone du Patio sonna. C'était la Patty Sasovian qui annonçait sa visite pour le lendemain.

Le surlendemain

Elle arriva d'un pas décidé, toujours aussi élégante, abondamment griffée et bijoutée, le petit chignon dans la nuque impeccable.

Pendant que José servait le café, Ladygold la présenta à Nonette et à Grenouillette, qui ne la connaissaient pas encore. Elle les salua poliment et enchaîna :

– On ne peut pas dire que vous m'ayez donné beaucoup de nouvelles ! Je ne fais donc pas l'unanimité ?

– Mais nous n'avions pas fini de vous faire passer l'examen, lui répondit Ladygold, nous avions été interrompus, souvenez-vous.

– C'est vrai, pardonnez-moi, c'est sans doute le mari de Madame qui est décédé ? Je vous présente toutes mes condoléances.

– Merci Madame, c'est très aimable, lui répondit Nonette, un peu étonnée par son aisance et cette marque de bonne éducation.

– Nous en étions aux éventuelles questions à vous poser, intervint Rancunia, sèchement.

– Ah oui… mais avant, j'ai une nouvelle à vous annoncer. Figurez-vous que le fait d'être venue à Nîmes pour vous rencontrer m'a donné, tout à coup, une idée. Je ne sais pas si vous avez un peu raconté ma vie à vos amies. Alors, qu'elles sachent que je suis née ici mais que je n'étais pas revenue dans la région depuis des lustres ! En vous quittant plus tôt que prévu, la dernière fois, j'ai fait tout un tour et j'ai trouvé que ma ville natale était superbe. Et là je me suis dit : « Ma petite Patty, pourquoi ne pas laisser une trace de toi ici ? » Finalement, les racines c'est important, non ? Je me suis demandé comment faire pour avoir une rue, ou une place, ou je ne sais quoi qui ferait que les gens me connaissent ou se demandent un jour, qui est donc cette Patty je-ne-sais-quoi.

– Ce genre d'hommage ne s'achète pas, il se mérite ! lui dit Rancunia, caustique.

– Désolée de vous contredire, mais tout s'achète aujourd'hui, vous pouvez tout vous payer du moment que vous avez le chéquier ! Les Arabes l'ont bien compris, quand ça les amuse de s'offrir un club de foot ou un hôtel particulier classé, ils alignent les zéros et l'affaire est faite ! Vous voulez que je vous le prouve tout de suite ?

Elle sortit de son sac en croco un magnifique étui de chéquier et un stylo en or.

– Alors, combien pour le Patio ?

– Vous êtes charmante et rigolote, lui répondit Ladygold, mais le Patio n'est pas à vendre !

– Nous ne sommes pas dans une partie de Monopoly, c'est ridicule, ajouta froidement Rancunia.

– Mais vous vous trompez, je ne plaisante pas, votre prix sera le mien !

– Merci infiniment, poursuivit Ladygold, mais cessez de jouer à la petite fille riche et capricieuse avec nous, je suis persuadée que vous valez mieux que ça, Patricia.

Elle rangea tout nerveusement dans son sac et serra les dents, vexée.

– Expliquez-nous plutôt votre idée pour la ville, ça doit être plus intéressant ? lui demanda très gentiment Patrice.

– Je vais tout leur donner ! Les tableaux de maîtres et les objets rares, tout ce dont j'ai hérité de Miran, je ne peux plus vivre au milieu de ce musée, j'en ai ma claque, j'ai envie d'autre chose !

– Une vraie donation ? s'étonna Patrice.

– Oui, une fondation « Patty et Miran Sasovian », dit-elle d'une voix très douce, pour que les gens puissent la voir. Vous trouver ça stupide ?

– Oh, non, c'est extrêmement généreux de votre part !

– Bravo, Patricia ! Je le sentais que vous étiez quelqu'un de bien, ajouta Ladygold.

Nonette, sans rien ajouter, se mit à l'applaudir. Et les autres, se sentant coincés, en firent de même.

Elle eut, tout à coup, les larmes aux yeux et se recroquevilla, penaude, dans son fauteuil.

– Je vous remercie, c'est gentil de me dire que ce n'est pas une connerie. Si vous saviez comme c'est difficile, quand on est seule comme moi, de savoir prendre les bonnes décisions ! J'ai des tas de conseillers, fiscaux ou juridiques, mais je me méfie en permanence, j'ai tout le temps peur d'être manipulée.

Elle sécha ses larmes, se redressa, les regarda les uns après les autres et enchaîna :

– Pourquoi vous ne voulez pas de moi ? C'est la petite coiffeuse que j'ai été, qui vous gêne, où c'est la veuve Sasovian, avec son fric, qui vous révulse ?

– Vous faites fausse route, lui répondit Ladygold, votre parcours est tout à votre honneur, mais votre ascension sociale vous a sans doute fait connaître une vie extraordinaire, faite de luxe et d'argent, qui est… très éloignée de la nôtre. Certes, nous avons toutes eu de très bonnes situations, mais notre vie en communauté est désormais d'une simplicité confondante. Personne, ici, ne surpasse quiconque, ni par son argent ni par son passé. Nous réussissons, ensemble, à reformer une famille, alors nous nous épaulons, ou nous nous querellons parfois, mais il y a ce désir commun de se sentir bien, ensemble, pour éviter de vieillir trop vite ! Je pense que certaines d'entre nous redoutent que vous bousculiez tout cet équilibre, et pour être franche, que vous finissiez très vite par vous emmerder avec nous !

– Vous avez prononcé deux fois le mot « ensemble », c'est le mot qui fait rêver quand on est seule. Et la notion de famille, que vous décrivez, doit être en effet la seule chose que l'on ne puisse s'offrir. Ma mère s'est enfuie parce que mon père la battait, quand j'avais dix ans. Je n'ai, malgré tous mes moyens, jamais pu acheter quoi que ce soit, ou qui que ce soit, qui puisse la remplacer.

Ils se retournèrent tous vers Rancunia qui écarquilla les yeux, cette femme insensée avait vécu le même drame qu'elle !

– Venez dans mon salon, lui dit-elle d'un ton directif, on a besoin de se parler.

Elles sortirent et il y eut un silence très gênant que seule Souris osa rompre :

– Putain-bordel, comme dirait Charlotte, je suis sur le cul !

– Oh là là ! C'était pesant, moi j'ai envie de rigoler un coup, dit l'Autruche.

– Alors, allons tous dans le salon de Souris, lui répondit Patrice, elle a reçu par mail les vidéos des deux récitals qu'avait fait filmer Poulet, ça ne doit pas être triste !

– Chouette, s'écria Nonette, ces chansons vont peut-être m'apprendre quelque chose, il n'est jamais trop tard pour parfaire son éducation et, comme je vous le dis souvent, « la vie n'est jamais finie ! »

Plus tard

– Mais qu'est-ce qu'ils ont tous ? s'étonna Ladygold, les Anglais voulaient acheter l'idée du Patio et maintenant la Patty veut carrément s'offrir les deux maisons, c'est dingue, non ?

– Ne vends rien, lui répondit Nonette, on est bien ici, entre nous, c'est pour ça qu'ils doivent être un peu jaloux. Quand on a plein d'argent et qu'on a tout, on veut toujours le petit truc anodin qu'ont les autres, c'est humain, après tout !

– Mais on ne voit rien, je suis dans le noir ! s'écria l'Autruche, il aurait pu éclairer davantage son jardin, ce Poulet de malheur.

– Tais-toi, lui répondit Souris, laisse-les écouter, vous allez entendre le chahut qu'ils ont fait dès la première chanson.

– Pourquoi rient-ils tous autant sur la chanson des sucettes de France Gall ? demanda naïvement Grenouillette.

– Demande à Patrice, il te fera un dessin, lui répondit Souris.

Ladygold attira Patrice à l'écart :

– Franchement, qu'est-ce que vous pensez de cette Patty ?

– Eh bien, elle vient de m'ébranler, et vous aussi, sans doute ?

– Oui, j'avoue, dès son premier coup de fil je l'ai trouvée touchante, et aujourd'hui plus encore.

– Je crois qu'elle veut se débarrasser de son passé comme si elle allait laisser au vestiaire un manteau de fourrure, trop lourd et trop grand pour elle.

– Oui, vous avez sans doute raison, mais il y a forcément un jour où elle voudra le reprendre ?

– Pas si elle a perdu le ticket !

– Perdu ou jeté ?

– C'est bien vous qui dites toujours « destin-volonté-hasard » ?

– Vous, je vous aime !

– Moizaussi !

Quand la vidéo, prise au Patio, défila, Nonette pleura de rire et Grenouillette se boucha les oreilles. L'Autruche, elle, se régalait de se revoir au milieu de ce public déchaîné :

– J'ai été formidable, non ? Il n'y a que mon maquillage qui n'allait pas, sur celle-là c'est filmé de très près, je suis beaucoup trop pâle, il faudra que je demande à mon coiffeur la marque de son autobronzant.

– Au fait, enchaîna Souris, j'ai reçu plein de messages sur le site, ou sur le blog, je ne sais plus, je me mélange un peu les pinceaux dans tout ça ! En tout cas, il y a déjà des demandes pour le prochain récital et Chloé, dans son dernier mail, me dit qu'il y a des photos de toi qui circulent déjà sur Internet !

– Merde alors, si mes petites-filles tombent dessus, je vais me faire insulter par mes filles !

Rancunia revint, seule et bouleversée. Elle attendit un moment, que les vidéos soient éteintes et que les rires aient cessé, pour leur parler :

– Nous nous sommes toutes les deux épanchées, nous racontant la souffrance que nous avons pu ressentir au départ de nos mères respectives. Sans que ce soit la même histoire, nous avons vécu la même chose, ça vous rapproche immédiatement. Cette femme n'est pas du tout celle que nous imaginions, elle est blessée, sensible, terriblement seule et totalement en manque d'affection. Je comprends maintenant pourquoi elle veut à tout prix nous rejoindre, elle rêve de se fondre dans une famille, et c'est notre façon de vivre ensemble qui la fascine. C'est bien en lisant l'article de Chloé qu'elle s'est, sérieusement, posé la question, que peut-elle faire maintenant, où aller, avec qui ? Elle s'est sauvée comme une voleuse, je pense qu'elle était trop émue, mais en partant elle m'a dit qu'elle reviendrait demain à la même heure, elle a autre chose à nous raconter. Si nous la refusons, j'ai bien peur que ce soit très dur pour elle.

– Mais alors, tu n'es plus contre sa venue ? lui demanda Ladygold.

– Je ne sais plus, quelque chose me dit qu'elle a bien compris que son fric nous gênait un peu, si elle veut tout balancer, il y a bien une raison ?

– Je ne crois pas qu'elle veuille se débarrasser de tout son capital, intervint Patrice, ce dont elle veut se séparer c'est, à mon avis, la collection de son mari et l'appartement de Genève, qui doivent lui rappeler trop de choses pénibles ! L'argent, elle doit en avoir suffisamment pour vivre comme elle l'entend, pendant des années. Son problème, aujourd'hui, ça doit être de vouloir tuer Patty Sasovian pour redevenir la petite Patricia X, native de Nîmes.

– Mais si ce que vous dites est vrai, qu'est-ce qu'on fait ? Que faut-il lui dire ?

– Attendons demain, répondit Patrice, nous verrons bien si nous sommes touchés, ou coulés.

– Moi, je parie qu'elle va encore nous épater ! ajouta Nonette de sa petite voix.

Au même moment

À Londres, Carol triait ses affaires pour préparer son départ. Sa belle-famille avait été affreusement choquée par sa décision. L'idée que leur belle-sœur puisse aller vivre en communauté, avec des veuves et des divorcées françaises, relevait du scandale le plus pur. Heureusement que son frère David était venu la soutenir lors de ces discussions pénibles, il avait même annoncé que ce serait lui, désormais, qui s'occuperait d'elle, ce qui équivalait à couper les ponts avec toute cette famille de coincés. Quel soulagement !

Ses valises furent vite faites, elle allait vivre sous le soleil et se constituerait une nouvelle garde-robe en arrivant, elle rêvait de tissus provençaux, de jambes nues et d'espadrilles ! Elle fit don à David et à Clive de tous les meubles qu'elle ne pouvait emporter, ils iraient rejoindre la collection de Lilybeth dans les salons luxueux de leurs hôtels. Gentlemen jusqu'au bout, ils la dédommagèrent largement, prirent en charge tout son déménagement et lui proposèrent d'aller l'accompagner à Nîmes avec, toutefois, un petit crochet par le Bourget, pour récupérer Chloé.

En Afrique, Charlotte et son amour de rhumato n'en finissaient pas de se raconter les détails de leurs vies respectives. Ils avaient quasiment le même âge, mais si lui n'avait été marié que deux fois, il avait, au contraire de Charlotte, trois enfants et quatre petits-enfants. Belle-mère, c'était un statut qu'elle avait déjà connu, mais belle-grand-mère ça devenait un peu traumatisant pour elle. Ce charmant détail la fit réfléchir, il fallait qu'elle se calme, sinon elle risquait de se retrouver un jour avec d'affreux bambins sautant gaiement sur son lit pour jouer à un quelconque jeu vidéo entre Papy et Mamie ! L'horreur absolue. D'un autre côté, cet homme charmant et réellement séduisant, libre de surcroît, avait l'air de tomber doucement amoureux d'elle, et c'était peut-être sa chance ultime. Elle pesait toute la journée le pour et le contre, essayant de lutter contre cette habitude qu'elle avait de toujours vouloir se marier, n'ayant jamais voulu, en fait, élucider la question : pourquoi avait-elle ce goût si prononcé pour les liens du mariage ?

C'est en remontant de la plage, en la tenant par la main, qu'il aborda tout à coup le problème de leur relation :

– Ce qui est formidable, à nos âges, c'est que nous ne serons pas obligés de nous marier à cause du qu'en-dira-t-on.

– Putain-bordel, je suis sur le cul, je crois que c'est toi qui as raison !

À Paris, Chloé travaillait comme une folle. En plus de ses enquêtes pour le journal, la brochure sur les hôtels de David et Clive s'avéra être un gros boulot. Elle n'avait plus le temps de sortir ni de s'amuser. Par ailleurs, Souris l'assaillait de mails, lui posant mille questions pour faire vivre le blog du Patio, parce que c'était tout à fait nouveau pour elle, et en profitant pour lui raconter avec humour les cours d'initiation à Internet qu'elle avait commencé à donner à des retraités. Ça avait bien démarré, les femmes, pas folles, voulaient se brancher sur les sites de rencontre et les hommes, comme des gamins, s'excitaient plutôt sur les jeux en ligne. Elle correspondait aussi avec Patrice qui, lui, la faisait beaucoup rire quand il lui racontait certains détails de la vie quotidienne au Patio, l'histoire du curé sur le banc l'avait enchantée. Mais c'était surtout avec Clive qu'elle restait branchée chaque jour. Ils s'envoyaient, à tout moment, des petits messages sur leur Iphone, les mails pour la brochure, plus sérieux, arrivant sur leur ordinateur portable, et ils prenaient rendez-vous sur Skype, juste pour s'apercevoir. C'était une curieuse relation, très éloignée du romantisme, où, comme pour toute une génération, Internet et la technologie jouaient un rôle majeur.

Elle fut folle de bonheur quand il lui annonça qu'ils reviendraient très prochainement la reprendre au Bourget, pour accompagner Carol au Patio.

Le lendemain

Ils furent sidérés de voir Patty Sasovian arriver en jean et sans bijoux. Seules ses ballerines vernies et sa petite veste courte semblaient griffées. Elle portait sous son bras une grosse boîte à chaussures, entourée d'un ruban blanc, qu'elle déposa à ses pieds.

Ils attendirent, comme la veille, que José ait fini de servir le café pour reprendre la conversation. Ce fut Patrice qui se lança, le premier :

– Moi, j'aimerais vous poser une question un peu indiscrète, pourquoi n'avez rien fait pour vous échapper ?

– Je ne peux plus vous mentir, disons qu'au début j'ai été bluffée, et puis, comme je vous l'ai déjà dit, j'ai vraiment pris mon pied avec Miran, c'était un amant fantastique, qui m'a initiée à pas mal de choses, mais passons, ce n'est pas ça l'essentiel. Il s'est, peu à peu, lassé de moi, en tant que « joujou » ou « objet », comme vous voudrez. Ça l'avait passionné de me façonner comme il voulait, je rentrais dans ses collections comme une pièce supplémentaire, qu'il montrait ou non. Peut-être m'a-t-il trouvé moins gourde que toutes les filles qu'il avait l'habitude de sortir ? Quand, en effet, j'ai réalisé que j'étais quasiment prisonnière de son bon vouloir, c'est vrai que j'ai eu envie de foutre le camp à plusieurs reprises, il pouvait m'humilier, vous savez. Mais où aller ? Et comment vivre ? Et surtout comment lui échapper, il m'aurait retrouvée en moins de vingt-quatre heures. L'idée m'a quittée pendant des années, et puis elle s'est à nouveau glissée dans ma tête quand il s'est alité. Il était odieux et je ne l'estimais plus du tout. Mais là encore, comment faire ? D'un côté, il y avait les contrats qui me liaient à lui et de l'autre, il faut bien l'avouer, sans lui je n'étais rien. Est-ce honteux d'avoir attendu ? Vous pouvez le penser, ça m'est égal.

– Moralité, aujourd'hui, son argent vous gêne ?

– Ce ne sont pas les billets qui me gênent, comme vous dites, il faudrait être stupide pour cracher dessus, non ce sont les collections qui m'emmerdent ! Pendant des années j'ai fait partie de cet amoncellement, j'avais sans doute un numéro, comme tout le reste, et cette idée d'avoir été répertoriée comme une toile ou une sculpture m'est insupportable.

– Il a quand même fait de vous sa femme, intervint Ladygold, vous êtes Patty Sasovian, c'est une preuve d'amour ?

– Non, il m'a tout simplement choisie parce que je n'étais rien, je venais de nulle part et je ne savais rien, il pouvait faire de moi ce qu'il voulait ! Une femme du monde aurait, elle, fait rédiger les contrats par des conseillers et ne se serait pas laissé faire. Mais est-ce qu'une telle femme aurait accepté la vie quotidienne avec lui, il n'était qu'un Arménien parvenu, pas un gentleman, croyez-moi ! Je vous assure qu'il n'a fait que miser sur moi, Patricia, pour arriver à me transformer en Patty. Et je l'ai pas mal bluffé, à mon tour, de ce côté-là.

– Et aujourd'hui vous voulez redevenir Patricia ? lui demanda Patrice.

– Oui, vous avez tout compris, et je peux vous le prouver. Mais je vous trouve quand même un peu durs, on dirait que je commets un crime en osant poser ma candidature pour venir vivre ici ! Vous vous prenez pour qui, en fait ?

Il y eut un petit moment de flottement, ils se sentaient tous un peu gênés, il ne fallait pas que ce salon devienne un tribunal et que cet entretien se transforme en jugement.

– Pardonnez-nous, enchaîna Ladygold, mais tant que nous sentons que l'une ou l'un de nous n'est pas totalement d'accord pour accueillir une nouvelle tête, nous poursuivons la conversation.

– Soit ! Alors on va faire une petite pause, parce que j'ai un cadeau pour vous.

Elle prit la boîte à chaussures, se leva et l'offrit à Ladygold.

– C'est pour moi ? C'est très gentil, merci infiniment, mais vous n'auriez pas dû !

Ils restèrent silencieux, un peu intrigués, pendant que Ladygold dénouait lentement le ruban, soulevait le couvercle et écartait le papier de soie.

– Oh ! Comme c'est charmant, j'ai eu la même dans ma jeunesse ! Une Bécassine en tissu, c'est toute mon enfance, c'était la Barbie de l'époque !

Elle la saisit avec précaution pour leur montrer cette poupée ancienne, toute molle, dont le nez tombait un peu sur le côté et à qui il manquait un pied. Elle lui souleva la jupe, puis en rabattant le tablier, elle s'arrêta net, blêmit et s'écria :

– Putain-bordel ! Mais où l'avez-vous trouvée ?

Patty souriait sans répondre et ils se demandèrent ce qui se passait quand Nonette, intriguée, se leva pour aller voir la poupée de plus près.

– Oh mon Dieu, c'est incroyable ! dit-elle dans un souffle.

– Qu'est-ce qui se passe ? leur demanda Rancunia, soudain inquiète.

– C'est ma poupée ! C'est ma propre Bécassine ! J'avais brodé mon « A » pour Antoinette en fil de laine rouge sur son tablier, c'est elle ! Est-ce que vous réalisez que cette lettre, maladroitement reproduite, c'est moi qui l'ai cousue quand je n'étais qu'une petite fille ! Mais comment… oui, comment avez-vous fait ?

Ils se tournèrent tous vers Patty, qui, imperturbable, souriait toujours.

– Patricia, expliquez-vous, je vous en prie, je suis bouleversée, c'est très troublant ce cadeau ?

– Vous allez enfin comprendre beaucoup de choses, c'est votre mère qui me l'a donnée !

– Ma mère ! Mais comment est-ce possible, elle est morte depuis bien longtemps ?

– C'est ahurissant, dit doucement Nonette, qu'est-ce que c'est que cette histoire à dormir debout ?

– C'est pourtant la vérité, je vous jure que c'est votre mère qui m'en a fait cadeau !

– Mais attendez, vous ne pouvez pas l'avoir connue, vous êtes beaucoup plus jeune que moi ?

– Nous n'avons que huit ans d'écart, et elle me l'a donnée quand vous êtes partie faire vos études de pharmacie à Paris.

– Si je calcule bien, j'avais dix-huit ans et vous en aviez alors… dix ?

– Oui, c'est ça, et comme je pleurais beaucoup parce que ma maman venait de m'abandonner, votre mère m'a apporté cette poupée en me disant que vous étiez désormais trop grande pour jouer avec, et que c'était donc à moi de m'en occuper.

– Et vous avez gardé cette poupée depuis plus de soixante ans ? Mais qui êtes-vous donc ?

Il y eut à nouveau un silence pesant. Stupéfiés par cette révélation, tous attendaient avec curiosité sa réponse. Elle prit son temps, sans doute satisfaite de l'émotion qu'elle venait de provoquer, les regardant tous les uns après les autres, et puis dans un petit sanglot, elle leur avoua la vérité :

– Je suis la fille du carrossier d'à côté, j'habitais là où se trouve le Patio maintenant.

L'instant d'après

Le choc fut si grand qu'ils restèrent tous silencieux, mais Ladygold et Nonette eurent toutes les deux les larmes aux yeux. Grenouillette s'accrocha au bras de Patrice, tandis que Souris et l'Autruche se prirent la main. L'émotion semblait les avoir statufiés. Patty s'était caché le visage de ses deux mains et sanglotait doucement, alors Rancunia vint près d'elle et lui posa une main sur l'épaule.

– Comment est-ce possible ? Et pourquoi cette mise en scène ? lui demanda Ladygold d'un ton très doux.

Elle releva la tête, prit le Kleenex que lui tendit Rancunia et s'expliqua d'une voix cassée :

– Vos parents sont arrivés d'Angers pour acheter cette maison quand je devais avoir huit ans.

– Oui, ça doit être ça, ils sont venus prendre leur retraite ici, et moi je n'ai dû y vivre que deux ans avant de partir pour Paris.

– Moi, j'étais déjà mariée, ajouta Nonette, et je suis restée vivre à Angers avec mon premier mari.

– Nous vivions très chichement au milieu des épaves de voitures, la rouille et l'odeur de la peinture. Mon père s'est mis à boire et à battre ma mère, désolée si ça fait un peu mélo mais c'est la stricte vérité. Je vous voyais passer, votre mère et vous, toujours très élégantes et souriantes, et je rêvais de venir chez vous où tout semblait si beau et si propre. Quand le drame est arrivé, vos parents sont venus voir mon père pour se plaindre du bruit et surtout des cris quand il tapait sur Maman. Ils l'ont menacé de prévenir les gendarmes. Votre mère m'a souri si gentiment que je me suis accrochée à ses jupes. C'est quelques jours plus tard, quand elle m'a entendue pleurer toute une journée, qu'elle est venue me donner cette poupée. Je suis alors restée seule avec mon père, pendant plusieurs années, lui servant de bonne à tout faire, jusqu'au jour où j'ai réussi à lui faire signer mon émancipation, comme ça se faisait à l'époque. Ce fut grâce à une assistante sociale de la communale, et sans doute à votre mère qui m'avait prise en affection depuis le jour de Bécassine. Je n'avais que quinze ans, mais c'était un premier pas vers la liberté, et c'est comme ça que j'ai pu partir pour Avignon, pour rentrer comme apprentie dans un salon de coiffure. Je n'ai jamais revu ma mère, et mon père a sombré pour finir par être expulsé de la maison, il ne foutait plus rien et n'avait plus un sou. J'avais fait une croix sur lui, et je ne sais même pas ce qu'il est devenu. Voilà vous savez tout, puisque je vous ai déjà raconté la suite.

– Cette maison est restée vide pendant des années, il y avait un problème juridique je pense, et quand elle a été mise en vente, à la chandelle, c'est mon fils qui a voulu que nous l'achetions. Est-ce vous qui auriez mis des bâtons dans les roues lors de nos travaux ?

– Absolument pas, vous pensez bien que je voulais oublier cette enfance à Nîmes, jusqu'au jour où je suis tombée sur cet article. Je suis venue une première fois pour voir où se trouvait ce fameux Patio, et je suis repartie immédiatement quand j'ai réalisé que c'était la maison de mon enfance qui avait été réunie avec la vôtre !

– Nous avons rouvert l'arche qui avait sans doute été bouchée cent ans auparavant.

– Et quand vous m'avez fait visiter, lors de ma première visite, là-haut sur la loggia, vous m'avez dit : « C'était un carrossier qui était là avant, et c'était innommable. » Imaginez ce que j'ai pu ressentir à cet instant !

– Je vous demande pardon si je vous ai fait de la peine.

– Ce jour-là, je suis partie en courant, je ne voulais pas pleurer devant vous. Oui, vous avez raison mon enfance à été « innommable », c'est bien le mot et ça explique peut-être toute la suite.

– Mais bravo, Patricia, vous vous en êtes sortie à merveille, et c'est tout à votre honneur !

– Est-ce que vous comprenez, les uns et les autres, pourquoi j'ai tellement envie de venir vivre ici ? Rassurez-vous, je vais continuer à voyager, mais si je sais que j'ai, à chaque retour, ce point de chute au milieu de vous et dans ce lieu devenu magnifique grâce à vous, je pourrai retrouver un peu, ou même beaucoup, de tout ce qui m'a manqué.

Ils ne savaient plus quoi dire, ils se sentaient tous un peu honteux de l'avoir repoussée plusieurs fois. Si son histoire était pathétique, son destin était hors du commun et sa volonté sans faille, le hasard n'avait rien à voir là-dedans. Curieusement ce fut Nonette qui prit la parole :

– J'ai une excellente mémoire, ma mère me parlait souvent de la petite voisine qui faisait son admiration parce qu'elle s'occupait de son père. Elle la surveillait de près et, en effet, s'était préoccupée d'elle avec une assistante sociale. Mais, si je me souviens bien, cette gamine ne s'appelait pas Patricia, elle avait un nom en « ette » comme c'était la mode en ce temps-là, était-ce Paulette ou Colette ou…

– Arlette, c'était Arlette. C'est mon vrai prénom et je vous défends de rire ! On m'a baptisée Patricia dans le salon de coiffure, et plus tard Sasovian a trouvé que Patty s'accorderait mieux avec Miran.

– Mais oui ! Ça y est, tout me revient, ajouta Ladygold, c'est vrai que Maman nous parlait souvent de la petite Arlette ! Cette histoire est incroyable, pourquoi ne pas avoir dit la vérité tout de suite ?

– Parce que je ne voulais pas vous forcer la main, ce n'est ni Patty ni Patricia qui veulent venir vivre ici, c'est la petite Arlette.

Nonette et Ladygold se levèrent d'un bond et la prirent dans leurs bras pour l'embrasser. Pendant qu'elles sanglotaient toutes les trois, les autres commencèrent à reprendre leurs esprits :

– Putain-bordel, s'écria l'Autruche, on a eu notre dose d'émotion, moi, il me faudrait une coupe ou deux pour m'en remettre !

– C'est marrant, leur dit Patrice, depuis le début, je pensais qu'elle nous cachait quelque chose.

– Alors, abandonnez vos conseils pourris aux retraités, lui dit Rancunia, et courons vous acheter une boule de cristal, parce que vous avez une carrière d'extralucide devant vous !

– J'ai rapporté des cauris d'Afrique, ajouta Grenouillette, ils les lancent par terre, comme des osselets et ils te prédisent ton avenir, tu veux essayer ?

– Vous allez pouvoir me dire si avec Benoît c'est du sérieux ? lui demanda Souris.

– Et moi avec André, on va conclure finalement ? ajouta l'Autruche.

– Stop ! Joker ! Arrêtez vos conneries Mesdames et…

C'est à ce moment-là qu'une sévillana retentit à toutes forces dans le Patio.

– Merde ! dit Ladygold, séchant ses larmes, on a oublié le cours de José avec le Tilouc et ses blondes !

Tous se précipitèrent pour aller se mettre en place dans leur nouvelle mise en scène. Ils entraînèrent la petite Arlette, Rancunia lui noua la jupe à volants de Lilybeth, Souris et l'Autruche lui montrèrent trois mouvements de main, et Patrice la prit par la taille, tandis que Ladygold et Grenouillette fermaient la marche.

Quand ils arrivèrent dans le patio, au milieu des blondes du Tilouc et qu'ils se mirent tous à danser sous les ordres de José, la petite Arlette éclata de rire et tapa dans ses mains comme les autres. Elle faisait enfin partie de la troupe.

Complet !

Les deux premiers gestes de Patty Sasovian, « la petite Arlette », comme tout le monde l'appelait désormais, avaient été de faire expédier, en urgence, des tonnes de chocolats de Suisse et de faire livrer douze caisses de champagne. Désormais admise comme résidente, elle avait demandé que Rancunia soit sa marraine pour évoquer sa contribution financière. Le malheur qui les avait frappées toutes les deux dans leur enfance les avait évidemment rapprochées. Rancunia, se laissant désormais aller aux confidences, lui expliqua le début de la crise que le Patio venait de traverser, avec la découverte de la double comptabilité tenue par José sous l'influence de cette regrettée reine ToutHermès. La petite Arlette demanda alors à voir le fameux carnet Hermès et se proposa de continuer cette surenchère d'achats, mais cette fois au grand jour et avec l'accord de tous, elle en avait largement les moyens. Elle insista, ils refusèrent. Mais elle persista, alors ils s'écrasèrent.

– Si tu veux claquer ton fric pour nous faire une belle vie, lui dit l'Autruche, te gêne surtout pas, la petite Arlette, après tout nous le valons bien !

– On peut inscrire chaque jour tous nos caprices sur une ardoise, si tu tiens absolument à nous gâter, ajouta Souris.

– N'écoute pas ces deux-là, conclut Grenouillette, on ne les appelle pas Javotte et Anastasie pour rien !

Tout la faisait rire, ce n'était plus la même femme et Rancunia, qui elle aussi avait changé depuis la disparition de son mari, était devenue sa complice.

– Qui l'eût cru ? répétait sans cesse Ladygold quand elle les entendait ricaner toutes les deux.

Quand ils lui avaient annoncé qu'elle était admise à l'unanimité au Patio, il y avait eu un moment d'émotion, parce qu'elle leur avait avoué, la larme à l'œil, que c'était bien le premier examen auquel elle était reçue. Elle les avait embrassés et leur avait assuré qu'en venant vivre avec eux, elle ne voulait que leur bonheur. Mais elle tint à leur préciser une chose, elle voulait pouvoir continuer à voyager quand elle le voudrait, sa suite au Patio restant son point d'attache, avec cette idée délicieuse de rentrer à la maison et de retrouver la famille. Ses allées et venues ne devaient en aucun cas perturber leur vie quotidienne, au contraire. Elle allait pouvoir vendre l'appartement de Genève, dès que la mairie aurait trouvé le lieu adéquat pour exposer la totalité de la « Fondation Patty et Miran Sasovian ». En attendant, comme elle allait faire repeindre la suite qui lui était destinée, elle demanda s'il n'y avait pas d'autres travaux éventuels à faire réaliser dans le Patio ?

– Vous aviez instauré le système du tronc pour sa réfection, si je peux y contribuer, dites-le moi.

– Non, c'est gentil, lui répondit Ladygold, mais tout va bien, vous pouvez décorer votre suite et votre salon comme vous l'entendrez. Avez-vous visité la suite ToutHermès qu'occupe notre cher Patrice ?

– Oui, oui, c'est très étonnant, et je crois que je vais quand même accrocher quelques tableaux que j'aime sur les murs, vous pourriez peut-être venir à Genève pour choisir avec moi ?

Patrice fut le premier à réagir :

– Moi, j'adorerais.

Rancunia ne voulut pas être en reste :

– Mais moi aussi !

– Alors il faudra le minibus, parce que ça m'amuserait moi aussi, conclut Ladygold.

– De toute façon, si vous le permettez, je ferai faire mes travaux pendant les trois semaines que je vais passer au Kérala.

– Ne me dites pas que vous allez y faire une cure ayurvédique ? lui demanda Rancunia, il paraît que c'est divin ?

– Mais si, j'y vais tous les ans maintenant, si vous voulez venir avec moi, je serai ravie de vous inviter ?

– Non, ce n'est pas possible, ce serait trop gênant.

– J'insiste, ça m'ennuie tellement d'y aller seule.

– Alors, après tout… Pourquoi pas ? Laissez-moi me faire à l'idée.

– Là-bas on ne te fera pas pédaler dans une piscine, ma pauvre vieille, intervint l'Autruche, ils vont t'arroser d'huile pendant des heures, ça va te ramollir le corps et l'esprit, comme une tomate dans une niçoise !

– Qui l'eût cru ? chuchota Ladygold à l'oreille de Patrice.

– Destin-volonté-hasard, ma chère, c'est vous qui le dites !

– Mais, au fait, c'était quoi, au juste, ce problème de réfection du Patio ? demanda soudain Nonette de sa petite voix.

– Oh, pas grand-chose, répondit Ladygold d'un ton badin, juste une vilaine fuite entre le sèche-linge et la machine à laver, nous avons cru qu'il allait falloir refaire toute la plomberie, quelle angoisse ! C'était un budget très conséquent et totalement imprévu, mais notre cher José a finalement trouvé la solution et tout est rentré dans l'ordre, ouf !

– Qu'est-ce que c'était en fin de compte ? insista naïvement Nonette.

– Euh… presque rien, il a changé un petit joint, pif-paf-pouf, et c'était réparé !

– Et vous avez organisé toute cette quête pour un petit joint en caoutchouc ?

– Oui… et non… enfin presque, mais ce n'est pas la peine de le raconter !

Nonette gloussa comme une enfant punie pour sa curiosité.

Le camion du déménagement de Carol, venant de Londres, avait été programmé pour arriver, à peu de choses près, en même temps que le jet de David qui avait à nouveau fait un stop au Bourget pour récupérer Chloé. Le problème, c'est que ce jour-là ils étaient tous débordés au Patio. Ladygold recevait ses Beurettes, Souris et Patrice chacun leurs retraités, Grenouillette avait son premier cours de cuisine sénégalaise avec les Blacks, l'Autruche répétait son prochain récital avec son André et Rancunia faisait terminer les ourlets de leurs jupes espagnoles aux blondes du Tilouc, avant que José ne prenne le relais pour une nouvelle sévillana.

Nonette et la petite Arlette, fuyant toutes ces activités, bavardaient tranquillement :

– Cette nuit, comme je ne dormais pas, j'ai dit à Maman qu'elle pouvait être tranquille, là-haut, qu'on avait retrouvé sa petite protégée, qu'elle allait bien et qu'on l'avait accueillie au Patio, elle ne doit pas en revenir !

– C'est gentil, vous êtes adorable, mais je voudrais profiter de ce tête-à-tête pour vous demander discrètement, à vous seule, ce que je pourrais faire de bien pour le Patio ?

– Oh, mais c'est très facile, ma petite fille, ce qui manque le plus, ici, c'est du personnel ! José est débordé, Gervaise croule sous le linge et cette pauvre Maguelonne ne peut pas faire tout le ménage ! Alors, une ou deux femmes de chambre en plus, ça ne serait pas de trop. Que voulez-vous, j'ai encore une très bonne vue et je souffre de voir un peu de poussière ici et là. Si je le pouvais, je prendrais un plumeau et un aspirateur, mais, hélas, ma petite sœur me l'interdit, il paraît que je commence à me faire vieille, on rêve !

– Merci du tuyau, c'est enfantin, répondit-elle, en riant, je vous promets de m'en occuper !

– Chouette ! Mais, motus et bouche cousue, ne dites pas que c'est moi qui ai cafté !

– Ce sera notre secret, je vous le jure !

La crise du Patio passée, enfin, aux oubliettes, une petite fête fut prévue pour le soir même. Les Anglais, cette fois, avaient été bien obligés de réserver des chambres à l'hôtel Imperator, Carol préférait attendre le lendemain pour emménager vraiment dans sa suite.

Quand ils arrivèrent de l'aéroport avec José, celui-ci se dépêcha d'aller se changer, il attendait le Tilouc et ses blondes d'une minute à l'autre.

Ce fut Nonette qui leur présenta la fameuse Patty Sasovian, ce n'était pas la peine de leur raconter si vite l'histoire de la petite Arlette. David, flatté de la rencontrer, lui posa mille questions sur ses légendaires collections. Quand elle lui annonça sa décision de tout léguer à la ville, il la félicita chaleureusement, se réjouissant de pouvoir admirer toutes ces merveilles lors d'un prochain passage à Nîmes.

– Je suis ravie de vous connaître, dit-elle à Carol, je vais, moi aussi, venir vivre au Patio et je pense qu'avec ce don pour une fondation, ce sont les deux meilleures décisions que j'ai prises depuis longtemps !

– *It's wonderful* ! s'écria Carol, alors nous allons pouvoir fêter notre arrivée ensemble, ce soir !

Mais, juste à cet instant, il y eut un concours de circonstances insensé.

Les Beurettes, les Blacks, les retraités et les blondes couturières sortirent tous des salons et de la cuisine, leurs cours se terminant en même temps ! Le Tilouc arrivant avec le reste de sa troupe, tout le monde se retrouva dans les jardins et José brancha la sévillana sans plus attendre ! Ladygold, Rancunia et les autres, ne sachant pas que les Anglais étaient déjà arrivés, déboulèrent en dansant, dans leurs jupes à volants et à pois ! Patrice fermait la marche en tenant par la taille la petite Lilybeth, qui était venue en avance pour la fête et avait tenu, elle aussi, à passer sa jupe espagnole.

Après le récital de l'Autruche, le Patio venait de leur réserver, à nouveau, une incroyable surprise, le choc fut immense pour les Anglais.

Comme ils avaient apporté du saumon fumé en quantité, un fromage géant, leur fameux Stilton, des Christmas Puddings et, bien évidemment, quelques bouteilles de leur propre bourbon, ils n'avaient pas eu le temps de se débarrasser de tous ces paquets. Ils restèrent donc un moment, prostrés et groupés, au milieu de leurs luxueux shopping-bags, devant ce spectacle ahurissant.

Carol et Chloé se rapprochèrent alors de Nonette et Patty pour taper dans leurs mains avec elles, mais David et Clive, la bouche ouverte de saisissement, ne purent pas faire un pas. Ce fut Lilybeth et Souris qui vinrent les tirer par le bras pour les faire entrer dans la danse ! Ils essayèrent, en vain, et sans peur du ridicule, d'imiter José, Patrice et le Tilouc, pendant que toutes les femmes, jouant de leurs jupes à volants, virevoltaient autour d'eux. Avec humour, mais restant dignes, les deux Anglais s'amusèrent à jouer le jeu jusqu'au bout.

Les Beurettes, les Blacks et les retraités se sauvèrent, personne ne sut si c'était pour en rire au dehors ou pour fuir en courant cette maison de fous.

Mais quand la musique s'arrêta, ce fut une explosion de joie dans le Patio, et tous tombèrent dans les bras des uns et des autres, pour se congratuler, essoufflés mais heureux.

La fête fut à la hauteur de l'événement. Pour la première fois depuis longtemps, le Patio Secret était complet !

Carol séduisit tout le monde par son naturel, son sens de l'humour et sa joie flagrante d'avoir échappé, enfin, aux frimas de l'Angleterre et à la rigidité protocolaire de sa belle-famille. Patty Sasovian, elle, fut une surprise pour tous, en abandonnant intelligemment ses tenues couture et ses nombreux joyaux. Elle voulait qu'on ne l'appelle plus que « la petite Arlette », ça la ramenait, avec affection, à la réalité et elle leur demanda à tous de ne plus jamais évoquer son argent qui, dorénavant, servirait aussi au bien-être de la communauté.

Harold avait délicatement posé son bras sur l'épaule de Lilybeth, elle était un peu triste de ne plus être qu'une « visiteuse occasionnelle » et ne lâchait plus son verre de bourbon. L'Autruche avait invité André, à qui elle faisait visiblement du coude. Souris avait invité Benoît, dont elle caressait gentiment la main dès qu'elle le pouvait, et Patrice avait invité Jérôme qui, lui, lui faisait de la cuisse, très discrètement, sous la table. Chloé et Clive, eux, ne se cachaient plus et flirtaient ouvertement devant tout le monde.

– Quel bonheur, mes chéris, d'être tous réunis ce soir autour de cette jolie table ! leur dit Ladygold. Bienvenue à Carol et à notre petite Arlette. Merci à tous nos chers amis qui se sont joints à nous pour cette petite fête. Et maintenant, levons nos verres à celle qui a eu cette idée, aussi folle que merveilleuse, de nous faire cohabiter, ma chère sœur Nonette, qui vient heureusement de revenir parmi nous !

– À Nonette ! s'écrièrent-ils tous en chœur.

Tenant son verre à la main, elle se leva pour les remercier :

– Vous allez peut-être dire que je rabâche, après tout ce serait normal avec le nombre d'années que je collectionne, mais je vais vous le répéter encore une fois, mes chéris : « La vie n'est jamais finie ! »

C'est à cet instant précis que le portable de l'Autruche sonna. Elle s'en excusa en annonçant un SMS urgent d'une de ses petites-filles. Ils se turent, craignant qu'elle ne leur annonce une mauvaise nouvelle, ce n'était vraiment pas le moment.

– Ma petite-fille est enceinte ! Je vais être arrière-grand-mère, quelle horreur, je suis si jeune ! Vous ne le savez peut-être pas, mais je suis encore loin d'avoir 70 ans !

Nonette toussota la première, Ladygold et Rancunia l'imitèrent, Lilybeth s'étrangla dans son bourbon, Grenouillette soupira, Souris et Patrice échangèrent un clin d'œil et José, tout en servant, fit claquer ses castagnettes vocales.

Et tous finirent par éclater de rire, comme à leur habitude.

FIN